AF199125

Originalausgabe © 2018
Petra Starosky
Alle Rechte vorbehalten
www.Petra-Starosky.de

Umschlaggestaltung: Petra Starosky
Foto: ©Valdas Miskinis - stock.adobe.com

Herstellung und Verlag:
BoD – Books on Demand, Norderstedt.
ISBN: 9783748131540

Ein geheimnisvolles Grab unter der Schwelle

Petra Starosky

Wenngleich die Örtlichkeiten durchaus an existente angelehnt sind, so sind doch die Einzelheiten, die Handlung und alle Personen frei erfunden.

Ähnlichkeiten mit lebenden, toten oder untoten Wesen sind rein zufällig und unbeabsichtigt.

1

„Schönen Urlaub, Frau Moosbach."

„Danke, Chef! Bis übernächsten Montag dann!"

Er winkte ihr kurz zu, bevor die Tür hinter ihm ins Schloss fiel.

Carina Moosbach atmete erleichtert auf, als ihr Chef bereits eine halbe Stunde vor Feierabend das Büro verließ. So zögerte sich ihr spontaner Kurzurlaub nicht durch Überstunden hinaus.

Erst Anfang der Woche kam ihr die Idee, sich für ein paar Tage frei zunehmen. Sie hatte eigentlich nichts besonderes vor, vielleicht ein bisschen bummeln gehen, endlich den lange versprochenen Kaffee mit ihrer Freundin trinken, aber auf jeden Fall viel schlafen und um jedwede Aufregung einen großen Bogen machen. Der Job war in den letzten Wochen mehr als stressig gewesen. Diese kleine Auszeit hatte sie sich redlich verdient.

Schnell schaute sie noch einmal durch die Büros, ob alle Fenster geschlossen sind und das Licht ausgeschaltet ist. In der Küche verstaute sie kopfschüttelnd die Kondensmilch im Kühlschrank.

„Können die Jungs die Milch nicht zurückstellen? Übers Wochenende wird sie doch sauer! Und dann sind die Jungs sauer."

Zufrieden schaltete sie schließlich ihren Computer aus.

Gerade als sie ihre Jacke aus der Garderobe holte, begann ihr Handy zu klingeln.

„Ach nö!", stöhnte sie. „Was hat der Chef denn jetzt wieder vergessen."

Leichtsinnigerweise hatte sie ihm vor kurzem ihre private Nummer für den Notfall gegeben. Seitdem kam es schon mal vor, dass er sie auf dem Heimweg anrief, wenn ihm noch etwas „Wichtiges" eingefallen war.

Carina überlegte, ob sie das Klingeln einfach überhören sollte. Aber das brachte sie dann doch nicht fertig.

„Moosbach!", meldete sie sich mit leicht gereiztem Ton.

„Guten Tag, Frau Moosbach! Ich hoffe, ich unterbreche Sie nicht bei einer dringenden Arbeit", begrüßte sie eine andere, wohlbekannte Stimme.

„Dr. Tymann, das ist ja eine Überraschung. Wie geht es Ihnen?"

„Danke, gut. Haben Sie einen Moment Zeit für mich?"
„Aber immer!" Carina freute sich ehrlich, von ihrem ehemaligen Kollegen zu hören.
„Ich wollte gerade Feierabend machen. Warten Sie kurz, ich ziehe mir schnell die Jacke an und schließe das Büro ab."
Wenige Augenblicke später verließ sie das Bürogebäude mit dem Handy am Ohr.
„So, nun können wir plaudern. Was kann ich denn für Sie tun?"

Dr. Tymann holte tief Luft am anderen Ende der Leitung.
„Ich hatte Ihnen doch bestimmt erzählt, dass ich seit einiger Zeit als freier Bausachverständiger arbeite." Carina nickte, auch wenn ihr Gesprächspartner es nicht sehen konnte.
„Ich habe da gerade einen sehr seltsamen Auftrag. Zwei ... ähm ... Damen baten mich um gutachterliche Hilfe. Frau Kaltenegger hat die alte Schmiede am Nöckbach gekauft. Sie erinnern sich doch bestimmt an das kleine Schlösschen bei Pillnitz? Unsere gemeinsame Geschäftsleitung hegte damals den Plan, das halbverfallene Gemäuer zu kaufen und zu sanieren."
„Ja sicher. Aber gab es da nicht ein paar Problemchen - mit den Fledermäusen?"
„Richtig, deshalb verzichtete man auf das Projekt.
Die Schmiede liegt ein Stück von diesem Schlösschen entfernt in einem Tal der Elbhänge.
Das Gebäude ist recht alt, historisch. Schon im 12. Jahrhundert könnte an der Stelle ein Hof gewesen sein, eine Mühle vielleicht oder auch bereits eine Schmiede. Das jetzige Haus ist noch nicht ganz so alt. Der Schlussstein besagt 1781."

Carina hörte aufmerksam zu, ahnte aber nicht, warum er ihr das alles erzählte.
„Nun, heute habe ich eine erste Begehung vorgenommen. Das Haus ist in gar keinem so schlechten Zustand. Indes, der Keller birgt so einige Überraschungen."
„Schimmel oder Schätze?"
Dr. Tymann lachte leise, wie es seine Art war.
„Soweit ich das im Vorfeld in Erfahrung bringen konnte, ist das Haus auf einen Granitfels hoch über dem Nöckbach gebaut. Das untere Stockwerk sollte eigentlich trocken sein, daher hatte ich Schimmel nicht

unbedingt erwartet. Aber das, was ich vorfand, erst recht nicht."
Er schwieg kurz und holte tief Luft. Carina lauschte neugierig.
„Ein Großteil der Wände ist mit außergewöhnlichen Schimmelblüten übersät. Jedoch ist das kein gewöhnlicher Schimmel."
‚Er macht es reichlich spannend', dachte Carina belustigt.
„Mit Mauersalpeter hatte ich nun wirklich nicht gerechnet."
„Was ist das?"
„Das sind Mauerwerksausblühungen, die durch Tierexkremente entstehen können. Also wenn der Haustierurin mit dem Mörtel zusammentrifft ..."
Bevor Dr. Tymann zu einer ausschweifenden Erklärung ansetzen konnte, unterbrach ihn Carina: „Wie kamen denn Tiere in den Keller?"
„Ja, genau hier wird es interessant. Ich wunderte mich über das Schadensbild und begann, das Mauerwerk genauer zu untersuchen. Dabei stieß ich auf eine zugemauerte Öffnung. Sie muss früher als Stalltür gedient haben, denn sie führt unterhalb der Schmiede hinaus auf eine Wiese. Die Steine ließen sich recht leicht herausdrücken."
„War das nicht riskant, einfach ein Stück der Grundmauern zu entfernen?"
„Natürlich! Ohne einen Statiker sollte man keine Mauern herausbrechen. Aber ich habe zum Glück nicht Hand angelegt. Der Sohn der Bauherrin trat einfach mal gegen die Steine. Das ist vielleicht ein Früchtchen!"
Carina meinte, sein ärgerliches Kopfschütteln zu hören.
„Aber es ist nichts Schlimmeres passiert, als dass es jetzt eine Öffnung im Keller gibt, die einen Blick auf den Nöckbach erlaubt. Aber dieser Lausebengel beließ es nicht bei dieser einen Schandtat. Während ich mit der Bauherrin und ihrer Freundin nach draußen ging, um den Durchbruch von der Bachseite anzusehen, hatte er nichts Besseres zu tun, als weiter an den Steinen zu polken. Gerade als wir die Stelle gefunden hatten, begann dieser Malte plötzlich fürchterlich zu kreischen. Die Mutter rannte natürlich - haste, was kannste - zurück. Ich folgte ihr. Und mir bot sich ein wahrlich seltsamer Anblick: Der Junge, gerade noch der Coole mit großer Klappe, verkroch sich unter Mamas Rockschößen."
Die Schadenfreude in seiner Stimme war nicht zu überhören.
„Sie zeigte nur schreckensbleich auf die Wandöffnung. Glauben Sie mir, ich bin so leicht nicht aus der Fassung zu bringen. Aber, was ich zu sehen bekam, verschlug mir doch die Sprache. Stellen Sie sich vor, aus

dem freigelegten Schwellenbereich grinste mich ein Totenschädel an."

Carina sog überrascht die Luft ein. „Ist das etwa ein Menschenschädel?"

„Ja, da bin ich mir ganz sicher. Doch es kommt noch besser: Der Knochenkopf ist klein, wie von einem Kind, und er befindet sich nicht dort, wo er hingehört!"

Dr. Tymann machte eine bedeutungsvolle Pause.

Carina überkam eine seltsame Ahnung. Sie war nicht nur Sekretärin, sondern auch Hobbyschriftstellerin. Ihr Lieblingsthema waren Geschichten über den Aberglauben, die sie oft mit Dämonen und Untoten bereicherte. Diese Entdeckung erinnerte sie sofort an mittelalterliche Bauopfer.

„Frau Wulfing, Freundin der Bauherrin, behauptet sogar, dass es sich um einen Vampir handelt. Und dem ersten Anschein nach möchte ich ihr eigentlich zustimmen."

„Ist das Ihr Ernst? Sie glauben, dass es ein Kindervampir sein könnte?"

Carina schnappte perplex nach Luft. Sie traute Dr. Tymann so einiges zu, vor allem viel Wissen, aber dass er ernsthaft die Vampiridee in Betracht zog, überraschte sie.

„Ein Kind war es auf jeden Fall. Und der Kopf befindet sich zwischen den Schenkelknochen. So wurden doch früher Vampirverdächtige begraben, oder nicht?"

„Das stimmt", gab Carina zu. „Aber ein Kind unter Vampirverdacht und dann noch unter einer Türschwelle ist schon recht seltsam."

Sie schwieg einen Moment und dachte über seine Worte nach.

„Haben Sie schon die Polizei oder Archäologen benachrichtigt?"

„Frau Kaltenegger spricht gerade mit der Polizei." Er lauschte einen Augenblick, bevor er fortfuhr: „Aber sie scheinen sie nicht wirklich ernst zu nehmen."

Eine erregte Stimme näherte sich Dr. Tymann: „Sagen Sie Ihrer Vampirexpertin, sie soll herkommen. Wenn sie was über diese Untoten weiß, kann sie uns besser helfen als die Polizei!"

Nun verstand Carina, warum Dr. Tymann sie anrief. Er hatte es wohl mit zwei hysterischen Frauen, einem Lausebengel und zu allem Überfluss auch noch mit deren abergläubischen Vorstellungen zu tun. Es schmeichelte ihr, dass er sie als Vampirexpertin bereits ins

Gespräch gebracht hatte. Bei den Recherchen zu ihren Geschichten sind ihr viele Bücher und Hinweise zu diesem Thema begegnet. Das erwähnte sie mal bei einem ihrer letzten Telefonate.

‚Obwohl‘, dachte sie, ‚wenn ich ein Haus kaufe und Kinderknochen im Gemäuer finde, würde ich auch erst mal ziemlich irritiert sein.‘

Carina wurde ganz hibbelig. ‚Das ist die einmalige Chance, echte Fundstücke selbst zu sehen. Wer weiß, was sich sonst noch dort finden ließ? Ich muss unbedingt zu dieser Schmiede!‘

„Frau Wulfing, beruhigen Sie sich. Ich habe Frau Moosbach gerade über die Lage informiert", hörte sie Dr. Tymann sagen. Gleich darauf wandte er sich wieder an Carina: „Frau Moosbach, ich weiß, Sie haben sich Ihr Wochenende redlich verdient, aber ...", er druckste verlegen. Carina sah ihn vor ihrem geistigen Auge vor sich, wie er unsicher von einem Fuß auf den anderen trat. „Könnten Sie vielleicht morgen nach Dresden kommen?"

2

Carinas Gedanken überschlugen sich auf dem Heimweg.
‚Was hat Dr. Tymann denn für Kunden aufgerissen?' Sie schmunzelte über seine Ausdrucksweise, als er die „Damen" erwähnte. Sie kannte ihn gut genug, um sich einen Reim auf seine Wortwahl zu machen.
‚Was hat es mit diesen Knochen auf sich? Ob es noch weitere merkwürdige Entdeckungen gibt?' Ein jahrhundertealtes Gebäude konnte so einige Überraschungen bergen.
Sie hoffte, dass Dr. Tymann einen Archäologen auftrieb, der ihr vielleicht sogar mehr über ähnliche Funde erzählen würde.
Verflogen waren die Müdigkeit und der Stress der letzten Wochen. Der Ausflug kam ihr gerade recht.

Zu Hause durchstöberte sie ihre kleine Bibliothek. Sie zog einige Bücher über Vampirismus, Volksglauben und Brauchtum heraus. Eine Weile blätterte sie darin, dann nickte sie zufrieden.
Schließlich packte sie die Bücher zusammen, verstaute ihren Laptop und natürlich auch ihre Kamera im Rucksack.
‚Ich war schon lange nicht mehr in Dresden', überlegte sie. Ihr Blick fiel auf einen Reiseführer über die Elbmetropole. „Rundgänge durch die Geschichte", hieß der Band.
‚Klingt verlockend. Vielleicht bleibe ich ja ein paar Tage dort.'
Sie entschloss sich kurzerhand, auch noch einige Kleidungsstücke und die Zahnbürste mitzunehmen.

Die Fahrt nach Dresden am Samstagmorgen konnte ihr gar nicht schnell genug gehen. Vor Aufregung übersah sie fast den Blitzer kurz vor dem Spreewalddreieck, aber zum Glück nur fast.

Erst als sie die Autobahn in Dresden-Hellerau verließ, verringerte sie die Geschwindigkeit. Bald darauf tauchte vor ihr der Hinweis auf die Waldschlösschenbrücke auf, die sie rechtsabbiegend überqueren könnte.
„Was ist eigentlich aus dem ganzen Rummel um die Brücke geworden?", fragte sich Carina. „Hat die Stadt nicht wegen der Brücke den Weltkulturerbestatus verloren?" Sie nahm sich vor, Dr. Tymann dazu zu befragen. Er würde es bestimmt wissen.
Kurz erhaschte sie einen Blick auf ein anderes Hinweisschild:

Waldschlösschenbrauerei.

‚Auch nett', dachte sie.

Sie folgte den Anweisungen ihres Navi durch die Dresdner Villengegend, vorbei an den drei Elbschlössern - Schloss Albrechtsberg, Lingnerschloss und Schloss Eckberg. Steil führte sie die Schillerstraße hinab nach Loschwitz, direkt auf das Blaue Wunder zu. Sie bog links ab und fuhr auf der schmaler werdenden Straße Richtung Pillnitz.

Auf den Elbhängen reckte sich der baufällige Dresdner Fernsehturm in die Höhe. Der Herbst begann bereits, den Hangbewuchs in ein buntes Gewand zu kleiden. Vereinzelt reckten sich gelbe und rote Blätter kokett aus dem Sommergrün hervor, auch wenn das Grün noch die Oberhand hatte.

Über der Elbe hing Morgennebel. Die Sonne bahnte sich zögerlich ihren Weg. Es versprach, ein schöner Herbsttag zu werden.

Das Keppschloss tauchte hinter der Obstplantage auf.

Carina bremste abrupt. Glücklicherweise war die Pillnitzer Landstraße um diese frühe Zeit noch nicht stark befahren. Sie hielt am Straßenrand und blickte hinüber zu dem frisch sanierten Schlösschen. Es war jenes Objekt, das Dr. Tymann im Telefonat erwähnte.

Es strahlte hell im Morgenlicht mit seinen viereckigen Türmen und geschwungenen Fenstern. Dahinter erhob sich der rotbelaubte Buchenwald des Zuckerhutes. Carina schmunzelte. Bei dem Namen Zuckerhut dachten die meisten an Rio de Janeiro, weiße Strände und Samba, vielleicht noch an eine Feuerzangenbowle, aber ganz bestimmt nicht an einen Gipfel der Elbhänge in Sachsen.

„Es ist hübsch geworden", stellte Carina fest. „Der neue Investor muss sich mit den Fledermäusen geeinigt haben." Der Schutz der vom Aussterben bedrohten Kleinen Hufeisennase war damals einer jener Gründe für die Aufgabe des Vorhabens. Man konnte sich mit den Naturschützern und Behörden auf keine realisierbare Lösung einigen. Carina holte ihre Kamera aus dem Auto und schoss ein paar Fotos.

Der Luftzug eines vorbeirasenden Autos schreckte sie aus ihrer Betrachtung auf. Ein grellorangefarbener Sportwagen mit offenem Dach

fegte an ihr vorbei, ohne dass ein Motorengeräusch den Morgen störte. „Na, der hat es aber eilig!" Sie sah ihm kopfschüttelnd nach. „Ich sollte auch weiterfahren. Schließlich warten alte Knochen auf mich." Sie kicherte leise über das Wortspiel, denn sie dachte nicht nur an den Fund unter der Türschwelle, sondern ebenso an ihren ehemaligen Kollegen, der schon so einige Jährchen Lebenserfahrung mit sich herumtrug.
Es konnte nicht mehr weit bis zum vereinbarten Treffpunkt sein.

Nach wenigen Minuten lotste die freundliche Navistimme Carina in eine Nebenstraße, die etwas den Hang hinaufführte. Sie schlängelte sich an einem Bächlein entlang, an dem einige hundert Meter weiter aufwärts die Schmiede liegen sollte. Das letzte Stück würden sie zu Fuß gehen müssen, hatte Dr. Tymann gesagt. Die Zufahrt zum Anwesen der Damen war mit dem Auto nicht möglich.
Schmucke Häuser mit gepflegten Gärten säumten die Straße. Aus den Weinbergen reckte sich die Weinbergskirche in den Morgenhimmel.
Carina hielt nach einem Wegweiser Ausschau. „Eine Eule weist Ihnen den Weg zum Parken", hatte Dr. Tymann geheimnisvoll erklärt. Sie entdeckte eine Tafel mit Wanderwegen: „Poetenweg zum Zuckerhut", las sie. Dieses Hinweisschild schien nicht das Richtige zu sein.
Sie fuhr langsam weiter und erspähte an einer Straßengabelung einen steinernen Wegweiser. Die Eule zeigte mit ihrem Flügel nach links.
Sie hielt an und entschied sich, ihr Auto zu wenden und neben einer Grundstückseinfahrt am Straßenrand zu parken.

Als sie ausstieg, umfing sie eine ungewohnte Stille. Kein Fahrzeuglärm, keine Flugzeuge, nicht einmal Vogelgezwitscher war zu hören.
„Es ist ja auch gerade erst kurz vor neun Uhr morgens an einem Samstag."
Sie schaute sich und entdeckte ein Schild: „Achtung Wanderer!", hieß es dort. „Dieser Wanderweg ist wegen Baufälligkeit bis auf Weiteres gesperrt!"
‚Na prima', dachte sie. Sie vermutete, dass dies der schnellere Weg zur Schmiede wäre. ‚Da werden wir wohl einen ziemlichen Umweg nehmen müssen.'

Wummern aus Autolautsprecherboxen näherte sich, durchbrach die morgendliche Stille und riss Carina aus der Betrachtung des Schildes.

Ein orangefarbener Sportwagen kam schnell auf sie zu.

‚Nanu, hat der mich nicht vorhin so rasant überholt?‘, wunderte sich Carina. ‚Aber er ist wohl bei seinem Tempo an der richtigen Abbiegung vorbeigeschossen.‘

Eine Frau in Kittelschürze schaute erbost aus einem der Fenster. Bevor sie jedoch loszetern konnte, wurde der Lärm abgestellt.

Ein sportlicher junger Mann entstieg dem Tesla Roadster.

‚Nicht schlecht‘, dachte Carina und meinte damit sowohl das Auto als auch den Mann.

Sie maß ihn bewundernd. ‚Wie passt er bloß mit seinen langen Kraxen in diesen engen Sportwagen? Vielleicht verrenkt er sich in irgendeiner Yoga-Stellung?‘ Carina kicherte belustigt.

Im gleichen Moment bog ein schwarzer Audi in die Sackgasse ein.

‚Ah, Dr. Tymann, pünktlich wie immer!‘

Auch aus seinem Fahrzeug erklang Musik. Im Gegensatz zu dem Gedröhn aus dem Tesla waren es leise, klassische Töne.

Sie schaute ihm erwartungsvoll entgegen, wartete geduldig, bis er sein Fahrzeug korrekt hinter ihrem Kleinwagen geparkt hatte.

„Guten Morgen, Frau Moosbach.“ Er trat auf sie zu und schüttelte ihr herzlich die Hand.

„Ich bin wirklich froh, dass Sie heute Zeit für mich haben. Sie haben hoffentlich ausreichend Humor mitgebracht.“

„So schlimm?“, entgegnete Carina lachend.

„Mehr noch, warten Sie es ab, bis sie die beiden und den Rüpel von Sohn kennengelernt haben!“

Der junge Mann hatte unschlüssig vor seinem Tesla gestanden und die Ankunft von Dr. Tymann argwöhnisch beobachtet.

Nun trat er zu den beiden und stellte sich vor:

„Guten Morgen, die Herrschaften. Ich bin Tristan Leopold Horst-Kevin von Kauz zu Uhlborn.“ Seinen Namen sprach er betont langsam aus, wohl, damit niemand auch nur eine Silbe davon vergessen konnte. „Ich bin die rechte Hand von Prof. Dr. Steinhaus. Er bat, dass ich mich heute Morgen um diese frühe Zeit hier bei einem Dr. Tymann einfinden soll. Gehe ich recht in der Annahme, dass Sie der Genannte sind?“

Dr. Tymann verzog amüsiert das Gesicht. „Wenn Albrecht Sie geschickt hat, ist Ihre Annahme richtig.“

Der junge Mann wirkte verunsichert, ob er erst Carina oder Dr. Tymann die Hand reichen sollte. Schließlich verzichtete er ganz darauf.

Ein intensiver Hauch seines teuren Rasierwassers streifte Carina.

Sie hob spöttisch eine Augenbraue. ‚Was ist das denn für ein Vogel? Von und zu und wie geschwollen er redet!'

Sie musterte ihn verstohlen. Gekleidet in feinen Zwirn, mit grauer Hose, grauem Wollsakko und hellgrünem Hemd kam er ihr wie einem Modemagazin entsprungen vor.

„Guten Morgen, Herr von Kauz zu Uhlborn. Sehr erfreut." Er reichte dem jungen Mann die Hand und holte die Förmlichkeit nach.

„Ich hatte eigentlich Ihren verehrten Herrn Professor erwartet."

„Der Herr Professor ist heute leider unabkömmlich", beschied der junge Mann von oben herab. „Sie werden wohl mit mir vorliebnehmen müssen."

Dr. Tymann runzelte die Stirn. Das sah seinem alten Freund gar nicht ähnlich, ein Versprechen nicht einzuhalten.

Bevor er sich weitere Gedanken machen konnte, klingelte sein Telefon.

„Ah, der Professor. Sie entschuldigen mich bitte."

Er trat einen Schritt zurück, um zu telefonieren.

„Hallo Albrecht ..."

„Morgen, Bernhold. Tut mir leid, ich kann nicht selbst kommen. Meine Frau ist gestern Nachmittag böse gestürzt und hat sich die Hand gebrochen", entschuldigte sich der Professor. Er wirkte ziemlich nervös. „Sie musste über Nacht im Krankenhaus bleiben. Ich will jetzt gleich zu ihr fahren."

„Ach herrje, das ist ja schrecklich. Ich habe natürlich vollstes Verständnis, dass du dich erst mal um Margarethe kümmern musst. Richte ihr bitte meine besten Genesungswünsche aus." Dr. Tymann wusste, wie hilflos der Professor ohne seine Frau war. Er war ganz ein Mann der Wissenschaft, sie hielt ihm dafür den Rücken frei von jeglichen Alltagsdingen. ‚Vermutlich hat Albrecht heute Morgen schon Probleme gehabt, sich einen Kaffee zu brühen', dachte Dr. Tymann besorgt. Er nahm sich vor, sobald es ging, nach ihm zu sehen.

„Danke, das mache ich. Ich habe dir dafür einen meiner Studenten geschickt. Er liegt mir schon lange in den Ohren, einmal in die Feldarbeit zu dürfen. Nun kann er mal beweisen, ob er wirklich der Superstudent ist, für den er sich hält." Der Professor lachte leise. „Unter deiner Aufsicht weiß ich ihn in bester Betreuung. Er wird hoffentlich bald am Treffpunkt sein."

Dr. Tymann war nicht unbedingt begeistert, dass ein schnöseliger

Student statt seines Freundes die seltsamen Knochen untersuchen sollte. Er warf einen kurzen Blick zu dem jungen Mann.

„Ja, er ist bereits eingetroffen. Hast du ihn über den Fund informiert?"

„Nein, dazu bin ich noch nicht gekommen."

„Na gut", seufzte Dr. Tymann, „das übernehme ich gleich. Ich danke dir aber trotzdem. Und grüß Margarethe."

Damit beendete er das Telefonat.

Carina hatte die Zeit genutzt, sich ihre Wanderschuhe anzuziehen. Sie verstaute eine Wasserflasche im Rucksack und schloss ihr Auto ab. Wieder streifte ihr Blick über die hübschen Häuser und gepflegten Gärten. Die Frau in der Kittelschürze war eifrig damit beschäftigt, ihre Fenster zu putzen. Carina grinste belustigt. ‚So was Neugieriges. Da hat sie sicher nachher viel zu erzählen, wenn die Nachbarin vorbeikommt.'

Erwartungsvoll schaute sie Dr. Tymann an, als er zurückkam.

„Seine Frau hat sich die Hand gebrochen." Er zuckte bedauernd die Schultern. „Er ist auf dem Weg zu ihr ins Krankenhaus, aber er hat uns Herrn von Kauz zu Uhlborn geschickt."

Damit wandte er sich an den jungen Mann.

„Prof. Dr. Steinhaus ist leider nicht dazu gekommen, Sie über die Umstände unserer Begegnung zu unterrichten. Ich werde Ihnen gleich alles berichten. Zuerst möchte ich Ihnen jedoch Frau Moosbach vorstellen." Carina nickte Herrn von Kauz zu Uhlborn zu, da er keinerlei Anstalten machte, ihr die Hand zu reichen.

„Sie war lange Zeit eine enge Mitarbeiterin und schreibt nebenbei Romane über Aberglauben, Vampire und andere Schauergestalten. Mit dieser Materie kennt sie sich bestens aus."

Herrn von Kauz zu Uhlborn verzog pikiert das Gesicht. ‚Was sucht ein Hobbyschreiberling bei einer archäologischen Fundstelle?', fragte er sich. Sein Blick glitt abschätzig über sie und ihren kleinen Ford Ka.

„Ihr Wissen wird uns hoffentlich helfen können bei dieser mysteriösen Sache", fuhr Dr. Tymann fort. „Die Bauherren sind ein wenig - ähm - schwierig. Frau Moosbach ist da die Richtige, mit ihnen umzugehen."

„Danke für Ihr Vertrauen", lachte Carina.

„Gut, gut. Dann sollten wir endlich beginnen." Herr von Kauz zu Uhlborn schaute sich ungeduldig nach den Gehöften um. „Bei welchem der

Gebäude handelt es sich um das fragliche Objekt?"
„Keines dieser Häuser, es ist die alte Schmiede. Sie befindet sich bachaufwärts. Leider ist sie nur zu Fuß erreichbar."
Dr. Tymann schaute ein wenig besorgt auf das Schuhwerk des jungen Archäologiestudenten. ‚In diesen leichten Trittchen bekommt er aber bald nasse Füße. Was ist das nur für ein Aufzug, wenn man zu einer archäologischen Grabung gerufen wird.' Er schüttelte unmerklich den Kopf. ‚Das kann ja heiter werden.'

„Die Damen werden uns bereits ungeduldig erwarten. Sie haben Ihre Ausrüstung dabei?"
Herr von Kauz zu Uhlborn wandte sich entrüstet ab. Vom Beifahrersitz seines Tesla nahm er einen nagelneuen Schlangenlederkoffer. Nach einem Druck auf sein Smartphone schloss sich das Dach des Sportwagens. Nur die Beleuchtung des Wagens blieb an.
‚Soll ich ihn darauf hinweisen?', überlegte Carina. Sie entschied sich achselzuckend dagegen und schaute nur kurz auf die Scheinwerfer ihres Autos, bevor sie ihren Rucksack schulterte.

Dr. Tymann schlug den Pfad entlang des Baches ein.
„Der Weg ist doch gesperrt. Sehen Sie nicht das Schild?", empörte sich Herr von Kauz zu Uhlborn.
„Ach, junger Mann, manche Dinge sollte man nicht so eng sehen, vor allem, wenn die Zeit drängt."

3

Der Pfad führte anfangs durch Buschwerk. Brombeersträucher streckten ihre dornigen Ranken aus, als wollten sie die drei Wanderer am Weitergehen hindern. Nach wenigen Metern weitete sich das Gestrüpp und der Weg wurde angenehm breit. Er begleitete das Bächlein, das ihnen entgegenfloss. Nach dem Regen der letzten Tage standen noch etliche Pfützen auf dem Weg. Wurzeln und bemooste Steine waren feucht und forderten ihre Aufmerksamkeit, um nicht plötzlich auszurutschen.

Das Wasser sprang munter plätschernd über große Felsbrocken im Flussbett.

Die Strahlen der Morgensonne lugten immer wieder durch das Blätterdach. Noch trug der Wald sein Sommerkleid aus dichtem Laub, auch wenn sich das eine oder andere Blatt bereits zu färben begann.

Im Buschwerk entlang des Baches glitzerten Tautropfen in Spinnwebennetzen. Sogar ein paar Vögel zwitscherten munter ein Liedchen. Die Hänge waren dagegen mit großen, bemoosten Steinen übersät, zwischen denen Buchen ihren Platz behaupteten.

Carina hätte gern gewusst, ob es Wildtiere in diesen Wäldern gab. Dr. Tymann war jedoch damit beschäftigt, dem jungen Archäologen die Umstände der morgendlichen Wanderung zu schildern.

Bald führte eine Betonbrücke mit Stahlrohrgeländer auf die andere Bachseite. Der Weg stieg nun leicht an. Wurzeln und Steine wurden zahlreicher.

Kurz darauf schälte sich aus dem Grün des Waldes ein Fachwerkhaus heraus. Es thronte über dem Nöckbach auf einem Granitfelsen. Gestrüpp versperrte jedoch einen guten Blick auf das Gebäude. Rechterhand führte der Weg über brüchige, ausgesetzte Treppenstufen hinauf. Ein Geländer fehlte.

„Sie sollten vorsichtig sein", warnte Dr. Tymann leicht spöttisch. „Schließlich ist der Wanderweg wegen dieser Baufälligkeit gesperrt."

Nach wenigen Minuten hatten sie unbeschadet den Aufstieg geschafft. Gras und Farn wucherten vor dem Haus. Wieder mussten sie aufpassen, wohin sie traten, während sie auf die Haustür zugingen. Es blieb kaum Gelegenheit, einen Blick auf das Bauwerk und die Umgebung zu werfen.

Noch bevor Dr. Tymann die Eingangstür erreichte, wurde sie aufgerissen.

„Da sind Sie ja endlich!", wurde er vorwurfsvoll von einer kleinen, schlanken Frau begrüßt. „Haben Sie Ihre Fachleute mitgebracht?"

„Guten Morgen, Frau Kaltenegger." Dr. Tymann ließ sich nicht aus der Ruhe bringen.

Im nächsten Moment kam mit großem Gekläff ein schwarzer Hund aus der Tür geschossen. Schwanzwedelnd sprang er an Dr. Tymann hoch und ließ sich den Kopf kraulen.

Carina und Herr von Kauz zu Uhlborn waren inzwischen hinzugetreten. Auch sie wurden von dem struppigen Kläffer angesprungen. Aufgeregt leckte er über alle Hautpartien, die er erreichen konnte.

„Czerno, aus!", schimpfte Britta Kaltenegger. „Pfui, hör auf damit." Der Hund ließ sich jedoch nicht beeindrucken und rannte wild bellend um die Neuankömmlinge herum.

Sie drehte sich zur Haustür um: „Malte, komm her, aber bisschen plötzlich. Bring die Leine mit."

Es dauerte noch eine geraume Zeit, bis endlich ein pummliger, rothaariger Junge von ungefähr zehn Jahren angeschlurft kam.

„Morschn!", grüßte er kurz angebunden. Sein sächsischer Dialekt war selbst in diesem einzigen Wort nicht zu überhören.

„Malte, heb die Füße und kümmere dich um Czerno", keifte die Mutter ihn an.

Erst als der Junge den Hund beruhigte, wandte sie sich wieder ihren Gästen zu.

„Ja, also wie gestern besprochen", ergriff Dr. Tymann das Wort, „konnte ich Frau Moosbach und Herrn von Kauz zu Uhlborn gewinnen, am Samstag zu Ihnen in die Schmiede zu kommen." Aus seinem Tonfall klang unterschwellig heraus, dass das keine Selbstverständlichkeit war.

Die beiden reichten nacheinander der Bauherrin die Hand.

„Sehr erfreut."

„Über Frau Moosbach hatte ich Ihnen ja gestern bereits einiges erzählt." Erstaunt zog Carina eine Augenbraue in die Höhe. Ihr Blick pendelte zwischen Dr. Tymann und der Bauherrin. ‚Ob er mir verrät, was er so über mich preisgab?'

Britta Kaltenegger musterte die Vampirschriftstellerin skeptisch. „Eigentlich hatte ich Sie mir anders vorgestellt." Es klang leicht enttäuscht.

„Wie denn?", fragte Carina belustigt.

„Naja, ich weiß auch nicht, aber irgendwie nicht so ... so sportlich." Sie schaute Carina in ihrem Freizeitoutfit von oben bis unten prüfend an.

„Nun, für eine Bachwanderung und Kellerbesichtigung fand ich das passender als mein schwarzes Gothicgewand, das ich bei Lesungen trage."

„Da haben Sie sicher recht. Hab es auch nicht negativ gemeint." Frau Kaltenegger schien ihre voreilige Aussage peinlich. Eine leichte Röte schoss ihr ins Gesicht.

Dr. Tymann fuhr schnell in der Vorstellung der Gäste fort: „Herr von Kauz zu Uhlborn ist Student der Archäologie. Leider ist sein Professor heute wegen dringender privater Probleme verhindert. Aber er hat einen vertrauenswürdigen Vertreter entsandt, der sich den Fund ansehen wird." Die Bezeichnung kompetent vermied er.

Dr. Tymann warf dem jungen Mann einen prüfenden Blick zu. ‚Hoffentlich war das keine Übertreibung.' Hinter der überheblichen Fassade vermutete er Unsicherheit. Herr von Kauz zu Uhlborn stand mit seinem Koffer in der Hand und verlegener Miene neben ihm. In seinem feinen Zwirn, der auf dem Weg einige Schmutzspritzer aus den Pfützen abgekommen hatte, wirkte er inmitten des Wildwuchses vor dem Haus fehl am Platz.

„Haben Sie denn bei der Polizei etwas erreichen können?", fuhr er fort.

„Bevor von deren Seite keine Begutachtung stattgefunden hat, dürfen wir nichts anrühren."

„Ja, ja, erst haben die mich gestern überhaupt nicht ernst genommen. Meinten nur, das wären wohl Tierknochen, schließlich wurde der Keller früher als Stall genutzt. Aber dann habe ich den Schädel erwähnt. Letztendlich sicherte man mir zu, jemanden vorzuschicken. Ein Kommissar Heusler oder so ähnlich soll auf dem Weg hierher sein. Eigentlich müsste er schon längst da sein."

Sie stapfte ein paar Stufen einen Hang hinauf. Trotz ihrer zierlichen Figur fiel ihr breites, in enge schwarze Jeans gezwängtes Hinterteil sofort auf. Man - vor allem Mann - kam nicht umhin, es zu bewundern. Es drängte sich ja direkt ins Blickfeld.

Die drei Wanderer folgten ihr. Die ebenfalls bröckelnde Treppe führte zu einer Wiese mit einer großen, schattenspendenden Linde. Unter dem Baum lud eine Holzbank zur Rast ein.

Britta Kaltenegger blieb an der Linde stehen und stemmte die Hände in

die Hüften.
Suchend schaute sie über eine kleine Brücke den Waldweg entlang.

Carina nutzte die Gelegenheit, sich etwas umzusehen. Das Haus lag zwar auf einem Plateau oberhalb des Nöckbaches, doch wurde das ganze Anwesen von den Elbhängen umschlossen. Zwei Wege führten hinauf auf die Hochebenen. Geradezu hinter der Brücke verlor sich eine befestigte Schneise im Wald. Links zwischen Elbhang und Lindenplatz entdeckte Carina einen Teich. Das Ufer säumten Riedgras und Kalmus. Seerosen schaukelten im leichten Luftzug des Morgens. Sein Wasser floss unter der Brücke hinab in den Nöckbach. ‚Richtig romantisch‘, dachte Carina verträumt.

Britta Kaltenegger lief in gespannter Erwartung in Richtung Waldweg und wieder zurück. „Wo bleibt dieser Kommissar nur?"
Wie aufs Stichwort rumpelte ein Jeep über den zugewachsenen Forstweg, der früher einmal asphaltiert war. Kurz vor der Schmiedenbrücke hielt er. Fluchend stieg ein kräftiger Mann in Jeans und dunklem Sakko aus.
„Was für ein Scheißweg! Da ramponiert man sich nicht nur den Wagen, sondern gleich noch die Eier mit!"
Sein kahler Schädel leuchtete in der Morgensonne. „Und was ist das für eine Sauerei?" Sein empörter Blick fixierte einen nummernschildlosen Kleinbus, der am Wegesrand stand. „Darum kümmern wir uns später."
‚Na, der ist ja gut drauf.‘ Carina runzelte unbehaglich die Stirn.
Er schien im besten Mannesalter und wirkte sportlich. Mit weitausholenden Schritten ging er auf die Brücke und Britta Kaltenegger zu. Ungeduldig blickte er sich mehrfach zu seinem Wagen um.

„Es gibt also doch eine Zufahrt", entrüstete sich der junge Archäologe.
Carina konnte sich eine bissige Bemerkung nicht verkneifen: „Die scheint aber tiefergelegten Sportwagen nicht zuträglich, wenn schon ein geländegängiges Fahrzeug seine Probleme hat." Er ignorierte ihren Spott.
„Dieser Fahrweg ist eigentlich gesperrt", merkte Britta Kaltenegger an. „Wir haben nur mit viel Überredungskunst eine Sondergenehmigung erhalten, um mit dem Auto bis hierher zu fahren."
„Gesperrter als der Fußweg, den wir genommen haben?" Herr von

Kauz zu Uhlborn war noch immer über die Missachtung des Verbotes empört.

„Für den Rückweg können Sie gern den Pfad oben über die Elbhänge nehmen." Dr. Tymann wies auf zwei markierte Wanderwege, die rechts und links den Hang hinaufführten. „Es sind nur ein paar Kilometer mehr. Hier sehen Sie!" Er deutete auf die Ausschilderung. Brummig wandte sich der Archäologe ab. Laufen, zumal in nicht kultivierter Umgebung - also im städtischen Szeneviertel - war nicht sein Ding.
‚Davon hat der Professor auch nichts erwähnt', grummelte er.

Die Beifahrertür des Jeeps öffnete sich und eine junge Blondine in Polizeiuniform stieg aus. Sie beeilte sich, ihrem Chef zu folgen.
Zu guter Letzt krabbelte vom Rücksitz ein korpulenter Herr heraus und zerrte einen abgewetzten Koffer aus dem Auto.
Er keuchte, als er die anderen erreichte. Mit einem blau-weiß-karierten Taschentuch wischte er sich den Schweiß von der Stirn.
„Kriminalhauptkommissar Heusler", stellte sich der Fahrer des Jeeps vor. Er deutete auf die junge Frau: „Meine Assistentin, Frau Ruweler, und unser Gerichtsmediziner, Dr. Ahlbrand."
„Guten Morgen."

Der Kommissar schaute in die Runde der Herrschaften samt Kind und Hund, die sich mittlerweile vor dem Gebäude der alten Schmiede versammelt hatten.
Er musterte jeden skeptisch von Kopf bis Fuß. Selbst Czerno würdigte er mit einem langen Blick.
„Darf ich fragen, wer sie alle sind?"

Als die allgemeine Vorstellung beendet war, tauchte in der Türöffnung eine weitere Frau auf. Sie wirkte noch mehr fehl am Platz als Herr von Kauz zu Uhlborn. Mitten im Wald an der alten Schmiede trug sie einen schwarzen Minirock, der ihr breites Gesäß gut betonte. Die üppige Oberweite hatte sie in ein enges Schnürkorsett gezwängt. Ihre Füße steckten in hohen Lackstiefeln mit Absätzen, die nicht zum Laufen geeignet sein konnten.
„Ah, das ist meine Freundin Doretta Wulfing." Diese nickte nur grüßend in die Runde unter der Linde hinauf.
„Kommen noch mehr Personen oder sind wir vollzählig?", brummte der Kommissar.

„Gut, Frau Kaltenegger, zeigen Sie mir und dem Gerichtsmediziner den Fundort", befahl der Kommissar barsch, als keiner auf seine Frage reagierte. „Die anderen warten." Er winkte seiner Assistentin. „Frau Ruweler, Sie kommen mit. Sie sollen ja schließlich was lernen."

4

„Folgen Sie mir bitte." Britta Kaltenegger ging voran. Sie führte den Kommissar und seine Begleiter durch eine zweiflügelige Tür in das Fachwerkhaus und danach eine steile Treppe hinab. Es war finster, elektrisches Licht gab es nicht. Die Hausherrin war lediglich mit einer kleinen Taschenlampe bewaffnet, die notdürftig den nächsten Auftritt aus der Dunkelheit schälte.

„Passen Sie auf, dass Sie nicht ausrutschen. Die Stufen sind glitschig. Der Keller hier unten ist irgendwie feucht, wobei Keller sicher nicht das richtige Wort ist. Schließlich sind wir noch immer hoch über dem Nöckbach. Und da dürfte es gar nicht feucht sein. Na ja, höchstens von der Wiese und dem kleinen Wasserfall. Die Schmiede steht ja auf einem Fels. Wissen Sie, das Mauerwerk ist schon ziemlich alt. Darum habe ich den Gutachter beauftragt, sich das Haus genauer anzusehen", plapperte sie aufgeregt. „Da ist so ein weißer Flaum auf den Steinen. Aber was wir dann gefunden haben, das ist einfach unglaublich."
Kommissar Heusler folgte vorsichtig der Bauherrin die Treppe hinab. Mangels Licht tastete er mit den Händen seine Umgebung ab. Bereits an der Eingangstür schrammte sein Schädel nur knapp am Türbalken vorbei. Kellertreppenabgänge waren erfahrungsgemäß noch niedriger. So sah sich der Kommissar genötigt, seinen Kopf einzuziehen, um sich keine Beule zu holen.

Dicht dahinter stiefelte die junge Polizistin ihrem Chef hinterher zum Fundort.
Zu guter Letzt schnaufte der Gerichtsmediziner mit seinem Koffer. Seine Körperfülle ließ ihn nicht leichtfüßig die Treppe hinabgehen. Die Holzstufen knarrten empört und es dauerte, bis er die Kellersohle erreichte.
Die Erklärungen von Britta Kaltenegger hallten aber laut genug durch das alte Gemäuer, so dass auch der Gerichtsmediziner keines ihrer Worte überhören konnte.

„Wie sind Sie denn auf die Knochen gestoßen?", unterbrach Kommissar Heusler ihren Redeschwall, als er die letzte Stufe ohne Blessuren hinter sich gelassen hatte.
„Bei der Begutachtung der Wände fand Dr. Tymann eine zugemauerte

Türöffnung." Sie verschwieg allerdings die Umstände der Entdeckung. ‚Der denkt sonst noch, Malte ist ein Randalierer oder sowas!', erklärte sie sich selbst die Unterschlagung der Information.

„Hier ist sie." Britta Kaltenegger leuchtete mit spärlichem Taschenlampenlicht auf ein Loch im Mauerwerk auf Höhe des Fußbodens.
„Die Steine ließen sich einfach so herausdrücken." Sie schüttelte verwundert den Kopf.
Kommissar Heusler zog Einweghandschuhe aus einer Jackentasche. Vorsichtig befühlte er die Wand.
„Frau Ruweler, haben Sie etwas mehr Licht?"
„Selbstverständlich, Chef." Sie nahm eine große Taschenlampe von ihrem Gürtel und schaltete sie ein. Versehentlich richtete sie den Lichtstrahl genau auf das Gesicht des Kommissars. Er zuckte geblendet zurück.
„Passen Sie doch auf."
„Entschuldigung", murmelte sie betroffen und senkte die Lampe.
Er wandte sich wieder dem Loch in der Wand zu.
„Was haben Sie gemacht, nachdem die Steine entfernt waren?"
„Dr. Tymann meinte, wir sollten uns das einmal von der Außenseite ansehen. Also sind wir rauf und dann runter über die Wiese zum Nöckbach. Mir ist dabei gar nicht aufgefallen, dass Malte, also mein Sohn, nicht mitgekommen ist, sondern noch im Keller war. Und als wir gerade vor der offenen Stelle standen, fing er unheimlich an zu schreien. Durch das Loch in der Mauer war es deutlich zu hören. Aber es klang grauenerregend, als wenn nicht nur er, sondern auch ein Geist wimmert. Ich hatte gleich so ein ungutes Gefühl, als wenn da etwas nicht mit rechten Dingen zugeht!
Natürlich bin ich sofort wieder zurückgerannt in den Keller. Nun stellen Sie sich das mal vor, da lagen plötzlich Knochen und dazwischen dieser schreckliche Schädel! Das arme Kind!", jammerte sie aufgeregt und meinte damit nicht die kleine Leiche, sondern ihren Sohn. „Er hat ja einen fürchterlichen Schreck bekommen. Hoffentlich behält er davon nicht einen innerlichen Schaden, ein Trauma oder Schlimmeres. Zum Glück hatte meine Freundin einen Jaspis dabei. Den habe ich Malte gleich um den Hals gehängt. Er soll ja helfen bei seelischem Schock."

Der Kommissar verdrehte die Augen über diesen Redeschwall. Er verzichtete darauf, sich nach den Umständen der Knochenfreilegung zu erkundigen. Er hatte so eine Ahnung, dass Malte etwas damit zu tun haben könnte. ,Genaueres kann später Frau Ruweler in Erfahrung bringen.'

Genervt kratzte er sich seinen haarlosen Kopf. Er war froh, dass sie im dunklen Keller standen und keiner seine Reaktion bemerkte. Der Lichtstrahl der Lampe war noch immer auf die Maueröffnung gerichtet. Die bleichen Knochen leuchteten hell, der Totenschädel schien ihnen aufmerksam zu lauschen.

„Doretta, also Frau Wulfing, ist sich sicher, dass es sich um einen Vampir handelt, der unter der Türschwelle verscharrt wurde. Sehen Sie sich das nur an, dieser Kopf und wie die Knochen da liegen." Sie zeigte auf das kleine Skelett.

„Darum hat sie Dr. Tymann auch gedrängt, die bekannte Schriftstellerin, Frau Moosbach, herzubitten. Sie kennt sich damit aus. Ist das nicht ein glücklicher Zufall, dass der Gutachter solche Leute kennt?"

Langsam hatte der Kommissar genug. Die schrille, hektische Stimme der Bauherrin spielte auf seinen Nervensträngen eine unsägliche Melodie.

„Gut, gut. Wir werden uns jetzt den Fund einmal genauer ansehen. Dr. Ahlbrand, wo stecken Sie denn?"

Der Gerichtsmediziner war der Erklärung von Britta Kaltenegger nur mit halbem Ohr gefolgt. Stattdessen hatte er sich, selbst mit einer kleinen Lampe ausgerüstet, ein wenig im Keller umgesehen.

„Ähm, ja nun, ich bin hier." Er trat an die Maueröffnung, nachdem der Kommissar den Platz geräumt hatte.

„Sie hätten sich ja schon längst an die Arbeit machen können", maulte der Kommissar ihn an.

„Sie standen doch die ganze Zeit davor. Nicht einen Blick konnte ich bislang darauf werfen", keifte der Gerichtsmediziner zurück. Es war unverkennbar, dass sich die beiden nicht mochten.

Ächzend bückte er sich über die Knochen.

„Junge Frau", wandte er sich an die Assistentin, „leuchten Sie mir doch mal auf den Schädel. Also nicht auf meinen, sondern auf den hier unten. Vielen Dank."

Eine Weile betrachtete er aufmerksam die Knochen. Die Schwelle war nur zum Teil entfernt worden, so dass lediglich die Beinknochen und der dazwischen platzierte Kopf zu sehen waren.

„Wo ist der Tatortfotograf?", rief er über die Schulter. „Bevor ich etwas anfasse, sollte die Ursprungslage dokumentiert werden."

Der Kommissar schnaufte ärgerlich: „Meinen Sie, wegen dieser paar alten Knochen fahre ich hier das volle Programm auf?"

Dr. Ahlbrand richtete sich empört auf. „Das sollten Sie aber. Woher wollen Sie zum jetzigen Zeitpunkt wissen, ob die Knochen alt sind? Jemand hätte auch vor kurzem hier eine Leiche verschwinden lassen können. Soweit ich weiß, stand das Gebäude lange leer. Und bei der geografischen Lage wäre eine Straftat in der Abgeschiedenheit der Schmiede leicht zu bewerkstelligen."

Verärgert über die Zurechtweisung wandte sich der Kommissar an seine Assistentin: „Frau Ruweler, holen Sie den Tatortkoffer aus dem Auto. Den Strampelanzug der SpuSi können Sie aber draußen lassen. Sind sowieso schon viel zu viele am sogenannten Tatort rumgetrampelt. Und bringen Sie mal diesen Archäologen gleich mit. Wir wollen ja schließlich heute noch fertig werden."

Beflissen drehte sich die Assistentin um und eilte samt der Lampe nach oben. Der Kommissar blieb im Dunkeln zurück, da der Gerichtsmediziner mit seiner Leibesfülle die Maueröffnung völlig verdeckte. Er runzelte die Stirn über so viel Nachlässigkeit. Seine Laune, die bereits seit dem Morgen im Frostbereich war, sank noch tiefer.

5

„Solange sich die Fachleute im Keller die Lage besehen, kommen Sie doch mit in die Küche", bot Doretta Wulfing an. „Es ist zwar alles sehr einfach, aber Kaffee kann ich trotzdem anbieten. Den habe ich von zu Hause mitgebracht."

Sie ging der zweiten Schar Gäste voran in das Haus. Wie bereits der Kommissar musste auch der junge Archäologe den Kopf einziehen, als er durch die Tür trat.

Doretta Wulfing hantierte schon eifrig am Küchenschrank. Aus einem Korb holte sie eine große Thermoskanne hervor. Tassen fand sie im Schrank.

„Strom und Wasser haben wir noch nicht. Ich hoffe, die Einfachheit stört Sie nicht zu sehr." Sie stellte Tassen und Kaffee auf den Tisch.

Dankbar nahmen Dr. Tymann und Carina Moosbach am Küchentisch platz. Vorsichtig strich Carina über die blanke Tischplatte. Sie wies etliche Spuren eines regen Küchenlebens auf. Abdrücke von Tassen und Kerben im Holz konnten durch Abscheuern nicht gänzlich entfernt werden.

Herr von Kauz zu Uhlborn zögerte, aber schließlich ließ er sich doch auf einem der alten Sitzmöbel nieder. Vorsichtig probierte er, ob der Stuhl sein Gewicht aushielt oder ob er unsanft durch das Korbgeflecht der Sitzfläche durchbrechen würde. Aber es hielt. Dafür stieß er mit dem Knie gegen die Schüsseln unter dem Küchentisch.

„Autsch", entfuhr es ihm.

„Verzeihen Sie, ich hätte Sie warnen sollen", entschuldigte sich Frau Wulfing. „Die Möbel stammen alle von den Vorbesitzern und sind vermutlich mehr als 50 Jahre alt. Damals gab es halt noch keine schicken Einbauküchen mit Spülbecken und fließend Wasser aus Hahn. Das Wasser fließt knapp an der Küche vorbei." Kichernd deutete sie aus dem Küchenfenster hinaus auf den Nöckbach.

„Das kenne ich aus meiner Kindheit auch noch", stimmte Carina zu. „Da musste das Wasser vom Brunnen auf dem Feld geholt werden. Jeder Tropfen wurde mit Eimern ins Haus getragen."

„Und wieder hinaus."

Carina stand auf und ging auf die andere Seite des Tisches. Zwei Griffe unterhalb der Tischplatte interessierten sie. Frau Wulfing ahnte, was Carina vorhatte: „Würden die Herren so freundlich sein und ihre Knie unter dem Tisch hervorholen?"

Sie zog an den Handgriffen und zum Vorschein kamen zwei Schüsseln.

„Solche Abwaschschüsseln waren in Omas Küchentisch auch." Carina klatschte begeistert in die Hände.

„Auf jeden Fall waren sie platzsparend verstaut, wenn man sie nicht brauchte."

„Man konnte mal ein benutztes Messer oder eine Tasse hineinstellen und sie waren aufgeräumt."

„In einem Geschirrspüler ist das Geschirr auch aufgeräumt", mischte sich Herr von Kauz zu Uhlborn ein. Er fühlte sich sichtlich unwohl zwischen den holzwurmgeplagten Möbeln. Er hatte gehofft, mit seinem anstudierten Wissen endlich einmal glänzen zu können. ‚Was mache ich eigentlich hier?', fragte er sich. ‚Da sitze ich in einer alten Küche mit einer Hobbyschriftstellerin und einer Gothicbraut, anstatt den Fund zu untersuchen.' Er warf einen Blick zu Dr. Tymann, der den Frauen interessiert zuhörte. ‚Dieser Doktor könnte doch endlich mal was tun.' Geduld gehörte nicht zu seinen Stärken.

„Als Archäologe müssten doch gerade Sie viel Interesse für die Lebensweise unserer Vorfahren haben", schüttelte Carina verwundert den Kopf. „Schauen Sie doch mal hier auf das Büfett", deutete sie auf den Schrank.

„Lassen Sie mich raten, so ein Teil stand auch bei Ihrer Großmutter."

„So ähnlich, aber bei weitem nicht so schön gearbeitet. Sehen Sie nur die kunstvollen Glasscheiben." Sie griff nach der Schranktür, zögerte jedoch.

„Darf ich so neugierig sein, Frau Wulfing?", wandte sie sich fragend um.

„Aber gerne doch, Frau Moosbach. Wie gesagt, das ist alles von den Vorbesitzern. Wir hatten noch nicht die Zeit, uns genauer umzusehen. Vielleicht finden Sie ja etwas Interessantes oder noch mehr Geheimnisvolles." Sie lächelte tiefgründig.

„Darf ich ein bisschen fotografieren? Ich muss ein wenig Werbung für meine Geschichten machen, da sind authentische Fotos immer recht hilfreich."

„Wenn ich ein signiertes Buch von Ihnen dafür bekomme, gern", lachte Frau Wulfing. „Ich habe übrigens alle Ihre Bücher gelesen."

„Wirklich? Das freut mich."

„Sie sind großartig."

„Danke." Carina wurde ein wenig verlegen. „Ich signiere Ihnen gern alle, die Sie schon haben und schicke Ihnen das Nächste. Das wird Anfang kommenden Jahres erscheinen."

Neugierig schaute Doretta Wulfing sie an. „Wie heißt es?"

„Psst. Das ist noch geheim." Carina senkte verschwörerisch die Stimme. „Der Verlag lyncht mich, wenn ich vorher zu viel verrate. Aber versprochen, ich schicke Ihnen eines."

„Na, dann", mit weitausholender Geste deutete Doretta durch den Raum. „Bühne frei für die Fotosession."

Carina holte ihre Kamera aus dem Rucksack und begann mit einer Fotoserie der Küche. Nicht nur der Schrank und der Tisch, auch der alte Herd mit einem Holzstapel samt Spinnennetz wurden auf den Chip gebannt.

Doretta Wulfing hatte unterdessen die Männer mit Kaffee versorgt. Aus einem Picknickkorb holte sie Würfelzucker und eine Dose Kondensmilch.

„Ich glaube, Löffel gab es in dieser Schublade." Sie zog die Fächer am Küchenbüfett auf. Carina schaute neugierig zu.

„Oh schauen Sie mal, ein Kartoffelstampfer!"

Dr. Tymann saß schmunzelnd am Tisch, während Herr von Kauz zu Uhlborn zunehmend unruhig wurde.

„Alter Küchenkrempel, wen interessiert denn sowas?", grummelte er.

Empört drehte sich Doretta Wulfing um: „Typisch Männer und Küche, Ihnen besorgt es doch bestimmt die Haushälterin."

Carina prustete plötzlich los. In diesem Moment erst fiel Doretta die Doppeldeutigkeit ihrer Bemerkung auf. Auch sie begann lauthals zu lachen.

Nur der junge Archäologe blickte noch missmutiger drein.

„Schön, dass Sie sich so prächtig amüsieren. Ich weiß gar nicht, was ich eigentlich hier soll. Meinen Samstag könnte ich durchaus anders verbringen."

Die beiden Frauen schauten sich an, jede ahnte, was die andere dachte: ‚Mit der Haushälterin?'

„Aber meine Damen, wir wollen doch den jungen Mann nicht in Verlegenheit bringen", warf Dr. Tymann belustigt ein, auch wenn ein leichter Tadel in seiner Stimme mitschwang.

„Sie haben ja Recht, Dr. Tymann. Aber, Herr von Kauz zu Uhlborn", wandte sich Carina an den Archäologen, „ist denn das Leben aus der jüngeren Vergangenheit nicht interessant für Sie?"

„Doch, schon", druckste er unbehaglich. „Als der Prof mich anrief, erzählte er allerdings etwas von alten Knochen und nicht von alter Küchenausstattung."

„Das ist ja auch richtig. Wir haben gestern im Keller einen Schädel unter einer Türschwelle gefunden. Der Ordnung halber muss erst mal die Polizei den Fund begutachten. Dann dürfen Sie ran." Doretta Wulfing bemühte sich, ernst zu bleiben, denn schon wieder kribbelte sie ein Lachanfall im Bauch.

Carina setzte sich an den Küchentisch.

„Wie kamen Sie eigentlich zu diesem abgelegenen Anwesen?", fragte sie.

Auch Doretta setzte sich nun und goss sich einen Kaffee ein.

„Das war Brittas Idee. Sie musste in letzter Zeit so einige Schicksalsschläge hinnehmen. Darum sucht sie die Abgeschiedenheit. Obwohl ich mir nicht sicher bin, ob das für Malte eine gute Entscheidung ist."

„Der Junge, der vorhin aus dem Haus kam?"

Doretta nickte. „Er muss schließlich zur Schule, möchte seine Freunde besuchen, mal ins Kino gehen oder so, wenn er größer ist. Möglicherweise schickt sie ihn auch auf ein Internat." Sie senkte ihre Stimme: „So ganz einfach ist Malte nämlich nicht. Sie liebt ihn zwar über alles, jedoch er hat so seine ... ähm ... Eigenarten. Da gibt es ständig Zoff."

Carina ging nicht auf diese Offenbarung ein: „Sie muss doch sicher auch zu ihrer Arbeit gehen."

„Nein, sie hat das Glück, finanziell abgesichert zu sein und sich eine Auszeit gönnen zu können. Deshalb konnte sie sich auch dieses Gehöft kaufen. Ich weiß nicht recht, was Britta so vorschwebt. Vielleicht töpfern, das hat sie früher mal ganz gut gemacht. Möglicherweise will sie Kräuter, Gemüse und Obst anbauen, ein paar Ziegen, Enten und Hühner halten. Biobauernhof oder so. Das ist ja gerade total angesagt."

Doretta wandte sich an Dr. Tymann: „Könnte man den Keller wieder zum Stall ausbauen? Eine Türöffnung scheint ja vorhanden zu sein."

Er wiegte nachdenklich den Kopf.

„Ein Nebengebäude wäre meiner Meinung nach sinnvoller. Mein erster Eindruck vom Keller ist, dass es erhebliche Schäden an den Wänden gibt, die genau durch diese Nutzung als Tierunterkunft entstanden sein könnten. Das Mauerwerk müsste auf jeden Fall einer detaillierten Kontrolle unterzogen werden, wie standfest es noch ist. Ich würde Ihrer Freundin empfehlen, einen Statiker zu beauftragen. Erst nach seiner Berechnung kann man sagen, welche Baumaßnahmen erforderlich sind."

„Das hört sich teuer an", seufzte Doretta.

„Bevor kurz nach dem Einzug die Küche plötzlich in den Keller absackt, ist es immer noch besser, vorher die Tragfähigkeit genau zu prüfen", warf Carina ein. Sie kannte diese Bauherren, die viel erwarteten, aber von den Kosten nichts hören wollten. Gerade bei so einem alten Gebäude konnte niemand voraussagen, wieviel Geld eine Sanierung verschlingen würde.

„Könnten die Knochen, die Sie unten gefunden haben, von den Tieren stammen, die man im Keller hielt?", fragte Herr von Kauz zu Uhlborn. Dr. Tymann schüttelte den Kopf. „Der Schädel stammt eindeutig von einem Menschen, von einem sehr, sehr jungen Menschen."

„Dr. Tymann, Sie erwähnten, dass die Schmiede recht alt ist."

„Richtig."

„Dann könnte es sich durchaus um ein Bauopfer handeln." Carina kramte in ihren Gedanken. „In heutiger Zeit gibt es ja auch noch Grundsteinlegungen, damit im neuen Haus die Bewohner unter einem guten Schutz stehen. Meist werden Schatullen mit Münzen, einer Tageszeitung und vielleicht einer Mitteilung der Bauherren im Fundament eingemauert, begleitet von drei Hammerschlägen."

Dr. Tymann nickte zustimmend.

„In früherer Zeit glaubten die Menschen an die Macht der Toten und der Geister. Alle unerklärlichen Ereignisse und Hindernisse im Leben und auch beim Bauen wurden den Geistern zugerechnet. Um sich und ihr Haus vor Unglück zu schützen, brachten sie Opfer dar. Sie hofften, so die bösen Mächte fernhalten zu können. Beim Hausbau glaubte man zum Einen, dass man dem Geist des Bodens den Baugrund abkaufen und ihn besänftigen müsse. Schließlich drang man in sein Reich vor und griff in seine Rechte ein. Es gibt viele Erzählungen, dass auf einem, von den Geistern nicht gewünschten Bauplatz über Nacht das Baumaterial verschwand oder das angefangene Haus immer wieder einstürzte."

Doretta Wulfing lauschte gebannt, den Kopf auf die Hände gestützt. Selbst Herr von Kauz zu Uhlborn hörte interessiert zu.

„Doch nicht nur vor und während der Bauzeit versuchte man das neue Gebäude zu schützen. Unwetter und Blitzeinschlag beschädigten nicht selten Haus, Scheune oder Ställe. Der angerichtete Schaden konnte den Hausbesitzer in den Ruin treiben. Versicherungen gegen Wetterschäden gab es schließlich noch nicht. Also behalf man sich manchmal mit bestimmten Pflanzen oder es wurden tote Tiere an das Scheunentor genagelt."

„Was waren das für Tiere?", wollte Dr. Tymann wissen.

„Oft wurden Eulen, Fledermäuse oder auch Geier als Scheunenschutz verwendet."

„Na, hoffentlich hängt hier an der Scheune nicht noch so ein Tier rum. Das ist ja eklig." Doretta fand die Vorstellung gruselig.

„Wie jedes Gehöft war auch die Schmiede durch Unwetter, Blitzeinschlag oder Sturmschäden gefährdet. Dagegen musste man sich wappnen. Darüber hinaus liegt die Schmiede an einem Sammelpunkt für viele Geisterarten."

„Welche Geister sollten sich in dieser Gegend herumtreiben?" Herr von Kauz zu Uhlborn wollte spöttisch klingen, doch seine Stimme verriet einen Hauch von Neugier.

„Die Menschen wähnten sicher Flussgötter und Erddämonen in diesem Tal. Vielleicht wohnten in den Elbhängen Bergmännchen. Sie alle mochten sich von den neuen Bauten gestört fühlen", fuhr Carina fort. „Besonders der Teich könnte vom Schmied für eine Gefahr gehalten worden sein. Er brauchte ein starkes Feuer für sein Handwerk, was ein Wassergeist ihm mühelos löschen könnte."

„Was meinten die Menschen, was passieren würde, wenn man ihnen keine Gabe brachte?"

„Es gibt Geschichten, dass Gebäude immer wieder zusammenfielen, bis man ihnen ein angemessenes Opfer darbrachte. Erst danach blieben sie standfest."

„Was für Opfer waren das?", wollte Doretta wissen.

„Überliefert aus vielen Teilen der Welt sind Menschenopfer, aber auch Tiere wurden in das Fundament eingemauert. Später ging man dazu über, Münzen, Eier und Ähnliches zu verwenden. Sogar der Schatten soll als Bauopfer hergehalten haben. Beim Bau von Ställen wurden auch schon mal Spielkarten unter die Schwelle gelegt. Aber fragen Sie mich nicht, warum", fügte Carina schnell hinzu, als Doretta den Mund öffnete.

„Möglicherweise geht der Fund im Keller auf einen solchen Brauch zurück."

„Ein Säugling als Opfer für das neue Haus?" Doretta schüttelte ungläubig den Kopf.

„Ich habe auch irgendwo gelesen, dass oft totgeborene oder ungetauft verstorbene Kinder unter der Schwelle bestattet wurden."

Herr von Kauz zu Uhlborn wiegte nachdenklich den Kopf: „Im Studium habe ich leider wenig über diesen Aberglauben gehört."

‚Wahrscheinlich nicht hören wollen', dachte Carina leicht grimmig. Sie ahnte nicht, wie Recht sie damit hatte.

„Aber diese archäologischen Funde, aus welchem Grund auch immer sie dort liegen, wo sie liegen, liefern wichtige Hinweise auf das Leben und die sozialen Zusammenhänge jener Zeit." Der Student holte einen Schreibblock aus seinem Koffer und begann sich einige Notizen zu machen. Nach Carinas Erklärungen fand er ihre Anwesenheit durchaus bereichernd, auch wenn er das nicht offen zugab.

„Glaube und Aberglaube gehören bis heute zur Gesellschaft ...", setzte Dr. Tymann zu einer Entgegnung an.

Bevor sich die beiden Studierten in einem wissenschaftlichen Disput verfangen konnten, warf Doretta eine andere Frage auf: „Sollten nicht auch Schutzgeister für das Haus gerufen werden?"

„Nicht gerufen, sondern vielmehr erschaffen", nahm Carina dankbar den Faden auf. „Sie sollten das Gebäude bewachen und vor Unglück schützen. In den Überlieferungen ist zu lesen, dass der Geist des Geopferten in der Nähe seiner fleischlichen Hülle und damit seiner Knochen bleibt und diese hütet. Besonders böse Schutzgeister sollen aus Kinderopfern entstanden sein."

„Das ist eine weitere Möglichkeit für den kleinen Schädel im Keller", nickte Dr. Tymann. „Er sollte wohl die Schmiede gegen allerlei Dämonen verteidigen."

„Und vielleicht auch gegen Wetterschäden", ergänzte Carina Moosbach.

Eine Weile schwiegen alle und rührten in den Kaffeetassen. Schließlich fragte Carina: „Gibt es im Ort vielleicht alte Geschichten über die

Schmiede und den Nöckbach?"
Doretta schüttelte nachdenklich den Kopf: „Meine Großmutter lebte in Hosterwitz. Und wie die alten Leute so sind, erzählen sie gern Geschichten. Natürlich gibt es auch jede Menge Spukgeschichten. Von der Schmiede ist mir nichts in Erinnerung geblieben. Ich erinnere mich jedoch an die Legende von einem früheren Herrn des Rittergutes Pillnitz, der bis heute zu Mitternacht als großer schwarzer Hund durch die Gegend streifen soll. Joachim von Loss hieß er, glaube ich. Und dann gibt es noch dieses Haus im Weinberg ..."

Eilige Schritte unterbrachen das Gespräch. Obwohl in den schweren Polizeistiefeln zarte Frauenbeine steckten, ächzte die Treppe entrüstet.
Die Assistentin des Kommissars steckte den Kopf zur Tür herein: „Herr von Kauz zu Uhlborn, würden Sie mich bitte in den Keller begleiten? Der Kommissar wünscht Ihre Anwesenheit."
„Ihr Auftritt, Herr Archäologe!", kicherten Doretta und Carina ihm hinterher.

6

Ungeduldig trat der Kommissar im dunklen Keller von einem Fuß auf den anderen. Nach kurzer Zeit kehrten das Licht und seine Assistentin mit der Ausrüstung zurück. Hinter ihr tastete sich der junge Archäologe die Stufen hinab. Er trug seinen neuen Schlangenlederkoffer bei sich. Die Treppe ächzte unter seinen Schritten. Obwohl er äußerst vorsichtig hinabstieg, stieß er sich auf der letzten Stufe doch noch den Kopf an einem Balken.
„Autsch verflucht!", schimpfte er leise.

„Herr von und zu, Sie hätten nicht weitere Knochen mitbringen müssen. Wir haben hier bereits welche für Sie. Oder was schleppen Sie sonst mit sich herum?", spottete der Kommissar über die Tasche des jungen Mannes. Es war eine bekannte Unart von ihm, seinen Frust an mehr oder weniger Unbeteiligten abzureagieren.
Herr von Kauz zu Uhlborn war über diese Art der Anrede äußerst pikiert. Er ignorierte daher den Kommissar geflissentlich und gesellte sich zum Gerichtsmediziner.
Interessiert betrachtete er die Fundstücke. Es war sein erster Feldeinsatz. Bislang mussten er und seine Kommilitonen sich mit inszenierten Ausgrabungen auf dem Unigelände und vor allem Bildern und Texten darüber begnügen. Eine freudige Erregung ergriff ihn.

In der Zwischenzeit hatte Frau Ruweler den Tatortkoffer geöffnet und Handschuhe, Markierungstafeln sowie Kamera herausgenommen.
„Entschuldigung", wandte sie sich schüchtern an den Gerichtsmediziner, „darf ich kurz die Fotos machen?"
Dr. Ahlbrand richtete sich auf. „Aber natürlich, kommen Sie nur."
Er trat einige Schritte zurück und deutete dem Archäologen, ebenfalls den Platz freizumachen.
Juana Ruweler stellte die Lampen auf, rückte sie unschlüssig näher an die Maueröffnung und wieder zurück. Aber so richtig gut beleuchtet für Tatortfotos war die Szenerie nicht. Dr. Ahlbrand sprang helfend ein.
„Darf ich Ihnen heimleuchten?", scherzte er.
Dankbar nickte die junge Assistentin. Sie spürte den giftigen Blick ihres Chefs im Rücken, der sie keine Sekunde aus den Augen ließ. Sie ahnte, nein, sie wusste, dass er jeden ihrer Fehler genüsslich in ihrer Leistungsbewertung breittreten würde.

Sie plazierte die Tatortnummern neben der Türöffnung, dem Schädel und den anderen Knochen. Die gelben Schildchen wirkten seltsam fehl am Platz in der Dunkelheit des Schmiedenkellers. Sie ließen die bleichen Knochen klein und zerbrechlich aussehen. Dr. Ahlbrand leuchtete ihr wortlos. Auch die anderen schwiegen. Nur das Plätschern des Baches und das Klicken des Kameraauslösers waren zu hören. Juana Ruweler machte diese Stille nervös. Sie beeilte sich mit ihrer Arbeit und hoffte, dass sie nicht etwas Wichtiges übersehen würde.

Nach einer Reihe von Fotos aus unterschiedlichen Blickwinkeln verstaute sie die Kamera wieder im Koffer.

Kommissar Heusler stand an der Treppe und wippte ungeduldig auf den Fersen. Fast unbewusst rieb er sich immer wieder mit der Hand über die Brust. Es dauerte ihm alles viel zu lange. Dafür fing er sich einen grimmigen Blick des Gerichtsmediziners ein.

Aufmerksam verfolgte Herr von Kauz zu Uhlborn die Arbeit der jungen Polizeibeamtin. Als er meinte, sie sei mit ihrer Beweissicherung fertig, trat er wieder näher und wollte sich zum Fund hinabbeugen.

„Bitte warten Sie noch einen Augenblick", wurde er von Juana Ruweler aufgehalten. „Ich muss nur schnell eine Skizze anfertigen."

Der Archäologe nickte. Er kramte in seinem Koffer und holte ebenfalls ein Klemmbrett, Dreikantmaßstab und Stifte hervor. „Eine Skizze des Fundortes anzufertigen, gehört auch zu den Aufgaben eines Archäologen", flüsterte er in der Stille des Kellers, als ob durch laute Worte die Knochen wieder zum Leben erweckt werden könnten.

Der Kommissar verdrehte die Augen, doch er musste seinen Frust herunterschlucken. Schließlich verhielt sich seine Assistentin vorschriftsmäßig und ihre Korrektheit ärgerte ihn noch mehr. ‚Immer diese akkurate Lehrbuchhaftigkeit', grummelte er.

Dennoch, auch wenn er es nie laut sagen würde, mochte er die junge Frau. Sie war fleißig und ihr Wille, sich im harten Polizeialltag durchzusetzen, nötigte ihm Respekt ab. Und da er manchmal ein sturer Brummelkopf sein konnte, verhinderte sie in manchen kniffligen Situationen eine Eskalation. Zumindest hatte ihm das der Dienststellenleiter Rainer Rifat letztens bei einem Bier erklärt.

Endlich war Juana Ruweler mit der Skizze fertig. Neugierig lugte der Archäologe darauf und hielt seine Zeichnung daneben. Sie waren fast identisch.

„Aufgrund der Lage des Kopfes schätze ich, dass das Kleine nicht lebend eingemauert worden ist", mutmaßte Herr von Kauz zu Uhlborn. Juana nickte zustimmend.

Dr. Ahlbrand schaut sich währenddessen die Knochen näher an.

„Der Schädel ist zweifelsfrei menschlich, aber sehr klein. Höchst wahrscheinlich war es ein Kleinkind, ein Säugling, auch wenn man berücksichtigen muss, dass in früheren Zeiten die Menschen von deutlich kleinerem Wuchs waren."

„Wie lange liegen die Knochen denn nun schon dort?", wollte der Kommissar ungeduldig wissen.

„Schwer zu sagen nach nur einem ersten Blick. Ein paar Untersuchungen werden wir abwarten müssen."

„Aber Sie werden doch einschätzen können, ob es sich um einen Todesfall aus den letzten Wochen handelt oder ob die Knochen schon Jahre oder gar Jahrhunderte hier liegen."

„Nun ja, aufgrund des völligen Fehlens von Gewebe wird das arme Geschöpf wohl schon etwas länger hier liegen."

„Das Holz der Schwelle ist morsch, also anzunehmenderweise recht alt", tat der Archäologe seine Meinung kund. „Auch die Tür wurde schon vor langer Zeit zugemauert. Sehen Sie, wie der Mörtel bröckelt? Frische Spuren von Bautätigkeit erkenne ich nicht auf den ersten Blick. Dr. Tymann kann das sicher genauer bestimmen und mehr zu der früheren Bauweise und den benutzten Materialien sagen. Wenn nichts dagegen spricht, nehme ich eine Probe davon mit ins Labor."

„Also uraltes Zeug! Wusste ich es doch", triumphierte der Kommissar und wandte sich zur Treppe. „Dann bleibt wohl für mich nichts zu tun und ich kann mich verabschieden."

„Dennoch ist von einem Mord auszugehen, Herr Kommissar", giftete Dr. Ahlbrand. „Ein Kopf rollt nicht von allein zwischen die Schenkel."

Die Bauherrin hatte die ganze Zeit atemlos den Fachgesprächen im Keller zugehört. Nun mischte sie sich jedoch empört ein: „Was sind Sie denn für ein Polizist?"

Sie stemmte die Hände in die Hüften und funkelte den Kommissar an.

„Ich habe eine Leiche im Keller und Sie interessiert das nicht die Bohne?" Sie ging ein paar Schritte auf ihn zu. Walther Heusler hob beschwichtigend die Hände. Obwohl Britta Kaltenegger fast zwei Köpfe kleiner war, fühlte er sich von ihrer wütenden Nähe unangenehm berührt.

„Ist ja schon gut. Dafür habe ich ja Frau Ruweler mitgebracht. Sie wird sich weiter um den Fall kümmern. Die Herren Wissenschaftler werden alle notwendigen Untersuchungen vornehmen, um das Rätsel Ihres Fundes zu lösen."

Ohne die Bemerkungen des Kommissars zu beachten, fuhr der junge Archäologe fort. Er fühlte sich zunehmend in seinem Element: „Die anwesende Schriftstellerin, Frau Moosbach, hat vorhin vom Brauchtum des Bauopfers erzählt." Er nahm ein zweites Blatt von seinem Block und notierte sich einige Stichworte. Während er schrieb, sprach er weiter, mehr zu sich selbst, als zu den Anwesenden im dunklen Keller: „Diesem Gedanken sollte man auf jeden Fall nachgehen. Das Errichtungsjahr des Gebäudes wird sich sicherlich aus Urkunden in Erfahrung bringen lassen. Das Alter der Knochen kann mit wissenschaftlichen Methoden ebenfalls bestimmt werden. Wenn dies einen zeitlichen Rahmen bildet, würde es die These des Bauopfers stützen ..."

7

„Was erzählte denn Ihre Großmutter über dieses Haus im Weinberg?", nahm Carina das Gespräch wissbegierig an der Stelle wieder auf, an der sie von der Polizeibeamtin unterbrochen worden waren.

„Es ist ein seltsames Haus, eigentlich eine Villa. Die Alten im Ort meiden es. Wenn sie mal hinaufsehen, spucken sie aus, wie zum Schutz vor dem Bösen. In den Gärten pflanzen sie Rosmarin und Knoblauch in Unmengen. Irgendwie fürchten sie sich vor ihm - oder seinen Bewohnern." Doretta schwieg einen Moment, bevor sie weitererzählte: „Es wurde Ende des 17. Jahrhunderts erbaut für eine Weinhändlerfamilie, für eine kurfürstliche Weinhändlerfamilie", fügte sie hinzu.

„Zu dieser Stellung sollen sie angeblich mit Hilfe des Teufels gekommen sein." Doretta zuckte entschuldigend die Schultern.

„Vielleicht haben Neider dieses Gerücht gestreut", warf Dr. Tymann ein.

„Schon möglich, das Privileg war sehr begehrt und lukrativ. Man munkelte schließlich auch, dass diese Familie einem Mörderkomplott zum Opfer fiel. Nur der Sohn überlebte. Er übernahm die Geschäfte, bis auch er plötzlich verschwand. Später tauchte ein angeblicher Sohn von ihm auf und machte seine Rechte geltend. Niemand konnte seine Abstammung widerlegen, zumal er dem verschwundenen Sohn wie aus dem Gesicht geschnitten war ..."

Ein schriller Schrei und heftiges Hundegekläff unterbrachen sie.

„Malte!"

Erschrocken sprang Doretta auf und eilte aus dem Haus.

„Wer weiß, was der Bengel nun wieder angestellt hat", stöhnte Dr. Tymann, während er gemeinsam mit Carina ebenfalls nach draußen ging.

Czernobog, der kleine schwarze Hund, stand aufgeregt bellend an der Linde. Kaum entdeckte er Doretta, rannte er ungestüm auf sie zu. An seiner Leine schleppte er einen Knüppel hinter sich her.

„Czerno, was ist denn passiert?" Der Hund schnappte nach ihrer Hand, als sie ihn beruhigend streicheln und von seiner Last befreien wollte.

„Au!"

Er lief ein paar Schritte zurück, dann schaute er sich um, ob sie ihm auch folgte.

„Wo ist Malte?"

Als ob der kleine Hund sie verstand, rannte er sofort wieder los und blieb kläffend am Geländer der Brücke stehen.

Kopfschüttelnd ging Doretta zu ihm. Sie hörte heftiges Platschen und Schniefen.

„Malte!", rief sie erschrocken nach einem Blick in den Graben. „Um Gotteswillen, wie bist du denn in den Wasserlauf gekommen?"

„Abgerutscht!", schnaufte er ärgerlich.

Doretta schaute sich hastig um. Einen Rettungsring gab es nicht. Die Wände des künstlich angelegten Bachbettes, der den Teich mit dem Nöckbach verband, waren aus großen Feldsteinen gemauert. Moos und Flechten bedeckten die Seiten. Es war für Malte unmöglich, dort hinaufzuklettern. Einige Meter bachabwärts wurde das Gelände flacher. Die zweite Brücke würde er erklimmen können.

„Malte, du musst ein Stück weiter laufen bis zu dem Gebüsch an dem Holzsteg. Da kann ich dich rausholen."

Er versuchte es, glitt auf dem schleimigen Grund jedoch immer wieder aus.

„Ich kann nicht!", klagte er. „Außerdem tut mir mein Arm weh, ich kann ihn gar nicht bewegen."

Carina und Dr. Tymann erreichten kurz nach Doretta den Unglücksort.

„Ach herrjemineeee ...", entfuhr es Carina, als sie vorsichtig einen Blick von der Brücke geworfen hatte. „Ich hole seine Mutter", bot sie an.

Doretta nickte dankbar.

Dr. Tymann, ganz der Pragmatiker, fragte: „Gibt es im Schuppen eine Leiter?"

Doretta zuckte die Schultern. „Da war ich noch gar nicht drin. Könnten Sie bitte mal nachsehen? Ich glaube, die Tür ist nicht verriegelt."

„Doretta, ich sehe dich nicht mehr. Du kannst mich doch nicht allein lassen!", klagte Malte aus der nassen Tiefe.

„Malte", rief sie, „hör mir zu. Wir suchen eine Leiter, damit du wieder hinaufklettern kannst."

„Beeilt euch aber endlich! Und Mama soll kommen! Wieso lässt sie mich hier allein?"

Im gleichen Moment kam Britta Kaltenegger aus der Haustür gestürzt. Maltes Schrei war bis in den Keller gedrungen. Sie sah ihre Freundin auf der Brücke stehen und konnte gar nicht schnell genug zu ihr rennen.

„Malte, mein Gott, was ist passiert? Wo ist er?"

Doretta deutete in den Wasserlauf.

„Nein, er kann doch nicht schwimmen!"

Hektisch suchte sie einen Weg, zu ihrem Sohn zu gelangen. Doretta konnte sie gerade noch am Arm packen, bevor sie ebenfalls abgerutscht und ins Wasser gestürzt wäre.

„Warte! Dr. Tymann sucht im Schuppen schon nach einer Leiter, um ihn rauszuholen."

Wie zur Bestätigung erklang aus der Bretterbude Poltern und Krachen.

„Ich hoffe, die Vorbesitzer haben eine hinterlassen, die brauchbar ist."

„Malte", rief Britta, „hörst du mich? Geht es dir gut?"

„Mama, mir ist kalt." Die Stimme des Jungen klang kläglich.

Plötzlich schrie er auf.

„Da ist was im Wasser ... nein ... Hilfe ... es beißt!" Er schlug mit einem Arm wild um sich. Das Wasser um Malte rauschte stärker, als kämpfte etwas mit dem Kind. Er rutschte aus und schlug mit dem Kopf auf den Kanalboden.

Britta wich alle Farbe aus dem Gesicht.

„Malteee!"

Er lag unter Wasser und rührte sich nicht.

Im gleichen Moment tauchte Dr. Tymann mit einer Leiter aus dem Schuppen wieder auf.

„Die ist zwar nicht mehr in bestem Zustand, aber sie sollte Maltes Gewicht halten können, wenn er vorsichtig hinaufklettert."

„Schnell, beeilen Sie sich", schrie Britta ihn an. „Da stimmt irgendwas nicht."

Erschrocken rannte Dr. Tymann, so schnell es seine Last erlaubte.

Er ließ die Leiter am Brückengeländer in die Tiefe.

Britta schickte sich gerade an, hinabzusteigen, als Malte wieder auftauchte. Er schüttelte sich entsetzt und schrie. Das sprudelnde Wasser färbte sich rot.

„Malte! Komm zur Leiter!"

„Kann nicht ..." Irgendetwas zog ihn zurück unter Wasser.

Nun gab es kein Halten mehr für Britta. Sie stieg über das Geländer und rutschte mehr nach unten, als dass sie die Sprossen hinabstieg. Aus Sorge um ihren Sohn vergaß sie alle Vorsicht. Dr. Tymann und Doretta konnten nur atemlos zusehen.

Das kalte Wasser biss Britta in die Waden, als sie den Grund erreichte. Ihre Schuhe sogen sich in kürzester Zeit voll und wurden schwer wie Blei. Nur mit Mühe gelang es ihr, auf den Beinen zu bleiben. Mit zwei Schritten erreichte sie ihren Sohn und zog ihn an den Schultern in die Höhe.

Erschöpft schnappte er nach Luft.

„Malte, hörst du mich?"

Er nickte.

„Kannst du dich hinstellen? Es sind nur zwei, drei Schritte zur Leiter."

Er versuchte es, sie griff ihm unter die Arme.

Es kostete sie einige Kraft, bis beide vor dem Rettungsweg standen.

Das wilde Rauschen des Baches verebbte. Bald floss das Wasser aus dem Teich wieder gemächlich plätschernd durch das Betonbett hinab in den Nöckbach.

Unbemerkt waren auch die anderen aus dem Keller hinaufgestiegen und gesellten sich verwundert zu den beiden auf der Brücke. Carina hatte sie auf dem Weg nach oben über das Unglück informiert.

Die Assistentin warf kurz einen Blick auf die Mutter mit ihrem Kind und rannte los.

Walther Heusler schaute ihr verdutzt hinterher. Nach kaum einer Minute kam sie mit dem Rettungsset aus dem Polizeiwagen zurück. Hastig riss sie es auf und holte zwei Isolierdecken hervor.

Britta schob ihren Sohn die Leiter hinauf. Von oben griffen Dr. Tymann und Walther Heusler zu, als Malte in ihre Reichweite kam. Vorsichtig zogen sie ihn über das Geländer. Juana Ruweler hüllte ihn sofort in die Rettungsdecke.

„Mein Arm, mein Fuß ...", jammerte er.

„Dr. Ahlbrand", rief Juana Ruweler den Gerichtsmediziner. „Der Junge scheint sich am Arm verletzt zu haben und blutet am Bein. Können Sie sich das bitte mal ansehen?"

Britta stieg mit Hilfe der beiden Männer ebenfalls über das Geländer. Ihr erster Blick galt ihrem Kind. Als sie Dr. Ahlbrand bei ihm sah, rief sie entsetzt: „Sie sind doch ein Leichendoktor!"

„Aber Erste Hilfe kann ich durchaus auch bei Lebenden leisten", entgegnete Dr. Ahlbrand ein wenig verschnupft, „besonders, wenn Blut fließt."

„Entschuldigung, ich wollte Ihnen nicht zu nahe treten." Britta war sichtlich verlegen über ihre Äußerung. Dankbar nahm sie die zweite Rettungsdecke von Juana Ruweler entgegen und verbarg ihren rot gewordenen Kopf.

„Schon gut", winkte er ab. „Schauen wir uns lieber mal den jungen Mann an."

Er wandte sich an Malte: „Wo tut es dir denn weh?"

Malte schaute ihn nur mit glasigem Blick an.

Dr. Ahlbrands Miene verfinsterte sich besorgt.

„Was ist passiert?", fragte er. „Er scheint einen Schock erlitten zu haben, der nicht allein vom Sturz oder dem kalten Wasser herrühren kann."

Alle zuckten die Schultern. Doretta erklärte: „Er schrie mit einem Mal, dass ihn etwas beißen würde. Dann rutschte er aus und war ein paar Sekunden unter Wasser."

„Der Junge muss sofort in ein Krankenhaus", entschied Dr. Ahlbrand. „Frau Kaltenegger, haben Sie ein Fahrzeug hier?"

„Ich habe mein Auto am Teich geparkt." Doretta war bereits auf dem Sprung, ihre Schlüssel zu holen.

Dr. Ahlbrand hielt sie zurück und drehte sich zum Kommissar. „Das ist ein Notfall. Übernehmen Sie das? Sie können im Krankenhaus mehr Dringlichkeit vermitteln."

Walther Heusler nickte. Vergessen waren alle Zwistigkeiten.

„Wie kommen Sie später von hier weg?"

„Machen Sie sich darüber keine Sorgen. Frau Ruweler und ich werden schon eine Mitfahrgelegenheit finden. Jetzt beeilen Sie sich besser."

Juana Ruweler schob den Jungen zum Polizeijeep und flüsterte beruhigend auf ihn ein. Vorsichtig zog sie ihm die nassen Schuhe und Jeans aus. Eine weitere Decke aus dem Auto sollte ihn wärmen.

Britta Kaltenegger blieb einen Moment fassungslos stehen, blickte zum Jeep, dann zu Doretta Wulfing. Ihre Schuhe und Hosen tropften ebenfalls. Sie bemerkte es jedoch vor lauter Sorge nicht.

„Sorry Liebes, kümmerst du dich um die Herrschaften?"

„Natürlich!"

Sie drückte ihre Freundin und hastete ohne weiteren Gruß zum Auto.

Sie hatte kaum die Tür geschlossen, als der Motor aufheulte und Walther Heusler den Wagen rasant wendete. Keine Sekunde später waren sie verschwunden.

8

„Ich glaube, auf diesen Schreck könnten wir einen Schluck vertragen."
Doretta lief ins Haus. Ihr stand die Sorge um Malte und ihre Freundin
deutlich ins Gesicht geschrieben.
Kurz darauf kehrte sie mit zwei großen Körben zurück.
„Wie wäre es mit einem Picknick?"
Sie stellte den Korb unter der Linde ab.
Zuerst holte sie eine Flasche und Pappbecher hervor.
„Selbstgemachter Holunderwein", verkündete sie, Munterkeit
vortäuschend.
Zögernd traten die anderen näher und nahmen dankbar den Becher
Wein an.
Dr. Ahlbrand genehmigte sich einen großen Schluck.
„Wie ist das Kind eigentlich in den Kanal gekommen?"
Doretta zuckte die Schultern. „Vermutlich ist er am Rand entlanggeturnt
und abgerutscht."
Dr. Tymann sah Carina Moosbach vielsagend an. Sie las in seinem
Blick: ‚Habe ich es nicht gesagt? Nur Dummheiten im Kopf, der Rüpel.'
Der Schreck saß allen in den Knochen. Besonders das seltsame
Sprudeln des Wassers fanden sie verwunderlich. Dr. Tymann ging
zurück zur Brücke. Ein kleines Bächlein von den Elbhängen und das
Wasser aus dem Schmiedeteich liefen an dieser Stelle zusammen. Sie
stürzten an der Feldsteinmauer in die Tiefe. Eine Seite des Kanals
wurde durch ein Geländer begrenzt, die andere war mit Gestrüpp
überwuchert. Dort entdeckte er abgebrochene Zweige. Er schüttelte
den Kopf. ‚Lausebengel!'
Während er in das Wasser schaute, begann es wieder zu schäumen,
jedoch bei weitem nicht so heftig wie vorhin, dafür lauter.
Dr. Tymann meinte, ein bösartiges Wispern zu vernehmen.
„Jetzt reicht es aber!", schimpfte er mit sich selbst. „Ich fange schon an,
Gespenster zu hören."
Entschlossen wandte er sich von dem Graben ab und stapfte zurück zu
den anderen unter der Linde.

Der kleine Hund hatte bislang missmutig hinter der Brücke gestanden
und seinem Frauchen nachgebellt. Mit einem Mal jedoch stellten sich
seine Öhrchen auf. Er lauschte in Richtung der Menschen unter der
Linde. Etwas hatte seine Aufmerksamkeit geweckt. Wie angestochen

wetzte er los und erreichte noch vor Dr. Tymann die Bank, vor der Doretta stand. Schwanzwedelnd setzte er sich vor sie.

„Ah, Dr. Tymann. Wir haben beschlossen, erst einen Happen zu essen, bevor das Haus weiter begutachtet wird." Doretta zeigte auf den Picknickkorb.
„Ich bin mir zwar nicht sicher, ob ich Ihren Geschmack treffe, aber mehr kann ich im Moment leider nicht anbieten."
Sie breitete eine Decke aus. Aus dem Korb holte sie einige Pappteller und mehrere Plastikdosen.
Carina nahm ihr die Teller ab und verteilte sie.
Dankbar griffen alle zu und warteten neugierig, was sich in den Dosen verbarg.
Als Erstes kamen geschnittene Tomaten zum Vorschein, die nächsten Schachteln enthielten Gurken, Möhren, Äpfel und - zur Erleichterung der Herren - Minifrikadellen und panierte Schnitzelchen. Zum Schluss zog Doretta mehrere Baguettebrote und eine Schachtel Kekse aus dem Korb.
„Greifen Sie zu. Gemüse schadet nicht." Sie lächelte entschuldigend.
„In der kleinen Karaffe ist ein Joghurtdip, falls das Grünzeug nicht richtig rutschen will."
Beherzt nahm sich Dr. Tymann einiges Gemüse und ein paar Frikadellen auf seinen Teller.
„Danke, Frau Wulfing. Ich esse eigentlich auch ganz gern Salat - wenn ich zur Beilage ein Schnitzel bekomme", fügte er schmunzelnd hinzu.
Seine Bemerkung erweckte eine allgemeine Erheiterung. Das Lachen löste ein wenig die Anspannung, die über ihnen lag.

Bevor Doretta sich ebenfalls einen Teller füllte, kramte sie noch eine Dose hervor. Czerno sprang freudig auf. Er erkannte die Verpackung für seine Leckerlis.
„Sitz!" Brav setzte sich der Hund.
„Erst gibt es Gesundes, dann die Leckerchen." Sie füllte etwas in den Futternapf, den sie ebenfalls mit nach draußen gebracht hatte.
Das schien dem Kleinen egal. Er freute sich, dass es überhaupt endlich Futter für ihn gab. Gierig machte er sich über den Inhalt seines Napfes her.

Carina wagte sich an die Kekse.

„Das sind Koboldtaler", erklärte Doretta mit vollem Mund.

„Hmmm!" Carina war überrascht. „Die sind ja echt lecker. Was ist da drin? Doch hoffentlich nicht ein geschredderter Kobold?"

„Nein", lachte Doretta, „nur Möhren, Orangen und Dinkelmehl, verfeinert mit ein paar Prisen Ingwer."

Neugierig langten auch Dr. Ahlbrand und Dr. Tymann in die Keksdose.

Nur der Archäologe stand mit seinem Teller ein wenig unschlüssig herum. Schließlich ließ er sich neben Juana Ruweler auf der Wiese nahe am Teich nieder. „Ich darf mich doch zu Ihnen gesellen?", fragte er vorsichtig.

Die junge Frau lachte: „Aber natürlich, gern."

„Waren Sie schon oft an solchen Tatorten?" Herr von Kauz zu Uhlborn versuchte, ein Gespräch mit der Polizistin zu beginnen.

Sie schüttelte kauend den Kopf. „Nicht an solch ungewöhnlichen. Eigentlich war ich bisher nur bei einigen Verkehrsunfällen, häuslicher Gewalt und ein paar Demos dabei. Das ist meine erste Leiche. Und Sie?"

„Das ist mein erster Einsatz. Ich habe mein Studium noch nicht beendet. Also den Bachelor habe ich schon", fügte er hastig hinzu, als er den skeptischen Blick der Polizistin bemerkte. „Vor drei Monaten konnte ich die Assistenzstelle bei unserem Prof. Dr. Steinhaus bekommen. Seit kurzem schreibe ich nun an meiner Masterarbeit."

„Passt das kleine Skelett zu Ihrem Thema?"

„Nein, aber vielleicht lässt sich da ja noch ein Bogen schlagen. Mal sehen, was die Untersuchungen so ergeben."

Über den Abhang herunter, von der Schönfelder Hochebene kommend, stapfte ein Mann auf die Schmiede zu. Mit grimmigem Gesicht schaute er auf die versammelte Gesellschaft unter der Linde. Neben ihm lief brav ein Rauhaardackel.

„Was zum Teufel geht denn hier vor?", schnauzte er.

Erschrocken zuckten Carina und Doretta zusammen.

Selbst Herr von Kauz zu Uhlborn fühlte sich unangenehm angegriffen von dem Fremden. Czerno, der für eine Weile stillgeblieben und mit seinem Fressen beschäftigt gewesen war, begann zu kläffen. Der Dackel wurde unruhig. „Bruno, sitz!" Sofort parierte der Jagdhund.

Nur Dr. Tymann blieb gewohnt ruhig.

„Tach, Klaus", begrüßte er ihn. „Keine Panik, das ist alles halb so wild. Wir haben nur eine Leiche gefunden."

„Was bitte?" Klaus Eisbrenner schnappte nach Luft. „Bernhold, kannst du mir das genauer erklären?"

„Sicher. Aber ich mach dich erst mal mit den Herrschaften bekannt. Also das ist Klaus Eisbrenner, der zuständige Revierförster", stellte er vor. Der nickte brummelig in die Runde, als Dr. Tymann ihm die Anwesenden vorstellte. Mit wenigen Worten schilderte er ihm den Fund im Keller des Hauses. „Die Eigentümerin selbst ist leider nicht mehr hier. Ihr Sohn hat sich verletzt und sie ist mit ihm ins Krankenhaus gefahren."

„Ist ja hier auch kein Spielplatz für Kinder."

Herr von Kauz zu Uhlborn erhob sich. Der brummige Förster war ihm suspekt.

„Danke, Frau Wulfing, für den Imbiss."

Doretta nickte überrascht. ‚Manieren hat er schon, der Lange', dachte sie.

„Ich werde mich nun wieder der Aufgabe zuwenden, mit der mich der Professor betraut hat. Sie entschuldigen mich?" Er verbeugte sich knapp.

Carina sprang ebenfalls auf. „Ich begleite Sie. Schließlich bin ich wegen der Knochen im Keller hergekommen. Und die habe ich in der ganzen Aufregung noch gar nicht sehen können."

Dr. Tymann schloss sich ihnen an. Er meinte, den Revierförster genügend informiert zu haben. Auch er war bislang nicht mit der Begutachtung der unteren Räumlichkeiten fertig geworden.

Frau Ruweler und Dr. Ahlbrand überlegten, wie sie am besten zurück nach Dresden kommen.

„Wenn ich nicht bis 16.00 Uhr Dienst hätte, würde ich einfach nach Hosterwitz laufen. Ich bin heute Abend mit meinem Cousin in der Weinpension verabredet."

Doretta wurde hellhörig. „Bei Martin?"

„Ja, Martin ist mein Cousin."

Ihr kam eine Idee.

„Wenn Sie möchten, vertraue ich Ihnen mein Auto an, damit Sie beide zurückfahren können. Und Sie kommen einfach heute Abend mit meinem Fahrzeug zu Martin. Ich wollte ihn schon längst mal wieder besuchen."

„Wie kommen Sie dorthin?"

„Zu Fuß, es ist ja nicht weit." Insgeheim hegte sie noch einen anderen Plan. Sie hoffte, dass sie Carina überreden konnte, bis Sonntag in der Gegend zu bleiben. ‚Wenn ich schon mal eine Schriftstellerin, die sich mit Vampiren auskennt, zu fassen bekomme, will ich die Gelegenheit nutzen.'

Juana Ruweler nickte. Sie hatte als einzige nur ein klein wenig vom Wein genippt. Schließlich war sie noch im Dienst.

„Sind Sie einverstanden, Dr. Ahlbrand?" Der Gerichtsmediziner hatte keine Einwände.

„Gut, dann sehen wir uns heute Abend bei Martin." Doretta zog ihren Autoschlüssel aus dem Picknickkorb.

„Unsere Koffer sind noch im Keller", fiel der Polizistin ein. Sie eilte ins Haus. Dr. Ahlbrand folgte ihr gemächlicher.

Zurück unter der Linde blieb Doretta mit dem Revierförster. Ein wenig verlegen begann sie, die Reste des Picknicks einzusammeln, während Klaus Eisbrenner die Auflösung der Picknickgesellschaft aufmerksam verfolgte. Sein Gesicht hellte sich langsam auf, froh, keine achtlosen Umweltvandalen vorgefunden zu haben.

„Sie kommen mir bekannt vor. Kann es sein, dass Sie hin und wieder mal bei Martin in der Weinstube vorbeischauen?"

Doretta nickte. „Martin ist ein Freund aus Kindertagen. Meine Großeltern wohnten ganz in der Nähe von seinem Elternhaus, da haben wir uns öfter gesehen. Später gingen wir sogar auf die gleiche Schule."

Eine Zeitlang schwiegen beide. Der Förster schaute sich das Haus an. Seine Gedanken wanderten zu dem Fund unter der Schwelle.

„Na, Frau Wulfing, da hat Ihre Freundin ja nicht nur sprichwörtlich eine Leiche im Keller."

In seinen struppigen Bart mischte sich ein verschmitztes Grinsen.

„Da sagen Sie was, Herr Eisbrenner. Mit solchen Sachen hat doch aber keiner rechnen können."

Mit einem Blick, den er der Polizeibeamtin nachwarf, meinte der Revierförster: „Hat das Polizeirevier nur sie geschickt?"

„Nein, so ein alter Brummbär war heute Morgen auch hier. Walther Heusler heißt er, glaube ich. Erst hat er das Ganze gar nicht für Ernst genommen, hielt es für Zeitverschwendung. Aber dann hat er sich doch noch nützlich gemacht und Malte mit seiner Mutter ins Krankenhaus gefahren. Der Junge stand ja völlig unter Schock." Sie erzählte kurz von dem Vorfall.

„Verständlich. Na, da werde ich wohl besser öfter mal nach Ihnen sehen. Wer weiß, was noch so alles passieren kann in der Einsamkeit am Weiher."

„Sie kennen sich doch gut aus in der Gegend. Gibt es gefährliche Tiere? Was könnte meiner Freundin zustoßen, wenn sie mit dem Kind allein in der Schmiede lebt?"

„Gefährliche Tiere? Also wenn Sie Löwen oder Tiger meinen, die gibt es nur im Zoo. Selbst Hirsche und Rehe sind eher selten geworden. Vielleicht verirrt sich mal ein Hase vom Pillnitzer Elbplateau bis zur Schmiede."

Doretta war beruhigt.

„Anders sieht es aber mit kleineren, oft kaum sichtbaren Wesen aus."

„Meinen Sie etwa, dass es übernatürliche Phänomene gibt, dass sich tatsächlich Gespenster hier aufhalten?" Doretta schlug erschrocken die Hand vor den Mund.

„Nein", lachte er. „Geister oder Kobolde habe ich bisher nicht getroffen, noch nicht mal eine Nixe im Teich. Schade eigentlich, sie sollen sehr hübsch sein." Er grinste.

„Aber ernsthaft dachte ich eher an Vögel, Insekten, Schmetterlinge, Spinnen, Frösche ..."

„So viel besser ist das auch nicht", schüttelte sich Doretta. Ihr Blick fiel auf die Flasche Holunderwein. Bei dem Gedanken an Spinnen und Käfer tat ihr ein Gläschen Wein sicher gut.

„Mögen Sie einen Schluck vom Guten aus der Natur? Da sind nur Holunderbeeren, Pfefferkörner, Piment und Gewürznelken drin."

„Kein Alkohol?" Es klang enttäuscht.

„Natürlich mit Hefe vergoren", kicherte Doretta.

„Lecker Hollerwein habe ich schon lange nicht mehr getrunken. Da sage ich nicht nein."

Sie goss großzügig in zwei Plastikbecher ein.

„Prost!"

„Und sogar Fledermäuse, genaugenommen Teichfledermäuse, habe ich einmal über dem kleinen Gewässer jagen sehen", plauderte der Revierförster weiter. Es schien ihm Spaß zu machen, die junge Frau zu necken.

„Igitt, die verfangen sich doch in den Haaren und saugen Blut!"

„Frau Wulfing, das ist Aberglaube. Es gibt zwar eine Vampirfledermaus, aber nicht in unseren Breiten. Sie lebt in Südamerika."

„Na, wenn Sie das sagen." Ganz überzeugt war Doretta nicht.

„Trotzdem sollte sich Ihre Freundin mit den Talbewohnern anfreunden. Das Kleingetier steht zum Teil unter strengem Naturschutz."

„Und Sie werden sicher ein Auge darauf haben", stellte Doretta fest.

Er nickte.

„Kennen Sie sich mit der Geschichte der Schmiede aus?", wechselte Doretta das Thema. Der Gedanke an Krabbelgetier verursachte ihr Unbehagen.

„Nun ja, was man so aus der Ortschronik weiß. Verlässlichere Unterlagen sind leider nicht mehr vorhanden. Vermutlich wurde bereits im Mittelalter die erste Schmiede errichtet. Eigentlich lag sie recht abgelegen, muss sich aber über die Zeit doch irgendwie gehalten haben. Als im 18. Jahrhundert die adlige Obrigkeit Hosterwitz und Pillnitz für ihre Sommerresidenzen entdeckte, wurde nicht nur die Nöckbachschmiede, auch die Keppmühle im Keppbachtal und andere Örtlichkeiten zu Ausflugszielen. Geschäftstüchtige errichteten Wein- und Bierausschänke für die durstigen Wanderer. Man flanierte den Poetenweg oberhalb der Weinberge entlang. Es bieten sich schließlich immer wieder wundervolle Ausblicke auf das Elbtal."

„Als Kinder waren wir auch oft auf dem Poetenweg unterwegs. Meine Großeltern wohnten hier und wir verbrachten die Sommerferien bei ihnen. Vor allem vom Zuckerhut hat man eine fantastische Aussicht", schwärmte Doretta.

„Und heute ist er sogar Teil des sächsischen Weinwanderweges." Sie nahm noch einen Schluck Holunderwein und schenkte auch Herrn Eisbrenner nach.

Die Polizistin und der Gerichtsmediziner kehrten mit ihren Koffern zurück und verabschiedeten sich.

„Bis heute Abend bei Martin", winkte Doretta ihnen nach, als sie zum Auto gingen.

„Ich muss dann auch mal weiter." Der Förster schloss sich der Aufbruchsstimmung an.

Der Jagdhund begann ungeduldig an seiner Leine zu ziehen.

„Ja, Bruno, wir gehen. Auf bald, Frau Wulfing, und danke für den leckeren Wein. Wenn Sie noch mehr davon haben, komme ich gern wieder."

Er winkte ihr grinsend zum Abschied.

„Immer gern, Herr Eisbrenner!"

Kurz darauf war der Hund mit seinem menschlichen Begleiter im Wald verschwunden. Doretta blieb allein zurück.

„Was für ein Tag", seufzte sie und packte die Picknickreste zusammen. „Czerno, was sagst du dazu?"

9

Herr von Kauz zu Uhlborn ging voran in den Keller. Mit seiner Stablampe beleuchtete er die feuchten, ausgetretenen Stufen. Carina folgte ihm vorsichtig.

Sein Koffer stand noch an der Mauerwerksöffnung beim Kinderschädel. „So, Frau Spukexpertin, da haben Sie Ihren Minivampir." Mit einem vielsagenden Grinsen wies er auf die Knochen. Er glaubte, Carina mit diesem Anblick aus der Fassung bringen zu können. Doch er täuschte sich, so schnell brachte sie nichts aus der Ruhe. Neugierig ging Carina in die Hocke und schaute sich den Schädel an. Er lag zwischen den Beinknochen des kleinen Skeletts. Ein leichter Gruselschauer lief ihr über den Rücken. Die schummrige Beleuchtung aus Taschenlampe und ein paar herbstlichen Sonnenstrahlen von draußen tauchten die Fundstelle in ein seltsames Licht. „In zahlreichen Berichten über Vampire wird beschrieben, dass der Tote enthauptet und der Schädel zwischen die Beine gelegt wird. Man wollte damit verhindern, dass der Kopf irgendwie wieder an seiner angestammten Körperstelle anwächst. Dann könnte er aus dem Grab zurückkehren." „Aber warum sollte man von einem Kleinkind annehmen, dass es ein Vampir ist?" Herr von Kauz zu Uhlborn hielt von diesem ganzen Aberglauben nicht viel. „Auch dafür hat der Volksmund so einige Erklärungen. Wenn ein Kind mit langen Haaren oder einem Geburtsmal zur Welt kommt, die Mutter in der Schwangerschaft zu wenig Salz zu sich nimmt oder", Carina schmunzelte, „wenn die Empfängnis an einem gewissen Feiertag erfolgte, ist es zur Vampirwerdung verdammt." „Woher wollten die Leute denn früher wissen, wann es passiert ist? Haben die nicht jeden Tag gepoppt?" „Keine Ahnung." Carina zuckte die Schultern. „Auf jeden Fall hatten sie oft viele Kinder."

Ein Sonnenstrahl kroch unter die Reste der alten Schwelle. „Was ist das denn?" Erstaunt beugte sich Carina tiefer. Etwas Blitzendes hatte ihre Aufmerksamkeit erregt. „Ach ja", erinnerte sich Herr Kauz von Uhlborn, „das ist mir heute Vormittag aufgefallen, bevor ich den Fundort so hastig verlassen habe."

„Leuchten Sie mal dorthin, damit wir etwas erkennen können."
Carina rückte ein Stück zur Seite. Der junge Archäologe richtete den Strahl seiner Lampe in die Höhlung.
„Sieht wie ein violetter Stein aus", meinte er schließlich.
„Wie geht es jetzt hier eigentlich weiter?", fragte Carina nachdenklich.
„Was meinen Sie?"
„Na, was geschieht mit den Knochen? Ich würde nämlich zu gern sehen, was noch unter der Schwelle verborgen ist", fügte sie hinzu.
„Hmm, ich denke, die Knochenfunde nehme ich mit zur Uni für den Prof. Darauf habe ich mich mit Frau Ruweler und Dr. Ahlbrand verständigt. Sie meinen, dass der Fund im Archäologischen Institut besser aufgehoben ist. Dort kann man das Alter genauer bestimmen. Fotos und Skizzen habe ich vorhin schon angefertigt. Also könnte ich nun die Holzreste vorsichtig entfernen. Halten Sie mal bitte die Lampe."
Er kramte aus seinem Koffer mehrere Papiertüten heraus. Einen Moment überlegte er.
„Handschuhe können nicht schaden, wenn ich das alte Zeug anfasse", murmelte er vor sich hin. Eine leichte Nervosität befiel ihn. ‚Nur nichts falsch machen!'

Schließlich hob er vorsichtig die morschen Schwellenreste an. Carina leuchtete gewissenhaft und voller Neugier, was sich darunter noch verbergen mochte.
Als das Holz in den Tüten verstaut war, lag das vollständige Skelett frei.
Andächtig schauten Carina und Herr von Kauz zu Uhlborn auf die menschlichen Überreste.
„Es war wirklich noch sehr klein, ein Säugling vermute ich", flüsterte Carina.
Der Archäologe nickte bedächtig. „Die Lage des Kopfes wirkt schon recht befremdlich. Haben die Eltern ihr eigenes Kind wirklich für einen Vampir gehalten?"
Er schüttelte ungläubig den Kopf.

Dr. Tymann trat zu ihnen.
„Ein kleines Menschenkind, dem der Weg in den Himmel verwehrt blieb."
Carina schaute ihren ehemaligen Chef erstaunt an.
„Na ja", meinte er nur, „damals war das doch sehr wichtig, dass alle Bestattungsrituale genau eingehalten werden mussten, damit die Seele

den Weg in die seligen Gefilde finden konnte."
Erneut schwiegen alle Drei für einen Moment.
Ein vorwitziger Sonnenstrahl traf auf den dunklen Stein. Wieder flammte ein violetter Blitz auf.

Herr von Kauz zu Uhlborn zog schließlich seine Kamera aus dem Koffer und fotografierte die neuen Ansichten. Seine Geschäftigkeit löste die Beklemmung, die alle beim Anblick des freigelegten Skeletts befallen hatte.

„Frau Moosbach, könnten Sie mal bitte den Maßstab auf die Schwelle legen?"
Carina kam der Aufforderung nach. Langsam wurde sie jedoch unruhig. Sie wollte endlich wissen, was dieser seltsam violette Stein war.
„Ein Augenblick müssen Sie sich noch gedulden." Herrn Kauz von Uhlborn war ihre wachsende Erregung nicht entgangen. „Bevor wir das nächste Artefakt berühren, sollte ich den vorgefundenen Zustand genau dokumentiert haben. Der Prof reißt mir sonst den Kopf ab."
„Ich weiß", seufzte Carina. „Wir wollen ja die Spuren nicht zu früh unwiederbringlich zerstören. Darf ich auch ein wenig fotografieren, nur für meine eigene Verwendung? Die Bauherrin möchte schließlich von mir eine Meinung hören."
„Aber sicher doch." Weder Dr. Tymann noch der Archäologe hatten etwas dagegen einzuwenden.

Kurze Zeit später befand der Archäologe seine Dokumentation für ausreichend. Auch Carina war mit ihren Aufnahmen zufrieden.
„Am liebsten würde ich die Knochen in der jetzigen Lage transportieren. Dann sparen wir uns später das Zusammenpuzzeln."
„Ein Schuhkarton könnte passen."
„Ja", stimmte der Archäologe zu. „Ob sich im Haus einer finden lässt? Wenn hier zwei Damen wohnen, muss es doch jede Menge Schuhe geben."
Carina lachte. „Ich glaube, die Damen sind noch nicht eingezogen. Sie werden wohl nicht als erstes ihre Schuhe mitgebracht haben. Aber ich kann ja mal Frau Wulfing fragen."
„Was wollen Sie fragen?" Doretta war unbemerkt die Kellertreppe hinabgestiegen.
„Haben Sie zufällig einen Behälter oder einen Karton, in den die

Skelettknochen eingepackt werden könnten?"

„Vielleicht auch ein altes Handtuch oder so etwas in der Art?", ergänzte Herr von Kauz zu Uhlborn.

„Da muss ich mal nachsehen. Es steht ja eine Menge altes Gerümpel in den Kammern."

Doretta eilte nach oben und kehrte ziemlich schnell zurück. Unter dem Arm klemmte tatsächlich ein Schuhkarton, in der Hand balancierte sie einen Stapel karierter Küchentücher.

„Ist das ausreichend?", fragte sie und übergab alles an Herrn von Kauz zu Uhlborn.

„Ich denke schon, vielen Dank."

Er öffnete die Pappschachtel. „Oh, sogar Papier ist noch drin, sehr gut."

Er bereitete den Karton für den Transport der Knochen vor. Sorgfältig schlug er mit dem ersten Tuch das Innere aus. Danach nahm er vorsichtig die ersten Knochen und legte sie möglichst genau wie unter der Schwelle vorgefunden auf den Stoff.

Carina und Doretta standen atemlos neben ihm. Auch Dr. Tymann sah dem jungen Mann aufmerksam zu. Zufrieden nickte er, als die letzten Überreste des kleinen Menschleins geborgen waren.

Mit weiteren Tüchern und dem Papier fixierte der Archäologe die Lage des Skelettes, damit es beim Transport nicht verrutschen konnte.

Herr von Kauz zu Uhlborn richtete sich auf und atmete tief durch.

„So, die Damen, der erste Teil wäre geschafft. Jetzt können wir uns endlich dem mysteriösen Stein zu wenden."

„Was für ein Stein?", wollte Doretta wissen.

„Sehen Sie", Herr von Kauz zu Uhlborn hockte sich wieder hin. Mit einem kleinen Pinsel begann er das Violett vom Staub zu befreien.

Zum Vorschein kam ein daumennagelgroßer Stein, der im Schein von Carinas Lampe violett aufleuchtete. Der Archäologe holte ihn aus dem Boden und legte ihn in ein Tütchen.

„Der Farbe nach müsste es ein Amethyst sein", stellte Doretta fest.

„Mein Chef könnte das in der Werkstatt recht schnell bestimmen."

Herr von Kauz zu Uhlborn schlug sich mit der freien Hand an die Stirn.

„Jetzt weiß ich, warum Sie mir so bekannt vorkamen. Sie sind Goldschmiedin bei Meister Leistner?"

„Ja, das stimmt", staunte Doretta.

„Ich besuchte bereits mehrfach die Werkstatt, um unseren Familienschmuck aufarbeiten zu lassen."

„Ich erinnere mich. Da waren ein paar sehr schöne Stücke dabei."

„Und meine werten Eltern waren mit Ihrer Arbeit äußerst zufrieden."
„Vielen Dank." Doretta wurde ein wenig verlegen.
„Aber zurück zu unserem Fund. Ich muss ihn erst einmal ins Institut mitnehmen. Ich bin mir jedoch sicher, dass der Prof nichts dagegen einzuwenden hat, wenn wir ihn Ihrem Chef zur Prüfung übergeben."
„Dann stellt sich nur noch die Frage, wie er zum Skelett unter die Schwelle kam und vor allem, warum", machte sich Carina bemerkbar.
„Tja, die Sache ist wirklich sehr merkwürdig. Aber Sie kennen sich doch mit abergläubischen Gebräuchen aus. Haben Sie eine Idee?"
Carina dachte einen Moment nach. „Der Amethyst soll angeblich vor Trunksucht schützen, fällt mir spontan ein. Es gibt da eine Legende von Bacchus, dem Gott des Weines. Er soll ein junges Mädchen dermaßen erschreckt haben, dass es zu Kristall erstarrte. Als der Gott daraufhin seufzte, berührte sein Atem das Kristallmädchen und färbte es purpur – wie die Farbe des Weines. Das scheint mir jedoch keine geeignete Erklärung.
Frau Wulfing, Sie beschäftigen sich auch mit diesen Sachen, was meinen Sie?"
„Er soll gegen vielerlei Beschwerden helfen, vor allem aber ...", sie lachte hell auf, „schützt er vor Dämonen, bösen Geistern, Zauberei und Diebstahl."
„Das ist durchaus einleuchtend. Der Schmied könnte sich wegen der Lage von vielerlei Geistern bedrängt gefühlt haben."
„Diese Vermutungen weichen ziemlich von der ersten Annahme ab, dass es sich um ein Bauopfer handelt." Dr. Tymann war der Unterhaltung aufmerksam gefolgt. In der Dunkelheit des Kellers hatte er sich still im Hintergrund gehalten, mischte sich jetzt wieder ins Gespräch ein.
Währenddessen säuberte Herr von Kauz zu Uhlborn weiter die Fundstelle.
„Was ist das denn?", entfuhr es ihm.
Sofort wandte sich ihm die allgemeine Aufmerksamkeit zu.
„Sehen Sie, noch ein kleiner Schädel. Der sieht tierisch aus, vielleicht ein Vogel, eine Ente oder ein Huhn."
Wieder fotografierte er gewissenhaft, bevor er den Knochenkopf hochhob und in eine Tüte steckte. Auch Carina hielt den Fund auf Bildern fest.
„Ein Säugling, ein Amethyst, ein Hühnerkopf - eine seltsame Ansammlung", sinnierte Carina halblaut. „Zum Glück habe ich meinen Laptop dabei und kann nachher mal ein wenig recherchieren."

Plötzlich begann Czerno wild zu kläffen.

„Ach Gott, der arme Kleine! Hoffentlich hat er nicht noch eine Katastrophe aufgespürt."

Doretta eilte hinauf, um nach dem Hund zu sehen.

In der Zwischenzeit beendete Herr von Kauz zu Uhlborn seine Untersuchung.

„Mehr relevante Artefakte sind nicht in der Schwelle eingemauert worden. Staub und Restfasern habe ich eingetütet und auch diesen alten Nagel." Er hob eines der Tütchen, das er sorgfältig beschriftet hatte, in die Höhe. Er legte den Finger auf seine Nase und dachte kurz nach, ob er etwas vergessen haben könnte. Als ihm nichts einfiel, wandte er sich an den Gutachter.

„Nach der Staubschicht bin ich auf Stein gestoßen. Dr. Tymann, wollen Sie noch einen Blick darauf werfen?"

„Das kann nicht schaden", meinte er und hockte sich ebenfalls nieder.

Der Archäologe reichte ihm Pinsel und Bürste. Doch auch Dr. Tymann stieß nur auf Stein. Er fegte den Staub fort und begutachtete den Untergrund: „Felsgestein, wie ich vermutet hatte. Der Keller ist direkt auf den Felssporn gebaut. Frau Moosbach", wandte er sich an Carina, „leuchten Sie bitte mal auf die Seitenwände." Diese bestanden, soweit sie durch das rabiate Vorgehen von Malte sichtbar geworden waren, aus recht gut erhaltenem Mauerwerk. Nur die Türausmauerung machte Dr. Tymann Sorge: „Der Mörtel ist recht bröselig. Lange wird es nicht dauern, bis die Steine nach unten rutschen."

„Wo sind denn die herausgebrochenen Teile?", wollte Carina wissen.

„Die hat Malte nach draußen gedrückt. Vermutlich sind sie in den Nöckbach gefallen. Der fließt genau unten entlang."

„Im Haus wird sich doch sicher etwas Brauchbares finden lassen, um das Loch zu stopfen", warf Herr von Kauz zu Uhlborn ein.

„Das denke ich auch. Ich werde mal Frau Wulfing fragen." Dr. Tymann verließ den Keller auf der Suche nach Frau Wulfing und Baumaterial.

Der Archäologe verstaute seine letzten Werkzeuge in seinem Koffer.

„So, dann gehe ich auch mal nach oben. Kommen Sie mit, Frau Moosbach?"

Carina lachte. „Allein mag ich nicht im dunklen Keller bleiben."

„Würden Sie so freundlich sein und mir die Kiste abnehmen? Es wäre sehr unglücklich, wenn ich damit auf der Treppe stürzen würde."

Wieder lachte Carina: „Na, geben Sie mal her. Ich bemühe mich auch, nicht hinzufallen."

Vor der Haustür trafen sie Doretta Wulfing. Sie beendete soeben ein Telefonat und schaute ein wenig bedrückt.

„Schlechte Nachrichten?", fragte Carina.

„Ach, das war Britta. Wegen meinem Klingelton hat Czerno so einen Alarm gemacht. Dem Jungen geht es gar nicht gut. Er hat nicht nur einen Schock und Schürfwunden am Bein, sondern sich auch noch den Arm gebrochen. Sie will bei ihm im Krankenhaus bleiben."

„Verständlich", nickte Carina. „Richten Sie ihr meine besten Wünsche für den Jungen aus."

„Ich schließe mich den Wünschen an." Der Archäologe trat zu ihnen. „Ich hoffe, der Kleine erholt sich schnell und kann den Vorfall bald vergessen."

„Vielen Dank, ich werde es Britta ausrichten."

„Der Tag ist schon recht weit fortgeschritten", bemerkte Herr Kauz von Uhlborn. „Darum möchte ich mich verabschieden. Der Aufenthalt bei Ihnen war aufregender und interessanter, als ich am Morgen vermutet habe." Er warf Carina einen vielsagenden Blick zu. „Die Funde will ich auf jeden Fall heute noch ins Institut bringen."

„Ja, natürlich. Vielen Dank, Herr von Kauz von Uhlborn, dass Sie sich der Sache annehmen."

„Ich danke für die Bewirtung. Sie war durchaus ungewöhnlich, aber sehr schmackhaft."

„Für Ihre Verhältnisse zu einfach?", neckte Doretta den jungen Mann.

„Nein, auf keinen Fall", wehrte er ab. „Aber eben anders, als ich es gewohnt bin."

„Ist es möglich, dass Sie mich über die Ergebnisse Ihrer Untersuchung an den Knochen informieren?", fragte Carina. „Ich würde zu gern wissen, wie lange das Kleine schon unter der Schwelle lag."

„Ich spreche mit dem Prof", versprach der Archäologe. „Da er ein guter Freund von Dr. Tymann ist, dürfte er nichts dagegen haben."

Dr. Tymann war bei den letzten Worten wieder aus dem Keller aufgetaucht. Die Öffnung hatte er mit ein paar Ersatzsteinen notdürftig gesichert. Nun befand er auch seine Arbeit für beendet.

„Frau Moosbach, keine Sorge, Albrecht wird Sie auf dem Laufenden halten. Ich werde ihn nachher gleich mal anrufen."

In diesem Moment erklang aus einer Jackentasche Mozarts Kleine Nachtmusik. Er zog sein Handy heraus. Das Display zeigte das Foto eines gut gekleideten, älteren Herrn mit einem Glas Rotwein in der

Hand.

„Wenn man von ihm spricht ..."

Dr. Tymann ging ein paar Schritte zur Seite: „Hallo Albrecht, wir sprachen gerade von dir. Wie geht es Margarethe?"

„Danke, danke, wir sind soeben nach Hause gekommen. Nachher kommt meine Tochter, um ein wenig zu helfen. Mit dem eingegipsten Arm kann sie ja gar nichts machen."

„Ich wünsche ihr gute Besserung."

„Was hat sich denn eigentlich an der Schmiede ergeben? Ich versuche schon seit einiger Zeit, meinen Herrn von und zu anzurufen, aber der scheint sein Telefon abgestellt zu haben." Der Professor klang etwas verärgert.

„Wir sind erst vor wenigen Minuten mit den Untersuchungen im Keller fertig geworden. Vermutlich hat man dort keinen Empfang."

Herr von Kauz zu Uhlborn holte verstohlen sein Handy hervor. Tatsächlich zeigte es ihm mehrere Anrufe in Abwesenheit an. Es war ihm sichtlich unangenehm, dass er dem Ruf seines Professors nicht gefolgt war.

Unterdessen informierte Dr. Tymann seinen Freund mit wenigen Worten über die Ereignisse an der Schmiede.

„Er will sich jetzt auf den Rückweg machen und die Funde gleich ins Institut bringen."

„Sehr gut, sehr gut. Kannst du mir den jungen Mann mal kurz ans Telefon holen?"

„Herr Kauz von Uhlborn", rief Dr. Tymann, wobei er den Namen versehentlich ein wenig verdrehte. Der Student ließ sich nicht anmerken, ob er es wahrgenommen hatte. „Prof. Steinhaus möchte Sie sprechen."

Er übergab sein Telefon und ging ins Haus.

In der Zwischenzeit hatte Carina ihren Rucksack aus der Küche geholt.

„Ich habe ein paar Tage Urlaub und würde gern in der Nähe bleiben. Die Weinberge und die Elbhänge laden zum Wandern ein. Haben Sie einen Tipp für mich, Frau Wulfing?"

‚Das trifft sich ja besser als gedacht.' Doretta unterdrückte ein erfreutes Grinsen. Sie tat, als überlege sie kurz.

„Ein Schulfreund von mir betreibt eine Weinstube und Pension im Ort." Sie lachte. „Die liegt an einem Weinberg unterhalb des Weinwanderweges und nahe des Pillnitzer Schlosses. Wäre das was für Sie?"

„Bietet er Frühstück an? Das wäre mir schon wichtig, morgens wenigstens einen Kaffee und ein Brötchen zu bekommen."

„Warten Sie, ich frage ihn gleich."

Es dauerte nur wenige Augenblicke, bis Doretta die Übernachtung samt Frühstück für Carina klar gemacht und einen Sonderpreis für sie ausgehandelt hatte.

„Also, er heißt Martin Kellermann. Seine Pension ist ganz einfach zu finden. Sie fahren runter bis zur Dresdner Straße, biegen scharf links ab und die nächste Straße links hoch. Dann sehen Sie schon die Weinstube."

„Vielen Dank." Carina schüttelte ihr dankbar die Hand.

„Ähm, eine Frage, wenn es nicht zu aufdringlich ist", druckste Doretta.

„Ach was, raus mit der Sprache."

„Britta bleibt ja heute bei ihrem Sohn und ich habe nichts weiter vor. Ich würde gern mit Ihnen bei einem Glas Wein noch ein wenig über die ganze Angelegenheit reden. Aber nur, wenn es Ihnen nichts ausmacht, ich will mich auf keinen Fall aufdrängen", fügte Doretta schnell hinzu.

„Nein, ganz und gar nicht, das ist eine fabelhafte Idee", freute sich Carina.

„Prima, ich nehme mit Czerno nachher den Weg über den Weinberg. Sagen wir, wir treffen uns so gegen 18.00 Uhr in der Weinstube. Martin macht den besten Flammkuchen in der Gegend, den müssen Sie probieren."

„Na, dann ist ja das Abendessen schon gesichert."

Dr. Tymann kam aus dem Haus. Auch er hatte seine Tasche gepackt.

„Allgemeiner Aufbruch?", fragte er, denn auch der junge Archäologe beendete das Gespräch mit seinem Professor und gab das Telefon zurück.

Alle nickten zustimmend.

„Frau Wulfing, bitte richten Sie Frau Kaltenegger aus, dass ich ihr bis Mitte der Woche mein Gutachten für den Keller zusenden werde. Und natürlich die besten Wünsche für Malte."

„Auch Prof. Steinhaus wird ihr so schnell wie möglich die Ergebnisse zu den Funden zukommen lassen", schloss sich Herr von Kauz zu Uhlborn an.

„Bereits morgen treffe ich mich mit ihm und wir beginnen mit der Untersuchung. Ich bin selbst sehr gespannt, was uns die Knochen verraten werden."

An Carina Moosbach gewandt, ergänzte er: „Der Professor lässt Ihnen ausrichten, dass er Sie gern kennenlernen würde, wenn es Ihnen zeitlich möglich wäre."

Carina nickte erfreut: „Ich bleibe ein paar Tage in der Gegend."

„Prima, er lädt Sie ein, uns am Montag im Institut zu besuchen. Am besten wäre es um 13.00 Uhr." Er holte aus seiner Tasche eine Visitenkarte.

„Das ist die Anschrift. Vorsichtshalber melde ich Sie nachher gleich beim Pförtner an, damit nichts schiefgeht."

Carina strahlte über das ganze Gesicht. „Das ist ja wunderbar. Natürlich nehme ich gern die Einladung an."

Nach einer längeren Verabschiedung stiegen schließlich Herr von Kauz zu Uhlborn, Dr. Tymann und Carina Moosbach die ausgebrochenen Stufen zum Nöckbach wieder hinab und wanderten den Waldweg zurück zu ihren Autos.

Doretta winkte ihnen nach und blieb in der Stille der Schmiede mit Czerno zurück.

10

Die Nachmittagssonne stand noch über dem Fluss und beschien die Elbhänge, als Carina an der Weinstube eintraf. Kein Mensch war weit und breit zu sehen. Über den Weinbergen lag eine schläfrige Samstagsnachmittagsruhe. Carina blieb einen Moment an ihrem Auto stehen und lauschte in die Stille. Die Ereignisse des Tages wirbelten durch ihren Kopf.

„Sie müssen Frau Moosbach sein", riss sie eine tiefe Stimme aus ihren Gedanken. Sie zuckte zusammen.

„Entschuldigung, ich wollte Sie nicht erschrecken."

„Schon gut. Ja, ich bin Carina Moosbach." Sie reichte dem Mann die Hand. Er erwiderte kräftig ihren Händedruck.

„Martin Kellermann", stellte er sich vor. „Freut mich, dass ich einen so berühmten Gast beherbergen darf. Doretta schwärmt ja von Ihnen und Ihren Büchern."

Carina zog erstaunt eine Augenbraue hoch. Sie war überrascht, dass der Wirt wusste, wer sie war. ‚Davon hat sie vorhin in dem kurzen Telefonat doch gar nichts erwähnt.'

„Ehrlich gesagt, hatte ich Sie mir ein wenig anders vorgestellt."

„Wie denn?"

„Mehr so wie Doretta, in schwarz, mit viel Schmuck und vor allem einem Kreuz als Kettenanhänger."

Carina sah an sich herunter. Sie trug bequeme Wanderhosen mit unzähligen Taschen, Hoodie und Turnschuhe. Ihre Schuhe hatte sie vorhin am Auto wieder gewechselt, da sie mit den Wanderschuhen nicht gut Autofahren konnte.

„Manchmal trage ich tatsächlich solche Gothickleider, aber meist nur zu Lesungen oder Veranstaltungen mit dunklem Hintergrund."

„Aber ein Kreuz tragen Sie doch sicher bei sich", hakte Martin Kellermann nach.

Sie lachte: „Nein, wozu sollte ich?"

„Zum Schutz vor Vampiren natürlich."

„Sie meinen echte Vampire, die mir das Blut aussaugen könnten?"

Martin nickte.

„Bislang hatte ich noch nicht das zweifelhafte Vergnügen, einem dieser Art zu begegnen." Sie beugte sich ein wenig näher zu ihm und flüsterte: „Besteht denn die Chance, in Dresden einen zu treffen?"

Ein wenig erschrocken zuckte Martin zurück. Seine Augenlider flatterten für einen Moment. Dann lachte er: „Nein, natürlich nicht, das war nur ein Scherz."

Carina stimmte in das Lachen ein, obwohl sie ein seltsames Gefühl beschlich. Ihr Blick schweifte hinauf zu den Elbhängen. Ein großes Haus fiel ihr ins Auge. ‚Ob es die Villa ist, die Frau Wulfing meinte?'

„Kommen Sie, ich zeige Ihnen erst einmal Ihr Zimmer. Es ist zwar kein Luxushotel, was ich Ihnen bieten kann, eher rustikal, aber sauber. Haben Sie viel Gepäck?"

„Nein, nur meinen Rucksack und den kleinen Trolly."

Das Zimmer lag im Obergeschoss am Ende des Ganges. Carina zählte 6 Gästezimmer.

Martin Kellermann schloss die Tür auf.

„Bitte schön, ich hoffe, Sie fühlen sich wohl in meinem Haus.

Für die Formalitäten bräuchte ich Ihren Ausweis." Es klang fast entschuldigend, dass er sie mit so etwas belästigen musste.

„Natürlich." Carina holte ihre Papiere aus dem Rucksack und gab ihm den Ausweis.

„Ich bin am Abend mit Frau Wulfing verabredet, um Ihren Flammkuchen zu probieren. Sie können mir ihn dann zurückgeben."

„Oh, Doretta kommt? Hat sie gar nicht erwähnt, aber freut mich."

„Ich hoffe, ich habe ihr damit nicht die Überraschung verdorben."

„Ach was, ich tue einfach so, als wüsste ich es nicht."

Im Hinausgehen blieb er nochmals stehen: „Wenn Sie irgendetwas brauchen, sagen Sie bitte Bescheid."

„Das ist lieb, vielen Dank."

Als die Tür hinter Martin Kellermann ins Schloss gefallen war, schaute sich Carina neugierig um. Das Zimmer war nicht sehr groß. Auf der einen Seite stand ein Doppelbett bedeckt mit einer gehäkelten Tagesdecke.

„Wie niedlich ist das denn!" Sie holte ihre Kamera aus der Tasche und schoss ein Foto.

„Das ist doch viel besser als die sterilen Decken in High-Class-Hotels."

Sie fühlte sich gleich wohl in dem Zimmer.

Ein kleiner Tisch mit Korbsesseln befand sich in der Ecke hinter der Tür. Gegenüber entdeckte sie auf einer Bauernkommode einen Flachbildfernseher. Der Gegensatz von Rustikal zu Moderne entlockte ihr ein Lächeln. Auch auf dem Tisch und der Kommode lagen gehäkelte Deckchen.

Doch etwas vermisste sie - ein Badezimmer! Suchend schaute sie sich um, bis sie eine übertapezierte Tür entdeckte. Nur die Klinke verriet es. Vorsichtig zog sie die Tür auf und blickte in ein kleines Bad mit Dusche, WC und Waschtisch. Handtücher hingen über einer Stange. „Was will man mehr", freute sie sich.

Zufrieden ging sie zurück ins Zimmer und trat ans Fenster. Sie öffnete einen Flügel des Doppelkastenfensters. Ihr Blick schweifte über die Dächer der Häuser und eine Plantage, die zwischen der Weinpension und der Elbe lag. Tief atmete sie die herbstliche Luft ein.

Der Alltagsstress aus dem Büro verschwand mit jedem Atemzug mehr und mehr. Dafür wirbelten die Geschehnisse an der Schmiede durch ihren Kopf.

Obwohl sie gespannt auf die Fotos war, wollte sie nicht im Zimmer bleiben. Sie schaute auf ihre Armbanduhr.

„Ich könnte ein Stück spazieren gehen", beschloss sie. „Bis Frau Wulfing kommt, ist noch Zeit."

Sie schnappte sich ihre Kamera und schloss das Zimmer ab. Vor dem Haus blieb sie einen Augenblick unentschlossen stehen, welche Richtung sie einschlagen sollte. Heimlich schob sich die Villa in ihren Augenwinkel. „Hinauf in den Weinhang", entschied sie.

Ihre Füße folgten fast von selbst der Straße in mehreren Kurven bergaufwärts. Rechterhand zogen sich die Weinberge am Hang entlang, auf der linken Seite reihten sich Einfamilienhäuser, umgeben von gepflegten Gärten, aneinander. Tatsächlich entdeckte Carina viele Kräuterbeete mit Rosmarin. Obwohl er nicht mehr blühte, sahen seine Nadeln noch immer sehr dekorativ aus. Sie schmunzelte.

Hinter einer Hecke gewahrte sie etwas Rotes, Flatterndes. Neugierig ging sie ein paar Schritte weiter, bis sie einen besseren Blick auf die Grundstückszufahrt hatte. Vor dem Hauseingang war rot-weißes Polizeiabsperrband gezogen. Es passte so gar nicht in die Umgebung. Wie eine Wunde zerschnitt das Rot den Garten. Zwischen den Steinen des Pflasterweges räkelten sich Grashalme. Die Studentenblumen in der Rabatte ließen traurig die welkenden Blütenköpfe hängen.

Carina schüttelte ungläubig den Kopf. ‚Was mag dort passiert sein? Warum kümmert sich niemand um den Garten? Oder ist das Grundstück noch von der Polizei gesperrt?' Schließlich zuckte sie mit den Schultern. ‚Vielleicht erfahre ich heute Abend etwas.'

Sie schlenderte ein ganzes Stück weiter, bis sie vor einem schmiedeeisernen Tor stehenblieb. Dahinter erhob sich die mysteriöse Villa. Carina war sich sicher, dass es jenes Haus der Weinhändlerfamilie war, von dem sie am Vormittag gehört hatte.

Als ihre Schritte auf dem Asphalt verhallt waren, umgab sie eine tiefe Stille. Kein Vogelzwitschern oder Grillenzirpen störte die Nachmittagsruhe.

Vorsichtig schaute sie sich um. Das angrenzende Grundstück sah im Gegensatz zu den Anwesen, an denen sie bisher vorbeigekommen ist, verwildert aus. Ein windschiefes Holztor mit Maschendrahtzaun versperrte halbherzig den Zugang zum Weinberg. An den Weinstöcken hingen mickrige Trauben. Niemand schien sich darum zu kümmern.

Doch der Garten vor dem großen, weißen Haus sah sehr gepflegt aus. Eine Blumenrabatte mit bunten Dahlien begleitete die Zufahrt bis zu einer Durchfahrt. Rechts und links erstreckte sich perfekt gemähter Rasen. Über der Maueröffnung erhob sich die weiße Villa. Sie schien auf einer Feldsteinmauer zu thronen. Wilder Wein, in herbstlichen Dunkelrot, überwucherte die Mauer. Bei genauerer Betrachtung schälte sie sich jedoch als Gebäude aus dem Pflanzengewirr heraus. Blinde Fensteraugen lugten unter den Ranken hervor. Carina bemühte sich, einen Blick durch den Torbogen zu werfen. Sie trat dichter an das Tor und schaute angestrengt durch die Gitterstäbe. Doch hinter dem Durchgang konnte sie nichts als eine weitere Mauer erkennen.

„Vermutlich waren das früher Wirtschaftsgebäude. Es soll ja ein reicher Weinhändler erbaut haben. Ihm werden wohl auch die umliegenden Weinberge gehört haben. Vielleicht weiß Frau Wulfing mehr darüber." Sie schaute auf ihre Armbanduhr. Es war erst kurz nach vier. „Noch viel Zeit."

Sie ging ein paar Schritte zurück, um das Haus besser sehen zu können. Drei Stockwerke erhoben sich über dem Wirtschaftsgebäude. Vermutlich befand sich eine Terrasse oder eine kleine Gartenanlage vor dem Eingang. Dafür sprach ein kunstreich verschnörkelter Zaun auf der Feldsteinmauer.

Die Fenster hatten keine Fensterläden, schienen aber von innen mit dunklem Tuch oder schweren Gardinen verhangen. Mehr verriet das Gebäude aus diesem Betrachtungswinkel nicht über sich.

Ein seltsam benebelndes Gefühl beschlich Carina mit einem Mal. Sie meinte, einen leisen Ruf zu vernehmen: „Carina!"

„Ob ich einfach einmal klingele?" Am Tor war jedoch nichts zu sehen, was im Haus Aufmerksamkeit erregen könnte. Sie griff nach der Klinke des Tores. Es war nicht abgeschlossen. Geräuschlos öffnete sie den Flügel ein kleines Stück.
Eine Elster krächzte erbost und vertrieb mit ihrem Ruf die zarten Wolken, die Carinas Geist einhüllen wollten.

„Nein, das wäre Hausfriedensbruch." Genauso leise zog sie die Tür wieder ins Schloss.
Sie traute sich nicht, uneingeladen das Grundstück zu betreten. Genaugenommen wusste sie auch gar nicht, was sie fragen oder sagen sollte, wenn sie einem der Bewohner gegenüberstehen würde.

Die Herbstsonne sank langsamer tiefer. Die ersten Baumschatten griffen nach Carina. Ein kühles Lüftchen kam auf und ließ sie frösteln. Noch immer war weit und breit keine Menschenseele zu erblicken. Sie schaute sich um. Die Straße schlängelte sich weiter in die Elbhänge hinauf.
„Wenn die Sonne sinkt, steige ich eben zu ihr auf", beschloss sie.
Der asphaltierte Weg führte am schmiedeeisernen Zaun entlang und erlaubte Einblicke in den Garten.
Er endete an einem weiteren Tor der Villa.
„Das muss die Wirtschaftszufahrt sein."
Carina konnte einen Blick auf den Hof hinter den Feldsteinen werfen und fand ihre Vermutung bestätigt. Beidseitig führten große Türen in die Gebäude. Allerdings wurde das Areal durch eine Mauer begrenzt, die scheinbar vor der Durchfahrt den Wirtschaftshof abtrennte. Alles wirkte sauber, aber still und verlassen.
„Viele Fragen an Frau Wulfing", lachte Carina leise. „Vielleicht weiß ja Herr Kellermann auch noch so einiges zu erzählen, wenn er so nah am Weingut wohnt."
Sie freute sich auf den Abend.

Am Ende der Straße winkte ihr einladend ein Wegweiser. Voller Entdeckerfreude ging sie auf ihn zu. „Oh, markierte Wanderwege durch die Weinberge." Sie las, wohin sie die gelben und roten Markierungen führen könnten. „Prima, mein Sonntagsausflug ist schon geplant."
Sie hoffte, dass die Pfade oberhalb der weißen Villa entlangführen würden.

Inzwischen war die Sonne ganz hinter den Bäumen verschwunden, die das Elbufer säumten. Carina beschloss, zurück in die Pension zu gehen. Noch immer war Zeit bis zu ihrer Verabredung. So konnte sie bis dahin ein paar Notizen über den Tag ihrem Laptop anvertrauen.

Und sie war neugierig auf die Bilder des Tages, die in ihrer Kamera schlummerten.

11

Carina war noch ganz in die Sichtung der Fotos versunken, die sie in der Schmiede gemacht hatte, als es an ihrer Tür klopfte. Sie schrak zusammen.

„Ja, bitte?"

„Ich bin es, Doretta."

„Frau Wulfing!" Carina sprang erfreut auf und öffnete.

„Kommen Sie mal kurz rein. Ich schaue mir gerade die Bilder von heute an."

„Sehr gern, aber wir können uns auch unten in die Weinstube setzen. Martin hat bestimmt eine Steckdose für Sie. Weil", sie hielt für einen Augenblick inne, „ich fühle mich irgendwie vertrocknet und brauche erst mal was zu trinken."

„Stimmt, jetzt, wo Sie es sagen, könnte ich auch einen Schluck vertragen."

Carina packte schnell ihren Laptop mit dem Stromkabel zusammen, griff nach ihrer kleinen Tasche und trat hinaus auf den Flur.

„Wie gefällt Ihnen die Pension?"

„Sie ist wunderbar. Ich liebe das Rustikale. Haben Sie die hübschen Häkeldecken im Zimmer gesehen? Einfach umwerfend."

Doretta nickte.

In der Weinstube stand Martin Kellermann hinter dem Tresen und polierte Gläser.

„Guten Abend, die Damen", begrüßte er sie. Er legte Tuch und Glas weg und trat zu Doretta. „Schön, dich mal wieder zu sehen." Er umarmte sie herzlich. „Hast dich wohl gerade heimlich eingeschlichen, was?", neckte er sie.

„Ach was, deine Aushilfe war so freundlich, mir Frau Moosbachs Zimmer zu nennen und sich um Czerno zu kümmern." Sie lachte.

„Freut mich auch, Martin, mal wieder hier zu sein. Wie geht es dir? Was macht dein Bein?"

„Ach, du weißt ja, die Ärzte doktern rum und nichts hilft."

„Mein Angebot steht weiterhin, überleg es dir."

Martin Kellermann wiegte nachdenklich den Kopf.

„Du weißt, was ich von dem Hokuspokus halte, aber ich denke noch mal darüber nach."

Sie klopfte ihm auf die Schulter: „Tu das. Aber fürs Erste kannst du uns eines deiner lauschigen Plätzchen anbieten."

„Sehr gern, wenn die Damen mir folgen möchten? Die schönste Weinlaube für die hübschen Mädchen." Er war froh, das Thema wechseln zu können.

Carina war überrascht über die Einrichtung der Gaststube. Martin geleitete sie in eine von Kerzen erhellte Nische mit rustikalem Tisch und gut gepolsterten Bänken. Die Wände waren in Steinoptik gehalten, was den Eindruck eines alten Kellergewölbes vermittelte. Künstliche rote Weinreben und grüne Efeuranken schmückten die Holzbalken, die die Tore zu den einzelnen Lauben bildeten.

„Was darf ich denn bringen?"

„Am besten eine Flasche Wasser", seufzte Carina. Erst jetzt bemerkte sie, dass sie den Tag über kaum etwas getrunken hatte.

„Still oder medium?"

„Ein bisschen Sprudel darf es sein. Und natürlich die Karte."

„Ansichtskarte, Wanderkarte, Speisekarte oder Weinkarte?"

Doretta und Carina lachten: „Alles!"

Als Martin Kellermann wieder hinter seinem Tresen verschwunden war, flüsterte Carina: „Mir ist vorhin schon aufgefallen, dass er ein wenig hinkt. Was ist passiert?"

„Schlimme Geschichte. Er hatte einen schweren Unfall vor zwei Jahren. Das Auto brannte und er zog sich böse Brandwunden zu. Das meiste ist zwar recht gut verheilt, nur sein Bein, das irgendwie eingeklemmt war, hat wohl mehr abbekommen. Die Wunde will einfach nicht heilen. Ich glaube, auch wenn er es nicht zugibt, er hat heftige Schmerzen."

Carina schaute mitfühlend in Richtung Tresen. „Das tut mir wirklich leid. Er scheint eigentlich ein netter Typ zu sein."

„Ja, das ist er, wenn auch ein wenig schüchtern."

Martin kehrte mit einem Tablett zurück. In einem Kühler stellte er eine Flasche Wasser auf den Tisch und Gläser.

„Für Hausgäste gibt es zur Begrüßung ein Likörchen. Für dich natürlich auch", grinste er und reichte Doretta ebenfalls ein Glas.

„Frau Moosbach, gefällt Ihnen das Zimmer?"

„Es ist wunderbar, so anheimelnd mit den hübschen Häkeldecken."

„Das ist echte Handarbeit. Meine Mutter hat sie gefertigt. Häkeln ist ihre große Leidenschaft."

„Martin, wo ist dein Likör? Komm, setz dich einen Moment zu uns, es ist ja noch nichts los."

Nur zu gern kam er der Einladung nach. Er war neugierig auf die

Schriftstellerin.

„Na, dann Prost, ihr Lieben." Doretta erhob das Glas.

„Hmm, das ist ja lecker. Sauerkirsche?", fragte Carina und leckte sich die Lippen von der Köstlichkeit.

„Richtig."

Doretta drehte unschlüssig das Glas in den Händen.

„Frau Moosbach, darf ich Sie etwas fragen?"

„Na klar!"

„Darf ich Ihnen das Du anbieten?" Sie schaute hoffnungsvoll auf.

Carina hob schmunzelnd ihren Likörrest: „Sehr gern, ich mag es nicht so förmlich. Ich bin Carina."

„Doretta!" Sie stießen lachend an.

„Martin, was ist mir dir?", stupste Doretta ihn an.

„Wir kennen uns doch gar nicht. Aber mir wäre es eine Ehre." Er blinzelte nervös in Carinas Richtung.

Sie beugte sich über den runden Tisch: „Nicht so schüchtern, also, Carina!"

Martin strahlte. „Ich bin der Martin!", verkündete er.

„N'Abend allerseits, wer schon da ist!" Zwei Männer betraten die Weinstube.

„Martin, machst uns zwei Bier?"

„Kommen sofort!"

Bedauernd erhob sich der Wirt: „Die Arbeit ruft."

Die Männer ließen sich am Stammtisch nahe beim Tresen nieder. Sofort entdeckten sie die beiden Frauen. Fragend schauten sie Martin an.

„Doretta müsst ihr doch kennen."

Die beiden nickten. „Aber die andere Hübsche?"

Martin kam mit dem Bier an den Tisch: „Das ist Carina Moosbach, die Vampirschriftstellerin", flüsterte er.

„Noch nie gehört, du Ewald?"

„Nee. Ich les doch keine Bücher. Vielleicht hat meine Frau mal was von ihr gehört, kann sie ja morgen fragen. Prost!"

Kopfschüttelnd kehrte Martin hinter seinen Tresen zurück.

Carina hatte unterdessen ihren Laptop auf den Tisch gestellt.

„Wir sollten uns erst für einen Wein entscheiden, sonst wird der Martin grantelig."

„Wirklich?"

„Was magst du - eher lieblich oder halbtrocken?"

„Ich würde etwas aus der Region probieren wollen, am liebsten halbtrocken. Rot oder weiß ist mir dabei egal."

„Hmm, dann probieren wir mal den hier."

Doretta winkte Martin. Aber sie gab ihre Bestellung nicht gleich auf, sondern neckte den Wirt: „Was kannst du uns denn für einen heimischen halbtrocknen Wein empfehlen?"

„Nun", er schlug die Weinkarte auf, „wie wäre es mit einem Cuvée Sachsen? Eine Weißweinspezialität vom Schloss Wackerbarth. Eine feinste Komposition aus Riesling und Müller-Thurgau, fruchtig und", er machte eine bedeutungsvolle Pause, „man schmeckt die Harmonie des sonnigen Elbtales."

„Nichts von den Pillnitzer Weinbergen?"

„Leider nein." Er schüttelte bedauernd den Kopf.

Doretta und Carina schauten sich an und nickten.

„Dann nehmen wir den Cuvée." Es war auch Dorettas Favorit gewesen.

„Sehr gute Wahl." Martin wandte sich zum Gehen.

„Und Flammkuchen nach Art des Hauses. Ich bin fast am Verhungern", rief ihm Carina nach. Er drehte sich um und grinste: „Sehr gern, für beide Damen?"

„Natürlich!", entrüstete sich Doretta. „Du weißt doch, wie ich deinen Flammkuchen liebe."

Lachend entschwand Martin in der Küche.

„Martin, mach mal Fernsehen an. Bundesliga!", riefen ihm die Stammtischler nach.

Er kehrte zurück und erfüllte den Wunsch.

„Was ist das Besondere an Art des Hauses?", wollte Carina wissen.

„Ein lockerer, aber nicht matschiger Teig mit Weinbeeren und Ziegenkäse."

„Das klingt interessant. Ich bin gespannt."

„So, nachdem wir Martin beauftragt haben, sich um unser leibliches Wohl zu kümmern, bin ich neugierig auf die Fotos."

Carina klappte den Laptop auf. Der Bildschirm zeigte den wundervollen Küchenschrank.

„Schauen wir mal, ob die Bilder im Keller was geworden sind."

Sie klickte ein bisschen weiter, bis sie zum Gesuchten kam.

Martin brachte den Wein an den Tisch. Aufgeregt bellend folgte ihm Czerno.

Erst als er Dorettas strenge Miene sah, wurde er still und legte sich brav unter die Bank.

„So, die Damen, wer möchte probieren?" Doretta schob ihm ihr Glas entgegen. Nach nur einem Schluck nickte sie zufrieden. Martin schenkte den Cuvée für beide ein. Dabei erhaschte er einen Blick auf den Bildschirm und hielt erschrocken die Luft an.

„Was ist das denn?"

„Ein Fund in der alten Schmiede am Nöckbach", erklärte Doretta.

„Wie kommt ihr in die Schmiede?"

„Britta hat das Grundstück gekauft und als wir gestern mit einem Gutachter wegen den Schimmelblumen im Keller draußen waren, haben wir unter einer Schwelle diese seltsamen Knochen entdeckt."

„Die liegen aber sehr eigenartig."

„Ja, mir fiel dazu gleich ein, dass es sich um einen Vampir handeln könnte. Deshalb hat der Gutachter Carina angerufen, damit sie sich das ansehen kann. Die beiden kennen sich von früher."

Weitere Männer trafen am Stammtisch ein und riefen nach Martin.

„Sorry Mädels, die Arbeit ruft. Aber ich will mehr darüber wissen."

Am Nachbartisch war man bei der Erwähnung der Nöckbachschmiede hellhörig geworden.

„Entschuldigung, dass ich Sie einfach so anspreche." Der ältere Herr von nebenan beugte sich durch das künstliche Weinlaub hinüber. Doretta und Carina schauten erstaunt auf.

„Die Schmiede ist verkauft? Wissen Sie, was der neue Eigentümer plant? Wird es wieder ein Ausflugslokal, wie früher?"

Doretta wiegte abschätzend den Kopf und überlegte, wie viel sie einem Fremden preisgeben wollte.

„Meine Freundin hat das Grundstück erworben, aber ich nehme an, dass sie die Gaststätte nicht wiederbeleben wird. Das ist so gar nicht ihr Metier."

„Das ist bedauerlich. Wir waren früher oft dort, schon meine Eltern schätzten einen Sonntagsspaziergang am Nöckbach."

„Sie kennen die Schmiede?", fragte Doretta interessiert nach.

„Sicher, wir waren meist samstags zum Nachmittagskaffee draußen im Grünen."

„Wissen Sie etwas über die Geschichte, was früher vielleicht einmal dort vorgefallen ist?"

Er überlegte. „Nein, darüber habe ich mir noch nie Gedanken gemacht."

„Schade."

Ein junges Mädchen balancierte zwei große Teller und setzte sie schließlich unbeschadet vor Carina und Doretta ab.

„Guten Appetit!"

Doretta schaute ihr nach. „Martin hat noch eine neue Mitarbeiterin", stellte sie fest.

Der ältere Herr zog sich zurück.

Die Weinstube war mittlerweile gut besucht. Der Wirt und seine Kellnerin hatten alle Hände voll zu tun. Auch die Küche arbeitete unter Volldampf. Flammkuchen, Schnitzel und Salate standen bald vor den meisten Gästen.

Carina und Doretta ließen sich den Flammkuchen schmecken, ohne sich vom Trubel um sie herum stören zu lassen. Die Blicke, die ihnen immer wieder vom Stammtisch zugeworfen wurden, ignorierten sie.

„Du hattest Recht. Der Flammkuchen ist der Hammer." Carina wischte sich zufrieden den Mund ab. „Und der Wein ist fantastisch. Prost!"

Auch Doretta hatte alles ratzeputz aufgegessen. „Puh, jetzt bin ich aber satt."

Als die Kellnerin den Tisch abgeräumt hatte, wandten sich Carina und Doretta wieder den Bildern zu.

„Hast du auch ein Foto von dem Amethyst?"

„Ich glaube ja." Carina klickte sich erneut durch die Dateien.

„Hier! Sogar in Nahaufnahme."

Nachdenklich schaute Doretta auf das Fundstück. Es war mit dem Staub der Zeit bedeckt, dennoch hatte es ein Sonnenstrahl zum Aufblitzen gebracht.

„So ein Stein war damals sicher wertvoll. Seine magischen Eigenschaften müssen dem Hausbauer bekannt gewesen sein und er muss große Angst vor allem möglichen gehabt haben. Der Stein soll angeblich vor Diebstahl und vielerlei Krankheiten schützen", überlegte sie. „Das macht aber wenig Sinn, wenn er verborgen unter der Trittschwelle einer Tür liegt. Ich dachte, er wirkt nur, wenn man ihn bei sich trägt."

„Die Schwelle galt von altersher als Grenze, als magischer Ort und als Sitz der Seelen. Es gibt vielerlei Aberglaube zu Stallschwellen und zu

Türschwellen."

„Da machte man Unterschiede?"

„Sicher, das Wohnhaus bedurfte anderen Schutz als der Stall und das Vieh."

„Wir können im Moment nicht sagen, ob der Durchgang eine Haustür oder nur eine Stalltür war, aber ich würde von Haustür ausgehen, da der Säugling dort lag", überlegte Doretta.

Carina nickte zustimmend. „Das ursprüngliche Haus ist vermutlich deutlich kleiner als das heutige gewesen." Sie nippte an ihrem Weinglas. „Wenn ich mich richtig erinnere, scheint der Amethyst fast ein Universalstein gegen alles Böse zu sein. Vielleicht", sie legte nachdenklich den Finger an die Nasenspitze, „vielleicht konnte er Gefahren auf der Schwelle bannen. Denk mal, wenn jemand mit schlechten Absichten in das Haus treten wollte, reinigte der Stein die Gedanken des Besuchers und das Böse blieb draußen."

„Du meinst, es wartete dann vor der Tür wie ein abgestellter Regenschirm?" Doretta kicherte bei dieser Vorstellung.

„Na ja, klingt jetzt nicht unbedingt logisch, da hast du Recht", gab Carina zu. „Ich kam nur darauf, weil ich mal was gelesen, so etwas in der Art wie er vertreibt die bösen Gedanken, bringt Vernunft, macht mild und sanft. Ich glaube, im Zusammenhang mit Konrad von Megenburg stand es irgendwo."

„Genauso kann ich mir aber auch vorstellen, dass ein Amethyst Dämonen fernzuhalten vermochte, ihnen den Zutritt zum Gebäude versperren konnte. Oftmals wurde solcher Aberglaube ja zuerst gegen Geister und übernatürliche Mächte angewandt."

„Stimmt."

„Das spricht auf jeden Fall für den Schutz der Schmiede und der Familie, egal ob vor irdischen Gefahren oder vor Geistern."

Doretta grinste über den Rand ihres Glases hinweg. „Ich glaube, ich sollte mir auch einen Amethyst unter die Türschwelle legen."

„Und was ist mit Schutz vor Trunkenheit?" Carina schaute zwischen Weinflasche und ihrem Glas hin und her. In beiden entdeckte sie mehr Luft als Wein. Sie schenkte sich und Doretta den Rest aus der Flasche nach.

Vom Stammtisch hallte dröhnendes Gelächter herüber. Etwas im Fernsehen hatte ihre Heiterkeit erweckt. Die Männer hielten sich an ihren Biergläsern fest, um vor Lachen nicht vom Stuhl zu fallen.

„Alle Quellen, in denen ich etwas über Amethyste gelesen habe, besagen, dass er Kontakt zum Menschen braucht, um wirken zu können. Daher soll er in einem Ring oder Anhänger getragen werden", sinnierte Carina, „egal, ob gegen Geister oder gegen Trunkenheit. Deshalb kann ich mir Trunksucht nicht unbedingt als Motiv vorstellen. Es sei denn", Carina kam eine neue Idee, „man hätte ihn später zur Umsatzsteigerung dort verborgen. Schließlich war die Schmiede in den letzten beiden Jahrhunderten eine gut besuchte Gastwirtschaft." Doretta schaute sie fragend an.

„Na, wenn die Gäste nicht so schnell beschwipst werden, trinken sie mehr und beim Wirt klingelt die Kasse."

Sie fing an zu lachen bei dieser Vorstellung.

„Ob Martin einen Amethyst unter der Schwelle hat?" Die beiden Frauen kicherten belustigt.

Bereits seit sie sich am Morgen in der Schmiede begegnet waren, war ein Funke der Sympathie übergesprungen. Scheinbar kamen ihnen die gleichen krausen Gedanken bei bestimmten Stichworten. Carina gefiel es, sie fühlte sich wohl in Dorettas Nähe.

Einen langen Augenblick schauten sie sich tief in die Augen, bis Doretta nach ihrem Glas griff und den Blick senkte.

„Das passt aber nicht zu den Knochen", nahm Carina den Gesprächsfaden wieder auf. „Beides scheint zur gleichen Zeit dort eingemauert worden zu sein. Ich glaube nicht, dass das Skelett erst zu Zeiten der Gastwirtschaft dorthin gelangte. Vielmehr vermute ich, dass es viel älter ist. Genaueres wird uns der Archäologe sicher bald sagen können. Die wahrscheinlichste Erklärung für mich ist darum der Schutz vor Geistern und Dämonen."

Doretta nickte. „Vielleicht ist er aber auch nur zufällig unter die Schwelle gefallen. Und was hat es sich mit diesem seltsamen Vogelkopf auf sich?"

„Weißt du was?", Carina öffnete eine neue Datei auf ihrem Bildschirm. „Ich werde mal in Stichpunkten aufschreiben, was wir gefunden haben und was uns dazu einfällt."

„Oh, die Flasche ist leer. Der Wein muss wohl irgendwie verdunstet sein. Oder haben wir tatsächlich eine ganze Flasche ausgetrunken?", gluckste Doretta angeheitert. Sie schaute sich nach Martin um, damit er ihnen neuen Wein brachte. Dabei streifte ihr Blick den Stammtisch.

Erstaunt stupste sie Carina an: „Schau mal, das ist doch der Förster."

„Ja, er scheint aber noch nicht lange hier zu sein. Sein Bierglas ist ja voll."

„Es muss ja nicht sein Erstes sein."

Er schien ihre Blicke zu spüren und drehte sich um: „Na, so eine Überraschung."

Er erhob sich und kam zu ihnen an den Tisch.

„So schnell sieht man sich wieder, Herr Eisbrenner", begrüßte ihn Doretta.

Er bemerkte die leere Flasche, die Doretta in der Hand hielt.

„Martin, die Damen haben Durst!", dröhnte er durch die Weinstube.

Der Wirt eilte bereits mit einer neuen Flasche Wein zu seiner Schulfreundin, ihm war Dorettas suchender Blick nicht entgangen.

Die Männer vom Stammtisch grinsten anzüglich. „Hey Klaus, neue Eroberungen? Wenn das deine Frau hört ..." Gelächter folgte den Worten.

Er drehte sich zu ihnen um. „Kann man so sagen. Wir trafen uns heute an der alten Schmiede."

„An welcher?"

„Am Nöckbach. Die Freundin von Frau Wulfing", er deutete auf Doretta, „ist seit kurzem die neue Eigentümerin. Und sie haben da etwas gefunden ..."

12

Die Aufmerksamkeit richtete sich nun vollends auf den Förster und die Frauen in der Weinlaube.

„Was gefunden?"

„Schätze?"

„Geheime Schnapsvorräte?"

„Helmuth?", riefen die Männer durcheinander.

Klaus Eisbrenner schaute Doretta an: „Am besten, Sie erzählen der ganzen Runde die Geschichte. Die Jungs geben sowieso keine Ruhe." Er grinste.

„Na gut, aber kommt mal ein bisschen näher", winkte sie die Stammtischgesellschaft heran. Schnell wurden zwei Tische zur Weinlaube geschoben und der Stammtisch kurzerhand dorthin verlegt. Gespannt schauten alle auf Doretta. Sie nahm erst einmal einen großen Schluck, bevor sie begann, vom Fund in der Schmiede zu erzählen.

Die Männer schwiegen einen Moment, schienen jedoch nicht sonderlich beeindruckt zu sein.

„Wegen der ungewöhnlichen Lage der Knochen vermuteten wir", sie schaute zu Carina, „dass es sich um ein Vampirskelett handelt."

Nun brachen die Männer in Gelächter aus. „Mädels, nichts für ungut, aber das ist doch nur mittelalterlicher Aberglaube. Ich fürchtete schon, ihr habt den Helmuth gefunden."

Doretta zog einen Schmollmund und griff zu ihrem Glas.

„Ihr müsst es ja nicht glauben."

Unbemerkt war Juana Ruweler in die Weinstube gekommen.

„Hallo Martin!" Sie umarmte ihren Cousin.

„Da bist du ja, schön dich mal wieder zu sehen. Magst du bis morgen bleiben? Mutter würde sich freuen, wenn du bei ihr vorbeischaust."

„Klar, gerne. Sonntag habe ich zum Glück frei." Sie schaute sich um.

„Hast du noch einen Happen zu essen?"

„Da finden wir was. Salat oder Flammkuchen?"

„Flammkuchen natürlich!"

Juana war mittlerweile in Zivil gekleidet. Sie trug schwarze Jeans und ein graues Sweatshirt. Doretta winkte ihr zu: „Kommen Sie zu uns in die Laube."

Martin brachte ihr ein Wasser und stellte auch ein Weinglas daneben.

„Welchen möchtest du?"

„Wir teilen mit ihr, wenn es recht ist", bot Carina an. Juana schaute auf das Etikett und nickte: „Danke, sehr gern."

Die Augen der Männer klebten derweil an der jungen Polizistin. Sie meinten es überhaupt nicht anzüglich, obwohl sie eine hübsche Frau war. Das konnte und wollte auch niemand leugnen. Sie wussten aber, dass sie bei der Dresdner Kripo arbeitete.

Nachdem sie Doretta und Carina begrüßt hatte, schaute sie die Männer verwundert an.

„Ähm, ja, Frau Ruweler, gibt es denn Neues von Helmuth Käferbeck?" Ewald Wakolbinger durchbrach die Stille.

Sie schüttelte bedauernd den Kopf. „Soweit ich weiß, fehlt nach wie vor jede Spur von ihm."

Während die Männer nachdenklich in ihr Bier starrten, betrat ein weiterer Gast die Weinstube.

Bevor Carina ihn sah, spürte sie eine seltsame Veränderung im Raum. Es schien, als verblasse das Licht. Ein kühler Hauch zog an ihr vorbei. Sie schüttelte sich unmerklich.

Verwundert schaute der Neuankömmling auf den ungewöhnlichen Stammtisch.

„Guten Abend, die Herren", grüßte er. Dann entdeckte er die drei Frauen in der Weinlaube: „Und einen besonders schönen Abend den Damen!"

Er trat näher.

„Noch ein Platz frei in eurer Runde?"

„Hol dir einen Stuhl, Rudolph." Sie rückten ein wenig zusammen, um Platz zu machen am Tisch.

„Was ist denn mit euch los? Ihr seht aus, als wäre euch ein Gespenst begegnet. Oder haben euch die reizenden Damen aus der Bahn geworfen?" Er versuchte ein aufmunterndes Lachen. Es wurde nicht erwidert.

„Ach, es gibt noch immer keine Spur von Helmuth."

„Ich verstehe das nicht, der kann doch nicht einfach wie vom Erdboden verschluckt sein."

Die Männer begannen durcheinanderzureden.

Rudolph entglitten für einen Wimpernschlag die Gesichtszüge. Aber sofort fasste er sich wieder. „War schon ein rechter Kerl, der Helmuth", seufzte er.

„Wieso war? Der ist doch nicht tot wie seine Gudrun."

„Hab's nicht so gemeint." Er hob entschuldigend die Hände.

Carina ließ den Fremden nicht aus den Augen. Er war groß und schlank, seine blonden Haare hatte er zu einem Pferdeschwanz gebunden. Ihr schien, dass er sehr blass aussah.

„Wer ist das?", fragte sie flüsternd Doretta.

„Ihm gehört die weiße Villa, von der wir heute schon sprachen."

„Aha." Wieder durchlief Carina ein Schauder.

„Hast du sie gesehen?"

Carina nickte: „Ich habe vorhin noch einen kleinen Spaziergang gemacht, da bin ich daran vorbeigekommen."

Rudolph spürte, dass er die Aufmerksamkeit von Carina geweckt hatte. Er nahm sein Glas Rotwein, das ihm Martin mittlerweile serviert hatte und näherte sich der Weinlaube. „Darf ich mich zu Ihnen setzen?"

„Warum nicht?", lächelte sie und rückte ein Stück.

„Entschuldigung, ich vergaß mich vorzustellen. Mein Name ist Rudolph von Hirschenberg-Nietodt." Er verbeugte sich knapp vor Carina, bevor er sich zu ihr setzte.

„Freut mich, ich bin Carina Moosbach."

„Noch ein von und zu", prustete Doretta los. Der Wein hatte sie bereits in eine sehr lockere Stimmung versetzt. „So einen hatten wir doch heute schon."

Rudolph zog erstaunt eine Augenbraue in die Höhe und ärgerte sich über sich selbst. ‚Warum musste ich mit dem vollen Titel prahlen? Ich hab es nicht nötig, irgendeiner zu imponieren!' Nicht zum ersten Mal erweckte sein Name Spott.

„Sie haben sicher Dorettas Bericht über die Nöckbachschmiede nicht gehört." Carina versuchte, die kleine Peinlichkeit zu überspielen.

„Nein, leider nicht."

„Nun, in der Schmiede wurden unter einer Türschwelle Knochen einer Kinderleiche gefunden, die wohl recht alt sind und Rätsel aufgeben. Es könnte sich sogar um einen Vampir handeln." Auch bei Carina lockerte der Wein die Zunge.

„Daher wurde zur Begutachtung ein Archäologe hinzugezogen namens

Tristan Leopold Horst-Kevin von Kauz zu Uhlborn." Bei der Erwähnung des Namens kribbelte Carina ein Lachanfall im Bauch. „Ich hoffe, ich habe den Namen richtig behalten."

„Der Junge war wirklich der Brüller", kicherte auch Doretta.

Herr von Hirschenberg-Nietodt fand es nicht amüsant, wenn man sich über adlige Familien lustig machte. Er verzog unwillig das Gesicht.

Carina bemerkte es und versuchte zu beschwichtigen. „Sie sollten das nicht persönlich nehmen. Aber Herr von Kauz zu Uhlborn wirkte ein wenig steif und unbeholfen. In der freien Natur schien er irgendwie fehl am Platz in seinem feinen Zwirn, aber in fachlicher Hinsicht war er sehr gewissenhaft." Sie legte ihm die Hand auf den Arm und schaute ihm lächelnd in die Augen.

Rudolph entspannte sich wieder.

Carina jedoch rann bei der Berührung ein eisiger Schauer über den Rücken. Eine seltsame Unruhe ergriff sie in seiner Nähe. Er strahlte etwas Abweisendes, Bedrohliches aus.

Während Doretta wieder die Stammtischrunde ins Auge fasste, betrachtete Rudolph eingehend Carina. „Ich meine, ich habe Sie heute Nachmittag vor meinem Tor bemerkt."

Carina errötete. Sie war froh, dass er es in der Dunkelheit der Weinlaube wohl nicht sehen würde.

„Ja, das ist wahr. Ich habe mich bei Martin eingemietet. Wegen der Sache in der Schmiede werde ich ein paar Tage hier Urlaub machen ..."

„... und Ihr erster Spaziergang führte Sie hinauf zu mir?"

„Genau, es ist ein beeindruckendes Anwesen."

„Dann sind Sie auch am Haus von Käferbecks vorbeigekommen", stellte er fest. „Die Polizeiabsperrbänder sind ja kaum zu übersehen."

Carina nickte. „Ich wunderte mich darüber. Ist es das Grundstück von Helmuth, um den sich die Männer sorgen?"

„Ja."

„Warum sind denn die Polizeistrippen vor dem Haus?"

„Nun ja, seine Frau, die Gudrun, ist vor kurzem bei einem Unfall ums Leben gekommen."

„Das ist ja fürchterlich." Carina schaute erschrocken zu Juana. Sie hatte die Worte gehört und nickte. „Als die Kollegen ihrem Mann die Nachricht überbringen wollten, fanden sie die Haustür weit offen, volle Beleuchtung in den Zimmern, aber von ihm fehlte jede Spur. Bis heute ist er nicht wieder aufgetaucht."

Martin war gerade an den Tisch zurückgekehrt: „Ja, die arme Gudrun.

Wir vermissen sie an allen Ecken und Enden. Sie war unsere gute Putzfee." Die Männer nickten zustimmend.

„Prost auf Gudrun und Helmuth, wo immer sie beide weilen mögen!" Klaus Eisbrenner erhob sein Bierglas.

Andächtiges Schweigen breitete sich aus, jeder hing einen Augenblick seinen Gedanken nach.

„Martin, mach mal noch eine Runde für den Heimweg."

Nach und nach verabschiedeten sich die Männer.

Auch Rudolph erhob sich: „Wenn Sie ein paar Tage in unserem schönen Elbtal verbringen, sehen wir uns bestimmt wieder."

Carina nickte.

„Ich wünsche den Damen eine angenehme Nacht."

Zurück blieb Martin mit den drei Frauen.

Carina, die über den Unfall bislang nichts gehört hatte, fragte: „Was ist denn mit der Frau passiert?"

„Ich habe die Akte nicht gesehen, weiß also nur, was in der Zeitung veröffentlicht wurde. Sie kam bei einem Verkehrsunfall unten an der Kreuzung ums Leben. Seltsam war zum einen die Kleidung der Frau, sie war nur in Kittelschürze und Hauslatschen. Zum anderen stand die Haustür weit offen, Licht brannte im Haus, aber ihr Mann war nicht da, als die Kollegen ihn informieren wollten."

„Ich habe die Zeitung aufgehoben. Wenn du möchtest, suche ich dir den Artikel mal raus", bot Martin an.

„Ja, das ist lieb, danke."

„Doretta, magst du auch bis morgen bleiben?" Sie überlegte kurz. „Ja, gern, fahren kann ich jetzt sowieso nicht mehr." Sie warf einen belustigten Blick auf die Polizistin.

Juana lachte: „Sehr vernünftig, Frau Wulfing."

Martin erhob sich vom Tisch und holte zwei Zimmerschlüssel vom Bord hinter dem Tresen.

„Kommt Mädels, ich zeige euch eure Zimmer."

Erst jetzt bemerkte Carina, wie müde sie war. Der aufregende Tag und der Wein würden sie gut schlafen lassen.

„Wir sehen uns morgen zum Frühstück", winkte sie gähnend und verschwand samt ihrem Laptop nach oben.

13

„Haben Sie schon Pläne für den heutigen Tag, Frau Moosbach?", fragte Juana beim Frühstück.

„Ich denke, ich werde einen Spaziergang durch die Weinberge machen. Gestern habe ich einladende Wegweiser gesehen. Eine Karte von der Gegend wäre trotzdem nicht schlecht."

„Vielleicht hat Martin eine. Martin", rief Juana nach ihrem Cousin.

„Fehlt euch was, Mädels?"

„Nein, aber sag mal, hast du eine Wanderkarte von der Gegend?"

Er schüttelte den Kopf. „Man kann sich eigentlich gar nicht verlaufen, immer am Hang lang und die Elbe im Blick. Außerdem gibt es viele Wegweiser."

„Habt ihr mir noch einen Kaffee übrig gelassen?"

Gähnend setzte sich Doretta an den Tisch. Czerno folgte ihr weitaus munterer.

„Guten Morgen!", begrüßte Martin sie. „Ich hoffe, du hast gut geschlafen?"

„Ja, danke."

„Möchtest du ein Frühstücksei?"

Sie schüttelte den Kopf. „Kaffee reicht."

Dorettas Telefon klingelte. „Britta! Entschuldigt mich."

Gleich darauf kam sie zurück. „Carina, sie fragt, ob wir uns nachher mit ihr an der Schmiede treffen können."

Carina nickte mit vollem Mund.

„Prima!"

Doretta ging wieder vor die Tür, um weiter mit ihrer Freundin zu telefonieren.

„Wie geht es dem Kind?", erkundigte sich Carina, als Doretta zurückkam.

„Er bleibt erst mal im Krankenhaus zur Beobachtung. Seine Oma wird heute bei ihm bleiben. Britta kommt gegen elf zur Schmiede raus und will natürlich wissen, was gestern weiter passiert ist und was wir herausgefunden haben."

„Ich hoffe, er erholt sich bald wieder."

Doretta nickte und nippte noch immer nicht ganz wach an ihrem Kaffee.

Juana Ruweler erhob sich. „So, ich werde dann mal Martins Mutter besuchen gehen. Ihr Auto habe ich vor der Pension geparkt", wandte sie sich an Doretta. „Und danke nochmals."

„Aber gern."

Unschlüssig blieb Juana am Tisch stehen. „Ähm, eine kleine Bitte hätte ich noch, wenn es nicht zu aufdringlich ist."

Erstaunt schauten Doretta und Carina auf.

„Ach was, raus mit der Sprache."

„Nun, aus rein privater Neugier würde mich interessieren, was es mit dem Skelett auf sich hat. Ob Sie mir vielleicht irgendwann mal was Genaueres erzählen könnten? Vielleicht treffen wir uns ja mal wieder bei Martin."

Doretta lachte. „Na, das lässt sich auf jeden Fall einrichten. Wir sind ja alle neugierig. Ich gebe Martin Bescheid, wenn es von den Fachleuten was Neues gibt."

Erleichtert lachte nun auch Juana. „Vielen Dank. Bis dahin erst mal einen schönen Sonntag."

Sie winkte zum Abschied, als sie die Gaststube verließ.

Auch Carina und Doretta beendeten ihr Frühstück.

„Ich muss erst mal zu Hause vorbeifahren und Britta abholen. Magst du mitkommen?"

Carina überlegte kurz und schüttelte dann den Kopf.

„Eigentlich wollte ich durch die Weinberge wandern. Es führt bestimmt ein schöner Weg zur Schmiede."

„Na gut, sei bitte vorsichtig und bleib auf den Wegen."

Carina schaute Doretta spöttisch an. „Ich bin doch nicht Rotkäppchen. Oder gibt es Wölfe in den Elbhängen?"

„Nein, das nicht, aber ich finde es unsicher, wenn du allein unterwegs bist."

„Ach, du bist gestern auch unbeschadet allein von der Schmiede zu Martin gekommen."

„Ich hatte immerhin einen Beschützer dabei." Sie tätschelte Czerno den Kopf.

„Danke für deine Sorge." Carina lächelte Doretta beruhigend an. „Mir passiert schon nichts."

Sie verabschiedeten sich und Carina ging zurück in ihr Zimmer. Doretta ließ Czerno in das Auto springen und fuhr langsam vom Parkplatz.

Kurze Zeit später verließ Carina in Wanderschuhen und mit Rucksack die Weinpension. Die Morgensonne streichelte wärmend ihr Gesicht. Es versprach, ein schöner Herbstsonntag zu werden.

Ihr Weg führte sie hinauf zur weißen Villa. Als sie am Grundstück von Käferbecks vorbei kam, blieb sie einen Moment stehen. Sie dachte an die Geschichte, die sie am Abend gehört hatte. ‚Was ist bloß an jenem Tag geschehen, dass die Frau Hals über Kopf aus dem Haus stürzte und tödlich verunglückte? Und wo steckt der Ehemann?' Sie war nicht die erste, die sich diese Fragen stellte. Sowohl die Polizei als auch die Nachbarn zerbrachen sich seither die Köpfe, ohne eine Antwort und Helmuth zu finden.

Das rot-weiße Absperrband flatterte im sanften Wind. Es war genauso still wie am Tag zuvor. Das Haus war nicht sehr groß, aber über und über mit Wein bewachsen. Im kleinen Vorgarten stand das Gras recht hoch und die Studentenblumen an der Hauszuwegung waren verblüht.

„Wie traurig es aussieht", flüsterte Carina. Schließlich wandte sie sich ab und ging weiter. Am Tor der weißen Villa hielt sie kurz inne und spähte auf die Fenster. Sie waren geschlossen und schienen wie am Vortag verhangen zu sein.

„Der Herr scheint noch zu schlafen", grinste Carina. „Ob er allein in den vielen Zimmern wohnt?"

Am vorigen Abend hatte sie zwar den Eigentümer kennengelernt, aber keine Gelegenheit gefunden, mehr über das Haus zu erfahren.

Kurz bevor sie das Tor zur Wirtschaftseinfahrt erreichte, kam ein Fahrzeug die Straße hinauf. Sie trat an die Seite und schaute neugierig, wer am Sonntagvormittag schon unterwegs war. Es war ein Transporter mit der Aufschrift »Heizung Sanitär«. Zwei Männer saßen im Wagen. Sie nickten ihr freundlich zu.

‚Die wundern sich sicher auch über mich', dachte Carina. Es war ja erst kurz nach neun Uhr.

Das Tor öffnete sich wie von Geisterhand. Sie schienen sich auszukennen, denn ohne zu zögern fuhren sie auf den Hof.

Carina wollte nicht so wissbegierig erscheinen wie sie war und schlenderte weiter. Kurz darauf stand sie vor dem Wegweiser.

„Sächsischer Weinwanderweg", las sie auf einem Schild. Eine Karte zeigte die Ziele in der näheren Umgebung. „Zuckerhut, Zur Keppmühle, Zur Meixmühle."

Sie holte ihre Kamera aus dem Rucksack. Es war ihre Angewohnheit, Wegweiser zu fotografieren. So bannte sie auch diesen auf den Chip.

„So, nun kann ich mich nicht mehr verlaufen. Und bis zur Schmiede ist es tatsächlich gar nicht weit."

Wie erhofft, bog der Weg in den Weinhang ein.

Der Pfad war mit recht hohem Gras bewachsen und führte oberhalb der Villa in die Weinberge. Oft schien er nicht von Wanderern genutzt zu werden. Auf den Halmen und den reifenden Weinbeeren lag Morgentau. Feinste Tropfen waren in den Spinnennetzen gefangen. Carina hockte sich hin, um die zarten Gespinste zu fotografieren. Die Sonnenstrahlen brachten sie zum Funkeln wie kostbare Diamanten. Immer neue Motive entdeckte sie.

Der durchdringende Ton einer Polizeisirene zerriss die Stille des Weinberges. Erschrocken schaute Carina auf die Uhr.

„Ich sollte mal ein Stück weitergehen, sonst bin ich bis Mittag nicht da."

Ein paar Meter weiter öffneten sich die Weinstöcke zu einer Schneise und gaben einen wundervollen Blick auf die Elbe frei. Noch hing Nebel über dem Fluss, aber die Sonne würde ihn bald vertreiben.

Sie war ganz verträumt in den Anblick versunken und ließ ihre Gedanken über das Elbtal gleiten. Plötzlich knackte es leise. Sie schrak zusammen und schaute sich um, entdeckte jedoch niemanden. Die Weinstöcke waren terrassenförmig angelegt, so dass sie tief hinab sehen konnte. Nichts regte sich, kein Weinblatt rührte sich. Auch hangaufwärts lag der Berg in tiefer Ruhe. Die Bäume, die auf dem Elbhang wuchsen, wiegten sich nicht im Wind.

Ihre Augen schweiften weiter über die Umgebung.

Und wieder blieben sie an der weißen Villa hängen. Carina stand nur wenig oberhalb des Hauses. Eine Elster saß auf dem Dachfirst. Fast meinte sie, der Vogel würde sie beobachten.

In der Terrasse unter ihr raschelte es abermals, lauter, als wenn jemand durch Laub läuft. Zu sehen war niemand. Langsam wurde es Carina unheimlich. Dorettas Warnung kam ihr in den Sinn. Plötzlich hatte sie es eilig, die Schmiede zu erreichen.

Der gemütliche Wanderweg führte über eine Hochebene mit weitem Blick über das Elbtal bis zum Elbsandsteingebirge flussaufwärts und der Landeshauptstadt Dresden flussabwärts. Keine Menschenseele begegnete Carina auf ihrem Spaziergang.

Schließlich stieg sie einen steilen Weg hinab zur Schmiede und dem Nöckbach.

Carina stellte ihren Rucksack auf die Bank unter der Linde. Noch waren

Doretta und Britta nicht da. Sie nutzte die Zeit, sich das Haus und die Umgebung genauer anzusehen. Die Kamera in der Hand, hielt sie Ausschau nach interessanten Kleinigkeiten für ein Foto.

Das Wasser des Teiches glitzerte in der Sonne. Ein paar Mückenschwärme tanzten über der Oberfläche, Seerosenblätter schaukelten im sanften Wind.

Das Fachwerk war in Höhe des Obergeschosses mit zahllosen Sprüchen verziert. „Vielleicht findet sich darunter ein Hinweis auf das kleine Skelett?" Aufmerksam streifte sie über die Wiese, die Augen abwechselnd an der Hauswand und auf dem Boden. Sie bemühte sich, nicht von den Fußangeln des hohen Grases zu Fall gebracht zu werden. Schließlich wollte sie nicht wie Malte im Bachlauf landen.

Nach einer Weile schlenderte sie zur Bank zurück und spähte den Waldweg entlang nach Doretta und der Bauherrin. Noch lag der Wald friedlich im Vormittagsschlummer, kein Motorengeräusch zerriss die sonntägliche Stille.

Carina setzte sich und streckte die Beine aus. Die Herbstsonne schien ihr warm ins Gesicht. Sie schloss entspannt die Augen und lauschte auf das Wispern der Lindenblätter und das Plätschern des Nöckbaches. Leises Insektengesumm schwirrte durch die Luft, fast klang es wie Musik und lieblicher Gesang.

Sanft nahm Morpheus ihre Hand und entführte sie in ein weit entferntes Traumland ...

14

„Ist es wahr?"

„Ja, wenn ich es doch sage."

„Lüg mich nicht wieder an."

Er drehte sich empört zu ihr um: „Ich lüge nie! Hier", er holte ein Knöchelchen aus seiner Wamstasche, „das habe ich gestern stibitzt."

„Das kannst du überall her haben." Sie glaubte ihm nicht.

Beleidigt wandte er sich ab. „Glaub es oder glaub es nicht. Er ist weg. Das Mensch hat alles mitgenommen."

„So dumm können die gar nicht sein." Sie schüttelte heftig ihren Kopf, dass ihr nasses Haar kleine Tröpfchen versprühte. Sie funkelten in der Sonne. Versonnen blickte sie ihnen nach, bis sie sich mit dem Teichwasser vereinten. ‚Aber wenn es stimmt, könnte ich endlich wieder auf meinen Lieblingsplatz.' Sie seufzte sehnsüchtig. Zu oft bereits hatte er ihr falsche Hoffnungen gemacht.

„Ich will es selbst sehen. Zeig es mir!"

„Komm mit."

Mit leisem Platschen ließ er sich vom Seerosenblatt ins Wasser gleiten und schwamm zum Wasserfall, wo das Teichwasser mit dem Bächlein vom Berg zusammenfloss. Sie folgte ihm.

Als beide hinter der Brücke aus dem Bachlauf kletterten, schlug sie sich erschrocken die Hände vor den Mund.

„Bekommst du etwa Angst?", flüsterte er höhnisch.

Sie zeigte auf die Bank unter der Linde. „Das Mensch!"

„Na und?" Er zuckte die Schultern. „Mensch schläft. War gestern auch schon hier."

Sie schwankte zwischen Furcht und Neugier. Am liebsten wäre sie zurück ins sichere Wasser gerutscht, aber es siegte ihre Neugier. Nach einem ängstlichen Blick zur Bank schlich sie schließlich ihrem Begleiter durch das hohe Gras hinterher.

Je näher sie dem Haus kam, umso ungeduldiger wurde sie. Seit Jahrhunderten war der Weg auf den Granitfels versperrt gewesen, bebaut mit einem hässlichen Ding, dass die Menschen Schmiede nannten. In der ersten Zeit war es klein und windschief. Später wuchs es aus festem Stein. Böses Feuer fauchte dort, kein gutes Fischbratfeuer.

Anfangs war es ihnen gelungen, immer wieder Schaden anzurichten, bis sich plötzlich eine unsichtbare Wand ringsherum erhob. Ein Geist, bösartig und höhnisch, vertrieb sie. Sein garstiges Wispern quälte ihre zarten Ohren. Es klang sogar noch nach, wenn sie längst wieder in den Tiefen des Teiches in ihrem Heim lag.

Aber heute war etwas anders.
Kein unsichtbares Hindernis versperrte ihr den Weg. Schritt für Schritt kam sie ihrem geliebten Nixenfels näher. Sorgfältig schaute sie sich um, immer gefasst auf einen Angriff aus dem Hinterhalt. Die Stille war ihr nicht geheuer.
Plötzlich stieß sie auf etwas Weiches, Feuchtes.
„Pass doch auf!", keifte ihr Begleiter. „Tritt mir nicht noch mal auf die Hacken."
Sie hatte nicht gemerkt, dass er stehengeblieben war. Erschrocken schaute sie auf.
Nur drei, vier Schritte trennten sie von dem letzten, steinernen Hindernis, das sich zwischen ihr und ihrer Sehnsucht auftürmte. Noch immer vernahm sie keine jener schrecklichen Attacken, die sie seit langem vom Fels fernhielten.
Alles blieb still, friedlich. Sacht flüsterte der Wind in den Bäumen, leise murmelte das Wasser im Nöckbach.
Langsam, ganz langsam wuchs eine Freude in ihr, verursachte ihr ein aufgeregtes Kribbeln auf der Haut. ‚Es ist wahr!'
„Schau, dort ist eine Öffnung. Da habe ich das Knöchelchen gefunden, es gehörte zu ihm. Sein verdammtes Versteck ist entdeckt und er hinfort!", triumphierte er und streckte seinen langen Finger vor, um ihr seine Entdeckung zu präsentieren.
Sie starrte mit großen Augen auf das Loch. Vorsichtig wagte sie sich einen Schritt vorwärts.
Nichts hielt sie auf.
„So ein dummes Mensch wollte zwar wieder einen Stein reinstopfen, doch den habe ich mit Leichtigkeit weggestoßen", erklärte er mit stolz geschwellter Brust.
Noch zwei Schritte und ihre Hand berührte die alten Mauersteine.
Einen Wimpernschlag zögerte sie, noch immer in furchtsamer Erwartung eines grauenvollen Angriffs.
Doch dann sprang sie entschlossen in die Höhe und schaffte es, sich am Mauerrand der Öffnung festzuhalten. Gleich darauf war sie in der Spalte verschwunden.
Er gluckste freudig und folgte ihr.

„He, du bist ja schon da."
Carina schreckte auf und schüttelte sich. Sie war tatsächlich im warmen Sonnenlicht ein wenig eingenickt. Ein seltsamer Traum hallte in ihren Gedanken nach.
Doretta und Britta kamen über die Brücke auf sie zu. Czerno hüpfte freudig, als er sie sah.
„Bist du gerannt?"
„Nein, aber das letzte Stück im Weinberg bin ich schon etwas zügiger gegangen."
Carina erzählte ihnen von dem Rascheln.
„Gut, dass du mich gewarnt hast, den Weg nicht zu verlassen."
„Siehst du, doch Rotkäppchen. Wer weiß, wer da durch die Gegend geschlichen ist."
„Es wird wohl nur irgendein kleines Tier gewesen sein", meinte Britta Kaltenegger ein wenig schnippisch. „Eine Vampirexpertin sollte sich von sowas meiner Meinung nach nicht erschrecken lassen."
Doretta sah ihre Freundin vorwurfsvoll an. „Was bist du denn so aggressiv?"
„Ihr macht euch einen schönen Abend und ich sitze bei meinem verunglückten Kind im Krankenhaus", fauchte sie zurück.
Carina holte erschrocken Luft. Sie fühlte sich angegriffen, wusste aber eigentlich gar nicht, was sie falsch gemacht haben sollte. Sie ging ein paar Schritte beiseite. Doretta packte ihre Freundin am Arm: „Spinnst du? Carina ist wegen deiner Leiche im Keller hier und du machst sie so blöd an?"
Britta schniefte, Tränen liefen ihr über die Wangen. „Das ist einfach zuviel für mich. Ich halte das nicht aus - die Knochen, Malte ..."
„Schscht", Doretta nahm sie in den Arm. „Alles wird gut, beruhige dich."
Nach einer Weile löste sich Britta aus der Umarmung. Sie ging mit hängenden Schultern zu Carina: „Es tut mir leid. Ich habe es nicht so gemeint."
„Schon gut, Frau Kaltenegger." Carina schob ihre Verärgerung beiseite.
In der Zwischenzeit war Doretta im Haus verschwunden, kam aber gleich zurück mit der Flasche Holunderwein.
„Trink mal einen Schluck, das ist Medizin." Sie reichte Britta einen Becher.
„Magst du auch?" Carina verneinte. Es war ihr zu früh für Wein.

„Schon besser." Britta setzte sich auf die Bank unter der Linde. Die Herbstsonne schickte Strahlen zur Erde und wärmte auch Brittas Gemüt auf.

„Mädels, nun erzählt doch endlich mal, was ich gestern verpasst habe." Carina und Doretta berichten von den weiteren Funden im Keller.

„Morgen Mittag treffe ich mich mit den Archäologen. Der Professor hat mich eingeladen, ihn zu besuchen. Ich hoffe, dass er dann schon etwas Genaueres über das Skelett und diesen Hühnerkopf sagen kann."

„Oh, Frau Moosbach, rufen Sie mich an und erzählen es mir?"

„Klar, mache ich."

„Was glaubt ihr, wie die Knochen dahin kamen?", fragte Britta.

„Abends bei Martin haben wir uns die Fotos nochmal angesehen und ein paar Vermutungen angestellt. Carina hat angefangen, unsere Ideen aufzuschreiben, aber dann kam der Förster und bald darauf Frau Ruweler. Deshalb ist die Liste nicht weiter gewachsen."

„Am wahrscheinlichsten finde ich, dass der Säugling als Bauopfer zum Schutz vor Geistern und Dämonen eingemauert wurde."

Doretta wiegte nachdenklich den Kopf. „Das erklärt aber nicht die Lage des Schädels."

„Vielleicht war das Kind zu lang, um unter die Schwelle zu passen", meinte Britta pragmatisch.

„Dann wäre da auch der Amethyst, der für Geisterschutz spricht."

Eine Zeitlang hingen alle drei ihren Gedanken nach.

„Vielleicht sind die Geister noch immer da", flüsterte Britta nach einer Weile.

Carina und Britta sahen sie erstaunt an.

„Als Malte gestern in den Mühlgraben gestürzt ist, war irgendwas im Wasser. Er behauptet steif und fest, dass ihn etwas gebissen hat. Selbst der Arzt meinte, seine Verletzung am Fuß sieht nicht typisch für eine Abschürfung aus. In den Jeans sind Löcher, die glatt von einem Raubtiergebiss stammen könnten."

Sie stand auf und ging zur Brücke.

Die beiden anderen folgten ihr. Gemeinsam betrachteten sie das Wasser. Es stürzte vom Teich vielleicht zwei Meter hinab in den gemauerten Bachlauf. Früher trieb dieser Wasserfall ein Holzrad für die Schmiede an. Der Graben war nicht tief. Gestern wäre Britta nicht einmal bis zum Knie nass geworden, wenn Malte nicht so panisch um sich geschlagen hätte.

Czerno steckte seine Nase zwischen dem Brückengeländer durch und schnüffelte.

„Vielleicht liegt im Wasser so eine Falle mit scharfen Zähnen, wie sie früher Wilderer benutzt haben."

„Zu erkennen ist nichts in der Art. Man müsste den Grund sorgfältig absuchen."

„Dazu ist auf jeden Fall Werkzeug erforderlich, Gummistiefel und Sicherungsseile", gab Doretta zu Bedenken. Sie sah ihrer Freundin an, dass sie am liebsten sofort die Leiter, die noch immer im Bachlauf stand, hinabklettern würde. „Ich verstehe ja, dass du schnellstens wissen willst, was Malte passiert ist. Doch unvorbereitet sollten wir nichts unternehmen, das wäre sehr leichtsinnig."

Britta nickte zögerlich. „Du hast ja Recht, aber in den nächsten Tagen muss ich es untersuchen."

„Sie könnten den Revierförster um Hilfe bitten. Er müsste wissen, ob es Wilderer gab oder sogar noch gibt und ob Fallen illegalerweise in der Gegend benutzt wurden."

„Das ist eine gute Idee", stimmte Doretta Carina zu. „Außerdem ist es hilfreich, ihn als Freund zu haben in dieser Wildnis."

Sie zwinkerte ihrer Freundin zu.

„Ich weiß nicht." Britta wippte unbehaglich mit den Füßen auf und ab. „Wie soll ich ihn denn erreichen?"

„Martin kann bestimmt helfen. Die beiden kennen sich gut."

Wieder nickte Britta bedächtig. So ganz recht war es ihr nicht, aber sie sah ein, dass sie Hilfe gebrauchen konnte. Und verscherzen wollte sie es sich auch nicht mit dem Förster.

„Frau Moosbach, würden Sie das für mich einfädeln? Könnten Sie über Martin Herrn Eisbrenner meine Telefonnummer und mein Anliegen zukommen lassen?"

„Klar, mache ich heute Abend, Frau Kaltenegger."

Während die drei Frauen nachdenklich den Bachlauf betrachteten, wurde das Rauschen lauter. Der Hund zog die Nase kraus und begann zu kläffen.

Etwas platschte hinter ihnen in den Teich. Erschrocken fuhren sie herum. Das kleine Entenhäuschen auf dem Weiher schaukelte wild.

„Was war das? Gibt es Fische dadrin?"

Britta schüttelte den Kopf: „Nicht, dass ich wüsste." Es wurde ihr ein wenig mulmig.

Langsam verließen sie das Teichufer. So ganz geheuer war ihnen seine Nähe nicht mehr.

Czerno beruhigte sich erst, als Britta ihn bis zur Linde gezerrt hatte.

„Ach herrje!", entfuhr es Britta nach einem Blick auf die Uhr. „Ich habe meiner Mutter gesagt, dass ich gegen Mittag zurück im Krankenhaus bin." Sie wurde hektisch. „Doretta, wir müssen los."

Es behagte Doretta gar nicht, schon wieder zurückzufahren.

„Aber du wolltest doch, dass sich Carina weiter im Haus umsieht. Mehr als den Keller hat bisher keiner unter die Lupe genommen."

„Schon, richtig, aber ..." Bevor Britta weitersprechen konnte, sagte Doretta: „Britta, hör zu! Nimm mein Auto und fahr zu Malte. Carina sollte nicht allein hierbleiben. Irgendwie ist es unheimlich."

Britta stimmte ihr nachdenklich zu. „Du hast Recht. Was mache ich mit Czerno?" Sie blickte auf den kleinen Hund, der nun wieder brav zu ihren Füßen lag. Als er seinen Namen hörte, sprang er schwanzwedelnd auf.

„Ich kann ihn nicht mit ins Krankenhaus nehmen."

Doretta nahm ihr die Leine aus der Hand und gab ihr die Autoschlüssel.

„Mit dem kleinen Racker werden wir schon fertig. Und jetzt sieh zu, dass du loskommst!"

Sie umarmte ihre Freundin und schob sie in Richtung Brücke.

„Tschüss!", winkte sie zum Abschied. „Frau Moosbach, Sie rufen mich morgen an?"

„Mache ich, bis dann und Grüße an Ihren Sohn."

„Ihr habt das Gebäude bisher gar nicht vollständig untersucht?", wunderte sich Carina.

„Nein, am Freitag haben wir im Keller begonnen und sind bislang noch nicht weitergekommen."

„Dr. Tymann hat auch nur den Keller begutachtet?"

Doretta überlegte, nickte dann aber. „Das war so ein Schock, dass alles andere untergegangen ist."

„Na, dann gehen wir mal auf Entdeckungsreise."

Sie gingen zuerst in die Küche, die sie bereits kannten. Doretta entfernte die Leine von Czernos Halsband und legte sie auf den Küchentisch. „Wenn die Türen zu sind, wirst du hoffentlich nicht ausbüxen?", fragte sie den kleinen Hund. Er schaute sie mit großen

Augen an. „Leg dich auf deine Decke und warte brav auf uns."

Czerno schien sie zu verstehen und trabte in die Ecke am Herd. Eine Schüssel Wasser und ein Rest Trockenfutter standen neben seinem Platz. Gierig machte er sich über das Futter her, als hätte er seit drei Tagen nichts mehr bekommen.

„Schauen wir mal nebenan. Das müsste die Wirtsstube gewesen sein."

Vorsichtshalber griff Carina nach einer Taschenlampe, bevor sie Doretta folgte.

Sie war leer, bis auf riesige Spinnweben in den Ecken.

„Glaubst du, dass noch mehr Skelette im Haus verborgen sind?"

Carina wiegte nachdenklich den Kopf. „Leichen bringt man im Allgemeinen in den Keller, die haben wir ja schon mal gefunden. Wo sollte man sonst etwas verstecken?"

„Unter den Dielen?"

„Wir können doch nicht den ganzen Fußboden aufbrechen." Carina schüttelte energisch den Kopf.

Czerno kam in den Raum getrottet. „Na, du magst wohl nicht allein in der Küche bleiben?" Doretta kam eine Idee. „Vielleicht könnte er mal ein bisschen schnüffeln.

Los, Czerno, such!", befahl sie.

Der Hund schaute sie verständnislos an. „Dann eben nicht", gab Doretta achselzuckend ziemlich schnell auf.

Durch einen Hausflur gelangten sie in den hinteren Teil des Erdgeschosses. Den Flur säumten eine Reihe von Abstellkammern. Hinter den schief in den Angeln hängenden Türen lagerte so einiges an Kartons, Dosen und Eimern.

Doretta zog vorsichtig eine Kiste hervor und öffnete den Deckel. Zum Vorschein kamen in Holzwolle eingepackte Gläser.

Carina entdeckte in einer anderen Kammer zwei alte Milchkannen. „Schau mal", rief sie begeistert.

„Da hat Britta so einiges zum Kramen. Wer weiß, vielleicht findet sich in den Ecken sogar noch etwas Wertvolles."

Sie verstauten die Funde wieder und gingen weiter.

Die Tür am Ende des Ganges führte auf eine Terrasse. Der Bodenbelag bestand aus wurmstichigen Holzdielen. Gräser und sogar kleine Bäumchen hatten den Sonnenplatz zwischen den Löchern für sich erobert.

Sie traten hinaus und befanden sich hoch über dem Nöckbach.

Doretta schwärmte: „Was für eine herrliche Aussicht! Hörst du das wilde Wasser im Tal rauschen?"

Vorsichtig tastete sie mit dem Fuß, ob die Bohlen halten würden. Sonderlich stabil wirkten sie nicht mehr. Würmer und Pflanzen verspeisten nach und nach das Holz. Auch auf das Geländer hatten sie es abgesehen. Es sah aus wie eine Art Jägerzaun, Schlingpflanzen rankten sich in die Höhe.

Über dem Türsturz entdeckten sie ein Vogelnest.

„Hübsch, aber es wartet viel Arbeit", seufzte Doretta.

Carina stimmte ihr zu und drängte weiter.

„Wir haben noch zwei Stockwerke vor uns."

Als sie an der Kellertreppe vorbei kamen, begann Czerno zu knurren. Er schnüffelte aufgeregt.

„Was hast du denn?"

Er schaute Doretta auffordernd an und rannte die Treppe hinab. Doretta und Carina folgten ihm kopfschüttelnd. Vor der Fundstelle des Skeletts blieb Czerno stehen und kläffte wie wild.

„Sieh dir das mal an!" Carina leuchtete auf eine Stelle vor der alten Türöffnung. „Das sieht sehr feucht aus, als wenn etwas Nasses dort gelegen hat. Ich bin mir sicher, gestern war alles trocken."

Doretta nickte.

„Ein Stein ist verrutscht. Da könnte eine Kröte oder so ein Getier hereingekommen sein."

„Ja, es ist Herbst, da sucht sich wohl so mancher ein Winterquartier. Aber ungebetene Gäste sind sicher nicht im Interesse der Hauseigentümerin. Wir sollten das Loch besser abdichten."

Während Carina und Doretta nach ein paar Brettern suchten, um die Öffnung fester zu verschließen, schnüffelte Czerno im Keller umher.

Als die Frauen zurückkamen, saß er an der Treppe und leckte sich seine Schnauze. „Czerno, was hast du angestellt?" Er jaulte leise.

„Deine Nase wieder in Sachen gesteckt, die dir nicht bekommen?" Tadelnd drohte Doretta ihm mit dem Finger.

Mit einigen Handgriffen verbarrikadierten sie die Öffnung und legten ein paar Steine davor.

„So, da dürfte so schnell keiner mehr reinkommen. Britta sollte dennoch immer mal wieder einen Blick darauf werfen."

Zufrieden betrachteten sie ihr Werk und stiegen schließlich die Treppe zurück nach oben.

„Komm, Czerno."

Der kleine Hund folgte ihnen langsam und schlich in die Küche.

Erstaunt ging Doretta ihm nach. Im Tageslicht sah sie die Bescherung.

„Was hast du nur wieder angestellt?" Das Fell des Hundes war mit weißen Flocken bedeckt, seine Nase aufgekratzt.

„Das stammt vom Schimmel aus dem Keller." Carina war ebenfalls in die Küche gekommen. Sie holte ein Handtuch, das sie am Haken entdeckt hatte. „Rubbele ihn damit ab. Schimmelsporen sind auch für Hunde nicht sonderlich gesund."

Nachdem das Fell wieder sauber war, tätschelte Doretta ihm den Kopf.

„Nun bleib aber schön hier, Kleiner."

Czerno streckte sich auf seiner Decke aus. Ihm schien die Lust auf weitere Entdeckungen vergangen.

Doretta und Carina dagegen wollten sich den Rest des Hauses ansehen. Das obere Stockwerk barg keine sichtbaren Überraschungen. In alten Gästekammern lagerten zerlegte Bettgestelle und ein paar schimmlige Matratzen. Staubflocken und Spinnen in ihren Netzen bewohnten die Ecken. Die Fenster waren verschlossen. Es roch ein wenig muffig.

Die Verglasung war erfreulicherweise unbeschädigt, wenn auch die Rahmen leicht verzogen waren.

„Die könnten mal wieder etwas Farbe gebrauchen, sonst scheinen sie in Ordnung", stellte Carina fest.

Im Flur entdeckten sie einige Nischen, in denen sich leere Schachteln und viel Staub angesammelt hatten.

„Bleibt nur noch der Dachboden."

Carina stieg die Leiter hinauf. Beim dritten Schritt knackte es. Eine Sprosse hielt ihr Gewicht nicht aus und brach. Doretta schrie erschrocken auf.

„Alles in Ordnung, mir ist nichts passiert", beruhigte sie Carina, während sie weiter nach oben kletterte, vorsichtiger jedoch.

Auch der Dachboden war leer. Nicht eine Kiste fanden sie. Sie leuchteten in die Ritzen zwischen den Dielen. „Nur Dreck!"

Enttäuscht wollten sich die beiden Frauen wieder behutsam leiterabwärts begeben, als Carinas Blick auf einen seltsamen Fleck an einem Balken fiel.

„Was ist das?"
Carina war sich nicht sicher.
„Dr. Tymann sollte es sich ansehen. Manche alten Häuser können von Hausschwamm befallen sein. Der kann ein ganzes Gebäude zerstören. Ich schicke ihm nachher mal ein Foto von der Stelle."
„Was ist Hausschwamm?"
„Das ist ein Pilz, der sich im Holz von Häusern ausbreitet. Zur Besiedlung benötigt er feuchte Stellen, breitet sich dann aber oft auf anderen Oberflächen aus. Er kann auch Mauerwerk befallen. Ich hoffe, Dr. Tymann hat im Keller nicht diesen Hausschwamm nachgewiesen. Die Sanierung wäre sehr aufwendig."
„Das hört sich teuer an." Doretta seufzte. „Warum hat sich Britta nur dieses Haus in den Kopf gesetzt." Sie konnte es nicht verstehen.
Carina kam eine Idee: „Hausschwamm kann unter Umständen als schwerer Baumangel gewertet werden. Möglicherweise lässt sich damit der Kauf rückgängig machen, falls Frau Kaltenegger dies überhaupt möchte."
„Hmmm, ich weiß es nicht. Aber es scheint sich ein Hintertürchen aufzutun."

Czerno begann zu winseln. Er stand an der Haustür und drängte nach draußen.
„Musst du mal, Kleiner?"
Doretta leinte ihn wieder an und öffnete die Tür. Sie ging ein paar Schritte hinaus. Die Fläche vor der Haustür war mit Farn und Unkraut überwuchert. Ein kleiner Trampelpfad führte mittlerweile zur Linde hinauf, so dass man nicht bei jedem Schritt Gefahr lief, von einer Pflanzenangel zu Fall gebracht zu werden.
Von der Leine lassen wollte Doretta den Hund nicht, wer weiß, was er anstellen würde. Sie verspürte wenig Lust, ihm im Wald hinterherzulaufen. So ließ sie ihn im Unkrautdickicht schnüffeln und sein Geschäftchen erledigen.
Carina folgte ihr. Mit einem Mal grummelte ihr Magen.
„Weißt du was? Ich habe Hunger."
„Hmm, ein Snack könnte noch im Korb sein. Den hatte ich gestern in der Küche stehengelassen."
„Deine leckeren Möhrenkekse? Ich schau mal nach."
Sie fand sogar noch mehr als nur Gebäck. Hinter der Küchentür fiel ihr die wellige Tapete auf. An einer Stelle hing ein großes Stück bereits

herab. Es bestand aus mehreren Schichten. Vermutlich hat sich früher niemand die Mühe gemacht, den alten Wandbelag zu entfernen, bevor neuer angeklebt wurde.

Neugierig zog sie daran. „Oh ...“

Überrascht rief sie nach Doretta.

„Was ist?“

„Sieh dir das mal an.“ Sie deutete auf das Loch, das unter der Tapete zum Vorschein kam.

„Ein geheimes Versteck? Was ist da drin?“

Carina griff nach der Taschenlampe, die sie in einer ihrer Taschen verstaut hatte und leuchtete hinein.

„Papier.“ Vorsichtig fasste sie zu und holte die Blätter hervor.

„Leg sie auf den Küchentisch.“

Andächtig schauten sie auf die recht vergilbten Seiten.

„Kannst du die Schrift lesen?“, fragte Doretta.

Carina nickte. „Ich denke schon. Erst mal fotografiere ich sie aber. Sie sind so dünn, vielleicht zerfallen sie, wenn wir sie zu oft anfassen.“

Vorsichtig legte sie alle Blätter nebeneinander.

„Das ist was für dich. Da steht etwas über Edelsteinglaube. Und hier“, sie deutete auf die nächste Seite, „Mittel gegen Warzen, gegen Frostbeulen, gegen Hundebiss ...“

„Klingt wie aus einem alten Hausmittelbuch.“

„Oder einem magischen Zauberbuch“, flüsterte Carina geheimnisvoll.

„Aber es sind nur einzelne Seiten. Ich habe einige solcher Bücher zu Hause, vielleicht kann ich es einem Werk zuordnen.“

Doretta wurde unruhig. „Ein paar alte Beschwörungsbücher befinden sich auch in meiner Büchersammlung.“

„Echte Zauberbücher?“

Doretta nickte.

„Schon mal was ausprobiert?“ Eigentlich war die Frage spöttisch gemeint, doch Doretta nickte wiederum.

„Im Ernst?“ Carina blickte sie zweifelnd an.

„War nur ein kleiner Liebeszauber, aber es hat funktioniert.“

„Du meinst doch nicht etwa, du hast ...“ Carina dachte sich den Rest, als sie sah, dass Doretta rot wurde.

Grinsend wandte sie sich wieder mit ihrer Kamera den alten Seiten zu.

„Was machen wir mit dem Fund?“

„Hmm“, Carina überlegte. „Er gehört ja Frau Kaltenegger, wir müssten sie befragen. Ich würde vorschlagen, dass ich wenigsten ein, zwei Seiten morgen zum Archäologieprofessor mitnehme. Er kann sicher bestimmen, wie alt sie sind. Sie müssen ja nicht aus der gleichen Zeit wie die Knochen sein."

„Ich denke, Britta hat nichts dagegen. Nimm am besten alle mit. Aber wie wollen wir sie einpacken?"

Sie schauten sich suchend in der Küche um.

Schließlich fiel ihr Blick auf die Plastikdosen im Picknickkorb.

„Mit Küchenrolle ausgepolstert, sind die Seiten darin sicher."

Carinas Magen meldete sich wieder zu Wort.

„Mehr als die restlichen Kekse ist leider nicht übriggeblieben." Bedauernd zuckte Doretta die Schultern.

„Wollen wir zurück zu Martin gehen?"

„Er macht erst am späten Nachmittag auf, da ist im Moment die Küche kalt. Aber irgendein lauschiges Plätzchen mit Bewirtung werden wir am Elbufer schon finden."

Sie packten ihre Sachen zusammen und verließen die Schmiede. Czerno sprang wild umher, als er endlich wieder raus durfte. An langer Leine rannte er los zur Brücke. Sein Abenteuer im Keller war vergessen.

„Halt, Czerno, falsche Richtung, wir wollen doch am Nöckbach entlang."

16

Nach einem leichten Imbiss im Pillnitzer Palmenhaus wanderten die beiden Frauen und der kleine Hund zur Weinstube. Im warmen Nachmittagssonnenschein setzten sie sich auf eine Bank vor dem Haus. Carina hatte ihren Laptop geholt. Sie wollten ihre Liste mit den Ideen und Vermutungen über die Schmiede weiterführen.

Während Carina eifrig spekulierte, wirkte Doretta sehr nachdenklich.

„Du bist so still, was ist los?"

„Wir können soviel mutmaßen, wie wir wollen, aber wir werden die Wahrheit wohl nie erfahren", seufzte sie.

Carina klappte ihren Laptop zu. „Das ist durchaus wahr, doch eine Ahnung haben wir mittlerweile schon. Und eine Geschichte um die Fakten herum kann ich mir ausdenken."

„Es gibt vielleicht eine Möglichkeit." Doretta blinzelte geheimnisvoll.

„Was meinst du?"

„In den Zauberbüchern steht so einiges, wie man in die Vergangenheit sehen kann."

Spöttisch fragte Carina: „Du willst doch nicht etwa Murmur anrufen?"

„Murmur? Ist das nicht ein Studioalbum von R.E.M. Wie soll uns das helfen?"

Carina sah sie scheel von der Seite an. „ R.E.M.?"

„Na, diese Musiker aus Amerika. Murmur hieß ein Album von ihnen in den 1980ern. Kennste nicht?"

„Noch nie von denen gehört."

„Oder ist das ein Hellseher? Hast du seine Telefonnummer?" Die Idee begeisterte Doretta.

„Quatsch Musiker und Telefonnummer." Entrüstet schüttelte Carina den Kopf.

„Ich meine Murmur, den Dämon, und zwar ist er der vierundfünfzigste Geist, der vor König Salomon erschien – laut den Aufzeichnungen im Lemegeton. Er verfügt über die Fähigkeit, die Seelen von Verstorbenen erscheinen zu lassen."

„Oh, sehr interessant. Aber nein, an einen Dämon dachte ich eigentlich nicht."

„Sondern?" In Carina keimte ein Verdacht. Doretta sprach es aus: „Echte Totenbeschwörung!"

Trotz der Septembersonne fröstelte Carina plötzlich.

„Das ... das ... das ist verrückt. Verrückt und gefährlich!" Sie war entsetzt, weil sie Doretta zutraute, es ernst zu meinen.

„Es war ja nur so eine Idee", lenkte Doretta ein. „Möglicherweise funktioniert es auch mit einer Wahrsagung oder einem Orakel."

„Ich dachte, mit Mantik kann man nur in die Zukunft sehen."

„Hallo, ihr beiden!" Martin kam auf sie zu und lenkte von diesem heiklen Thema ab.

„Hattet ihr einen schönen Tag?"

„Kann man so sagen. Carina hat etwas Interessantes in der Schmiede entdeckt."

„Was denn?" Martins Neugier war geweckt.

„In einem übertapezierten Versteck lagen alte Seiten aus einem Hausmittelbuch."

„Oder aus einem Zauberbuch", ergänzte Doretta.

„Na Mädels, das ist doch genau das Richtige für euch." Er lachte. „Und wer weiß, was noch zu Tage kommt, wenn deine Freundin das Gebäude renoviert. Wo ist sie eigentlich?"

„Sie ist mit meinem Auto wieder zu Malte ins Krankenhaus gefahren. Stell dir mal vor", Doretta senkte ihre Stimme, „der Junge meint, er hätte im Wasser mit irgendetwas gekämpft."

„Was soll da im Teich sein?"

„Nicht im Teich, er ist doch in den Feldsteinkanal gefallen, wo früher das Holzrad hing."

„Erzähl mir jetzt nicht", Martin hob den Zeigefinger, „dass sich ein Wassergeist das Kind schnappen wollte." Er schüttelte den Kopf. „Wahrscheinlich ist ein Stock oder sowas ins Wasser gefallen. Mit dem könnte er gerungen haben."

„Ach Martin, verdirb uns doch nicht die Geistergeschichten." Nun schalt Doretta ihrerseits mit ihm.

„Ein Sonntagnachmittag ist nicht die rechte Zeit für Gespenstergeschichten. Die kommen erst nach Sonnenuntergang am Kamin mit einem Glas Wein so richtig gut."

„Apropos Wein, hast du ein Gläschen für uns?" Sie blickte Carina an.

„Ja, warum nicht. Der von gestern Abend war gut."

„Sehr gern, die Damen." Martin verbeugte sich übertrieben und verschwand in der Weinschenke.

Bald darauf kam er zurück. „Ich habe mal gleich die ganze Flasche mitgebracht."

„Das ist aufmerksam von dir Martin", bedanke sich Doretta. „Aber ich muss nachher nach Hause. Morgen ist auch für mich wieder Arbeit angesagt. Ich weiß bloß noch nicht, wie ich zurückkomme. Schließlich kann ich Carina nicht zum Fahren unter Alllooohleinfluss verführen."

„Ich bringe Juana gegen fünf zurück nach Dresden. Soll ich dich und Czerno mitnehmen?", bot Martin an.

„Das wäre prima!"

„Wenn wir die Flasche bis dahin nicht geschafft haben, leere ich sie am Abend eben allein", mischte sich Carina wieder ins Gespräch ein.

Bald darauf kam Juana Ruweler angeschlendert. „Oh, hallo, Sie sind schon zurück?"

„So richtig gemütlich ist die Schmiede noch nicht", erklärte Doretta ihre Anwesenheit. „Wir ziehen Martins Gastfreundschaft vor. Kommen Sie, setzen Sie sich zu uns."

„Gern. Ich habe heute den ganzen Tag bei meiner Tante verbracht und ein wenig im Garten geholfen", erzählte sie. „Sie ist ja nicht mehr die Jüngste und Martin fällt es schwer, was im Garten zu machen."

Doretta nickte verstehend.

„Dabei habe ich ein wenig Dorfklatsch aufgeschnappt. Meine Tante weiß immer über alles Bescheid." Juana kicherte. „Dass Ihre Freundin die Schmiede gekauft hat, ist schon allgemein bekannt. Man will bereits erfahren haben, dass es bald wieder ein Ausflugslokal ist."

„Oh", staunte Doretta, „da wissen die Leute mehr als Britta selbst."

Carina interessierte etwas anderes: „Sagen Sie, weiß Ihre Tante vielleicht irgendetwas, was mit dem Kinderskelett zu tun haben könnte? Gab es Gerüchte über ... ähm ... Zauberei oder so?"

Juana überlegte. „Heute hat sie davon nichts erwähnt, aber ich meine mich an ein Märchen zu entsinnen, das dazu passt. Sie erzählte früher uns Kindern gern Sagen aus der Gegend. Wissen Sie was, Sie sind doch noch ein paar Tage hier?"

Carina nickte. „Ich werde Martin bitten, dass er Sie seiner Mutter vorstellt. Tante Erna ist bestimmt begeistert, wenn sich jemand für ihre alten Geschichten interessiert."

„Sehr gerne", freute sich Carina. ‚Sie kann mir sicher etwas über die Weiße Villa erzählen.' Das Haus und sein Bewohner gingen ihr nicht aus dem Kopf.

„Wie sehen Ihre Pläne aus?", fragte Juana.

„Morgen bin ich gegen Mittag mit dem Archäologieprofessor verabredet. Am Dienstag wäre gut, wenn es möglich ist."

„Das lässt sich bestimmt hinkriegen." Sie wollte gerade nach Martin rufen, als er aus dem Haus kam. Sie erzählte ihm kurz das Anliegen.

Martin schaute seine Cousine ein wenig seltsam an und zog die Stirn kraus.

„Eigentlich ist das eine prima Idee. Mutter freut sich immer, wenn sie jemanden zum Schwatzen hat. Weißt du", wandte er sich an Carina, „seit Vater vor einem Jahr starb, fühlt sie sich oft allein. Ich bin den ganzen Tag und bis spät in die Nacht mit der Weinstube beschäftigt. Obwohl wir in einem Haus leben, sehen wir uns nicht viel." Er seufzte. Es tat ihm leid, nicht mehr Zeit für seine Mutter zu haben.

„Aber am Dienstag fährt sie für zwei Wochen zur Kur mit einer Freundin."

„Schade."

„Hat sie dir nichts von ihrer Reise erzählt?" Juana schüttelte erstaunt den Kopf.

„Hoffentlich überlegt sie es sich nicht im letzten Augenblick noch anders." Martin wirkte besorgt.

„Ich bin froh, dass sie mal etwas rauskommt. Die Luftveränderung wird ihr bestimmt guttun. Sie igelt sich zu Hause zu sehr ein. Seit kurzem mag sie nicht mal mehr in die Weinstube kommen. Früher hat sie öfter mal ausgeholfen, aber seit Gudruns Unfall ist sie irgendwie verändert."

„Da sagst du was", fiel Juana ein. „Sie hat heute so seltsame Andeutungen zu den Käferbecks gemacht. Vielleicht ist da was dran. Meine Kollegen sollten der Spur mal nachgehen."

„Cousinchen, nimm das bloß nicht für bare Münze, was sie erzählt. Sie stand aus irgendeinem Grund auf Kriegsfuß mit Helmuth. Frag mich nicht, was da früher mal vorgefallen ist." Er hob abwehrend die Hände, bevor Juana den Mund öffnen konnte.

Der Glockenklang der Weinbergkirche schallte zur Weinstube herüber.

„Was? Es ist schon fünf?" Erschrocken schaute Juana auf ihre Uhr.

„Der freie Tag verging mal wieder wie um Fluge." Sie seufzte, als sie an den nächsten Arbeitstag und vor allem an ihren Chef dachte. Martin schien ihre Gedanken zu erraten. „Lass dich nur nicht von diesem Kommissar Heusler unterbuttern. Du wirst dich durchsetzen, da bin ich mir sicher." Er klopfte ihr aufmunternd auf die Schulter.

Sie lächelte ihn dankbar an.

„Ich hole schnell die Schlüssel."

Doretta erhob sich. Czerno blinzelte schläfrig. Er hatte die ganze Zeit brav unter der Bank gelegen und schien noch nicht gewillt, sich zu erheben.

Aus ihrer Tasche kramte Doretta eine Karte hervor und gab sie Carina.

„Rufst du mich an, wenn du bei den Wissenschaftlern warst?"

„Mach ich. Aber warte, ich gebe dir auch meine Handynummer." Sie zog aus ihrer Laptoptasche eine Visitenkarte. Verwundert schauten Doretta und Juana die Karte an. Neben Namen und Telefonnummer grinste sie ein neonleuchtender Totenschädel an.

„Ich fand, es passt zu einer Vampirschriftstellerin." Carina zuckte entschuldigend die Schultern.

„Darf ich auch eine haben?"

„Aber sicher doch!" Carina gab Juana ebenfalls eine Visitenkarte.

„Danke, Frau Moosbach. Falls wir uns nicht mehr sehen, wünsche ich Ihnen schon mal alles Gute. Vielleicht kreuzen sich unsere Wege ja mal wieder."

Carina lachte. „Ich wünsche Ihnen auch alles Gute. Hat mich gefreut, Sie kennenzulernen. Und, wie Ihr Cousin bereits sagte, halten Sie die Ohren steif und zeigen Sie den Jungs, was Mädels alles drauf haben."

Sie umarmten sich spontan zum Abschied.

Czerno gähnte. Die Sonne hatte ihm so schön das Fell gewärmt. Die Schüssel Wasser, die Martin für ihn gebracht hatte, war noch nicht leergeschlappert. Ihm ging es gut, er sah nicht ein, warum er diesen angenehmen Platz verlassen sollte.

Aber Doretta nahm darauf keine Rücksicht: „Komm, Czerno, wir fahren nach Hause."

„Ich hoffe, dass wir uns die Tage nochmal sehen", flüsterte Doretta in Carinas Ohr, als auch sie sich zur Verabschiedung umarmten.

„Das schaffen wir bestimmt. Grüße deine Freundin und ihren Sohn."

Sie winkte dem Auto hinterher, als Martin vom Parkplatz fuhr.

Carina bemerkte erst jetzt, dass die Sonne bereits hinter den Bäumen verschwunden war. Ein leichtes Frösteln kribbelte auf ihrer Haut. Sie packte Laptop und Weinflasche und stieg die Treppe hinauf in ihr Zimmer. Bis zum Abendessen blieb noch Zeit.

Es war schon kurz vor acht, als Carina wieder nach unten ging. Der Gastraum war gut gefüllt, der Stammtisch ebenfalls. Sie schaute sich um und steuerte gleich wieder auf die Weinlaube zu, in der sie bereits am letzten Abend gesessen hatte.

„Frau Moosbach!"

Carina drehte sich erschrocken um.

Von Stammtisch winkte ihr der Revierförster zu.

„Kommen Sie doch zu uns, dann müssen wir den Stammtisch nicht wieder verlegen."

Er lachte sie einladend an.

Carina zögerte nur einen Wimpernschlag.

„Warum nicht? So brauche ich den Abend nicht allein verbringen."

Sie klopfte auf den Tisch, bevor sie sich setzte. Einige der Männer hatte sie am Vorabend bereits gesehen, andere Gesichter waren ihr neu.

Man musterte sich gegenseitig.

Klaus Eisbrenner stellte Carina denen vor, die sie noch nicht kannten: „Das ist die berühmte Vampirschriftstellerin Carina Moosbach. Sie ist gemeinsam mit den Archäologen dem rätselhaften Knochenfund in der Schmiede auf der Spur", übertrieb er.

Carina senkte ein wenig verlegen den Kopf.

„Nicht so schüchtern, junge Frau." Ihr Nachbar stieß sie leicht an. „Ich bin der Ewald, falls Sie sich noch an mich von gestern Abend erinnern."

Martin tauchte hinter dem Tresen auf und entdeckte sie am Stammtisch.

„Einen Wein, Carina?", rief er ihr zu.

Sie schüttelte den Kopf. „Ich nehme heute ein Bier."

„Kommt gleich!"

Die Männer nickten ihr anerkennend zu.

Mit dem Bier brachte Martin ihr die Speisekarte. „Es gibt noch mehr Spezialitäten außer Flammkuchen", flüsterte er ihr zu.

Sie lächelte ihn dankbar an. „Ich suche mir etwas Leckeres aus."

Während die Männer gebannt den Fernseher anstarrten, der eine Dartsübertragung zeigte, studierte sie eingehend Martins Angebot.

Für so eine kleine Weinstube fand Carina die Karte wirklich außergewöhnlich reichhaltig. Neben Salaten und Schnitzel mit Pommes bot sie eine Reihe von Gerichten, die mit Weinblättern zubereitet wurden und nach Winzertradition beschrieben waren. Auch typisch Regionales gab es, wie sächsische Pilzsuppe, Dresdner Zwiebelrindfleisch und sogar Rebhühner auf sächsische Art. Sie vermutete, dass der Förster die Weinstube mit dem Wild belieferte.

Sie entschied sich für gefüllte Äpfel Winzerin Art als Vorspeise und ein Omelett mit Champignons.

Nachdem Martin mit ihrer Bestellung in der Küche verschwunden war, beugte sich der Förster zu ihr: „Frau Moosbach, es wäre mir eine Ehre, wenn Sie mit mir auf ein Du anstoßen würden."

Sie lächelte ihn an und hob ihr Bierglas. „Gern, Carina."

„Klaus."

Empört sahen ihn die anderen Stammtischler an. „Wie kannst du nur?"

Sie schüttelten die Köpfe, doch gleich darauf schauten sie Carina an. „Am Stammtisch sind wir recht locker, dürfen wir uns der Ehre anschließen?"

„Sicher, ich freue mich!" Carina prostete ihnen zu. „Ob ich mir heute Abend schon alle Namen merke, kann ich nicht versprechen."

„Bernhold hat mir erzählt, dass du extra wegen der seltsamen Knochen in der Schmiede hergekommen bist. Er meint, du kennst dich mit sowas aus."

Carina nickte.

„Was ist denn damit? Meinst du wirklich, dass es ein Vampirskelett ist?"

„Nein", sie schüttelte den Kopf. „Nach einschlägiger Literatur löst sich ein Vampir auf, wenn er vernichtet wird. Also könnte man doch gar keine Reste von ihm finden. Denkt nur an die Dracula-Filme mit Bela Lugosi oder Christopher Lee."

„Stimmt, außer einer Handvoll Staub blieb nichts übrig vom Bösewicht. Aber was hat es dann mit den Knochen auf sich?"

„Altem Aberglauben nach wurden Tote wie dieses Kind bestattet - mit dem Schädel zwischen den Beinen - wenn man von ihnen glaubte, sie könnten als Vampir zurückkehren."

Die Männer schüttelten ungläubig die Köpfe.

„Muss man dazu nicht von so einem Untoten gebissen werden?"

„Vielleicht ist ja einer bei der Schmiede gewesen."

„Blutsauger war höchstens der Schmied selber, wenn er den Bauern immer mehr Geld fürs Schärfen der Sensen aus der Tasche gezogen hat."

Die Männer lachten dröhnend.

„Was erzählen sich denn die Leute für Geschichten über die Schmiede", wollte Carina wissen. „Doretta hatte gestern etwas von einem Grundherren namens Joachim von Loss angedeutet, der noch heute zu Mitternacht als großer schwarzer Hund durch die Gegend streifen soll."

„Richtig, da haben wir ja einen Blutsauger, und zwar einen der gutsherrschaftlichen Art." Klaus lachte, „Wenn ich mich recht entsinne, war es wohl um 1616. Er war der Grundherr zu Pillnitz und beutete seine Untergebenen immer weiter aus, erhöhte unrechtmäßig die Frondienste und Abgaben. Er verlangte unentgeltliche Obsternte und Weinlese. Das sollten die Bauern mit eigenem Gerät von Sonnenaufgang bis Sonnenuntergang erbringen. Außerdem forderte er Botendienste sowie die Gestellung von Knechten und Mägden für die Ernte. Und das alles ohne Entlohnung! Wegen dieser Ungerechtigkeit soll er dazu verdammt sein, in der Nacht als schwarzer Hund umzugehen. Begegnet ist er mir bislang nicht", fügte Klaus grinsend hinzu und leerte sein Glas mit einen großen Schluck.

„Es muss doch aber noch mehr geben", hakte Carina nach. „Ihr ward schließlich auch mal Kinder, mit welchen Spukgeschichten hat euch die Großmutter erschreckt?"

Ewald meinte: „Weißt du, zu unserer Kinderzeit war Krieg. Schauergeschichten gab es über Russen, nicht über Geister." Die anderen stimmten ihm zu.

„Mir fällt etwas ein." Klaus hob die Hand wie in der Schule. „Unser berühmtester Gast, also nach der Gräfin Cosel, fand das Keppbachtal damals schaurig-schön. In seinen Werken tummelten sich so einige Gruselgestalten."

„Stimmt."

Carina blickte die Männer verwundert an. „Wer war das denn?"

„Carl-Maria von Weber!" Stolz verkündete Ewald den Namen.

„Das Museum solltest du dir ansehen, da gibt es bestimmt was für dich zu entdecken. Immerhin hat ihm die Gegend für seinen Freischütz einige Inspirationen gebracht."

Manfred, der Carina gegenüber saß, meinte: „Der Friedhof an der Maria am Wasser ist sehenswert. Da findest du den Schnuff-Epitaph."

Er lachte, als er Carinas fragendes Gesicht sah.

„Noch nie davon gehört? Der Herr Komponist besaß nämlich einen Affen."

„Einen echten Affen?" Carina mochte es nicht glauben.

„Doch, wirklich. Er brachte ihn aus Hamburg mit. Der Kleine hieß Schnuff Weber und war sehr zahm. Ein Bildhauer fertigte schließlich den Epitaph für das Kapuzineräffchen. Das Original ging meines Wissens verloren. Heute hängt eine Reproduktion an der Außenmauer des Kirchhofs."

Carina liebte alte Friedhöfe und die wunderbaren Arbeiten der Steinmetze.

„Danke für den Tipp, das sehe ich mir ganz bestimmt an."

„Vergesst mal nicht die Hexe, wenn ihr die alten Geschichten hervorkramt", warf Martin in die Runde, als er das nächste Bier brachte.

„Welche Hexe?" Keiner wusste, wen Martin meinte.

„Die von Neitschütz, Ursula Margaretha hieß die Mutter, Magdalena Sibylla die Tochter. Die Mutter wurde wegen Hexerei angeklagt, obwohl sie von höherem Stand war."

Interessiert hörten ihm die Stammtischler und die anderen Gäste zu.

„Das war gegen Ende des 17. Jahrhunderts in Dresden. Man fand heraus, dass sie Fledermausherzen unter ihren Stuhl genagelt hatte, um im Spiel zu gewinnen. Ihr Spielgeld trug sie in einem Beutel aus Fledermaushäuten. Außerdem sagte man, dass sie einen Diebsdaumen besaß, der dem Glück im Spiel nachhilft."

„Martin, mit dir zocken wir nicht mehr. Wer weiß, ob du ihr nicht nacheiferst." Klaus drohte ihm scherzhaft mit dem Finger.

„War sie wegen Spielbetrug angeklagt?"

„Nein, das ergab sich wohl nur so nebenbei. Vorgeworfen wurde ihr vielmehr, den Kurfürsten Johann Georg III. durch Schwarze Kunst ermordet zu haben, vermutlich mit einem Wachsbild. Ihr Plan sei es gewesen, seinem Sohn Johann Georg IV. zur Regierung zu verhelfen. Ihm hatte sie durch Zauberei Liebe zu ihrer Tochter eingeflößt. Schließlich erstrebte sie für ihr Kind nur das Beste. Es klappte sogar, Magdalena Sibylla wurde Gräfin von Rochlitz."

„Trieb diese Hexe auch in Hosterwitz ihr Unwesen?", wollte Carina wissen.

Martin schüttelte den Kopf. „Bekannt ist mir davon nichts, obwohl ihre Tochter vom Kurfürst um 1694 das Rittergut Pillnitz geschenkt bekam. Sie starb jedoch im gleichen Jahr, kann also kaum hier gewesen sein."

„Das führt uns zwar nicht weiter für das Geschehen in der Nöckbachschmiede, aber vielleicht gab es noch andere Hexen in Dresden. Ich werde mal Doretta befragen."

„Wenn es in der Gegend welche gab, weiß bestimmt meine Mutter etwas darüber."

Carina nickte Martin zu. „Kannst du sie trotz ihrer Reise mal fragen?"

„Mache ich", grinste er und verschwand wieder hinter dem Tresen. Seine Geschichte hatte die Gäste durstig gemacht.

„Also kennt ihr keine weiteren Geistergeschichten aus dem Ort?"

Die Männer schüttelten die Köpfe.

„Keine kopflosen Reiter, keine Nixen in der Elbe ...? Dann werde ich euch wohl eine andichten müssen." Carina prostete den Männern zu. Plötzlich fiel ihr etwas ein.

„Warum baut ihr aber so viel Rosmarin und Knoblauch an? Beim Spazieren gehen fiel mir auf, dass in den meisten Gärten Pflanzen wachsen, die vor Dämonen und Vampiren schützen."

„Was für Pflanzen meinst du?"

„Rosen, Lavendel, Weißdorn, Flieder", begann sie aufzuzählen, „auch Beifuß habe ich gesehen."

„Die schützen vor Spukgestalten?" Wieder lachte die Stammtischrunde.

„Wenn du das sagst."

Klaus kam ihr zu Hilfe. „Es muss ja stimmen, oder habt ihr Hausgeister oder einen Vampir im Keller?"

Die Männer stutzten und lachten dann noch dröhnender.

„Hast Recht! Aber gegen die sirrenden Blutsauger hilft das alles auch nicht."

„Versucht es mal mit Tomatenpflanzen auf dem Fensterbrett", riet Carina. „Oder Räucherstäbchen ..."

„Erzähl das bloß nicht meiner Holden, sonst stinkt es überall im Haus nach Räucherkram. Der Bengel mit seiner Shisha verpestet die Luft schon genug."

Carina stimmte schließlich in das Gelächter mit ein. Sie verübelte es ihnen nicht, dass sie ihre Ideen nicht für voll nahmen. So ganz ernst meinte sie ihre Fragerei ja auch nicht. Obwohl es in ihren Geschichten von Vampiren und Dämonen wimmelte, glaubte sie nicht wirklich an ihre Existenz.

Mitten in der bierdurchtränkten Heiterkeit streifte Carina mit einem Mal ein eisiger Hauch. Verwundert sah sie sich um.

In der Tür stand Rudolph von Hirschenberg-Nietodt.

Mit zusammengekniffenen Lippen musterte er die Stammtisch-gesellschaft.

„Guten Abend der fröhlichen Runde. Was habe ich verpasst?"
Er zog sich einen Stuhl vom Nachbartisch heran und drängte sich zwischen Klaus und Carina.
„Schöne Frau, freut mich, Sie wiederzusehen."
Carina errötete leicht. „Ganz meinerseits."

Er saß noch nicht mal eine Minute, als Martin bereits sein Glas Wein brachte.
„Ich kenne meine Gäste", flüsterte er ihr zu.

„Darf ich an der allgemeinen Heiterkeit teilhaben?"
„Klar Rudolph, Carina hat uns aufgeklärt, warum es bei uns keine Vampire gibt."
Er zog erstaunt eine Augenbraue in die Höhe und sah Carina von der Seite sein. Er musterte die Schriftstellerin ein wenig argwöhnisch. ‚Was weiß die Frau wirklich über Dämonen und Nachtgeister?', fragte er sich. Ihre Nähe beunruhigte ihn auf seltsame Weise. Er musste mehr über sie erfahren, vor allem, ob sie etwa in der Lage wäre, sein Geheimnis zu entdecken.

„So?"
„Ja, unsere Gärten sind die reinsten Abwehrzonen gegen Dämonen. Die ganzen Kräuter und Sträucher, die da wachsen, verscheuchen das zwielichtige Gesindel." Die Männer lachten dröhnend.
„Eure Frauen scheinen auf jeden Fall umsichtiger zu sein als ihr, wenn sie eure Häuser so gut gegen die bösen Nachtgespenster schützen. Man kann ja schließlich nie wissen, wer nachts über den Zaun steigt. Prost!"
An Carina gewandt, flüsterte er: „Glauben Sie daran?"
„An Geister, Dämonen und Untote? Sollte ich doch, wenn ich über sie schreibe." Sie lachte ihn an. „Ganz im Ernst? Natürlich nicht."
„Carina, frag Rudolph mal nach Gespenstergeschichten. In alten Adelshäusern sollen sie angeblich bevorzugt spuken." Manfred hielt sich den umfangreichen Bauch vor Lachen.
„Ich habe wirklich etwas verpasst", stellte Rudolph trocken fest. „Mit den Stammgästen sind Sie ja bereits sehr vertraut."
Carina nickte lächelnd.
Er zögerte einen Wimpernschlag, dann hob er sein Weinglas zu Carina: „Den Herrn von und zu, wie sich Ihre Freundin ausdrückte, können wir

gern weglassen. Wenn es genehm ist, ich bin Rudolph." Erwartungsvoll schaute er sie an.

Ein wenig überrascht war sie schon über das Angebot, aber sie nahm es gern an.

„Und wie ist das nun mit dem Spuk in der Villa?", wollte Carina von ihm wissen. „Ich bin noch immer auf der Suche nach einer Erklärung für den seltsamen Fund in der Schmiede", fügte sie hinzu. „Ich habe gehört, deine Vorfahren sind bereits seit Jahrhunderten in der Gegend ansässig."

Er nippte nachdenklich an seinem Wein.

„Meine Familiengeschichte ist wahrlich lang. Aber es spukt ganz sicher nicht in meinem Haus."

„Wie kamen deine Vorfahren zum königlichen Weinrecht?" Neugier und Alkohol ließen die Worte von ihren Lippen purzeln, bevor sie es merkte.

„Ah, davon hat man dir schon erzählt." Augenzwinkernd schaute er in die Runde.

„Nee, das waren wir nicht." Abwehrend hoben die Männer die Hände.

„Macht ja nichts, wenn du immer mehr Leute ausfragst, erfährst du sowieso, was man so munkelt. Dann erzähle ich dir lieber die Geschichte, wie sie mir überliefert wurde. Du wirst enttäuscht sein, es gab weder Zauberei noch Teufels Hilfe."

„Sondern?"

„Harte Arbeit im Weinberg und ein paar gute Beziehungen, damit der königliche Weinkeller überhaupt vom hervorragenden Wein erfuhr, sind das Geheimnis."

„Wie kamen die Leute darauf, dass sich die Familie mit dem Teufel eingelassen hat?"

Rudolph zuckte die Schultern. „Purer Neid, vermute ich. Soviel ich weiß, gab es Geschäftsverbindungen bis zum französischen Hof. Das wird so einiges an Geld, Ansehen und Missgunst eingebracht haben."

Er nahm einen Schluck Rotwein und sah versonnen auf den Tisch.

„Aber das ist noch nicht alles", bohrte Carina.

„Du hast Recht." Er schaute sie wieder an. Sein Blick war durchdringend. Carina meinte, er würde bis tief in ihre innersten Gedanken vordringen. Verlegen schlug sie die Augen nieder.

„Es wurde Ende des 17. Jahrhundert ein Mordanschlag auf meine ... ähm ... Vorfahren verübt, als sie auf einer Reise nach Frankreich waren. Sie überlebten es nicht, die Mörder wurden nie gefasst. Aber auch da munkelte man vieles Absonderliches über höllische Rächer und bösartige Gestalten, die ihnen aufgelauert haben sollen. In einem Bericht über ihren Tod hieß es, ihre Leichen wären zerfetzt gewesen."

„Das bedauere ich sehr." Aus einem Impuls heraus legte sie ihm tröstend die Hand auf den Arm. Seine Haut fühlte sich hart und kalt an. Ein eisiger Schauder lief ihren Arm hinauf.

Rudolph zuckte bei ihrer Berührung leicht zusammen. Es fühlte sich wie ein Stromschlag an, der in ihn eindrang und nach etwas Verborgenem forschte.

Erschrocken und verlegen zog Carina ihre Hand wieder zurück und griff nach ihrem Glas.

Den Männern war dieser kurze Zwischenfall entgangen, nur Martin runzelte die Stirn. Es missfiel ihm, dass sich Carina und Rudolph anscheinend näher kamen.

Unter dem Tisch begann Bruno leise zu winseln. Den ganzen Abend hatte er brav neben dem Stuhl des Försters geschlafen, doch nun schien ihn ein Bedürfnis zu bedrängen. Klaus beugte sich zu seinem Hund hinab: „Du meinst, es ist Zeit zum Aufbruch?" Bruno erhob sich schwanzwedelnd und schaute sein Herrchen mit großen Augen an.

„Leute, einen schönen Abend noch!" Er klopfte, sich verabschiedend, auf den Tisch. Die Stammtischler nickten ihm zu. „Bis dann, Klaus."

Am Tresen blieb er stehen und reichte Martin einen Schein. „Stimmt so!"

Auch Carina erhob sich. Ein unbestimmtes Gefühl von Gefahr drängte sie, die Nähe von Rudolph zu verlassen. „Gute Nacht, Männer!", verabschiedete sie sich. Nur kurz huschte ihr Blick zu Rudolph. Der schien etwas sehr Interessantes in seinem Weinglas entdeckt zu haben. Er schaute nicht auf, als Carina die Gaststube verließ.

17

Herr von Kauz zu Uhlborn erwartete Carina bereits am Empfang des Instituts.

‚Bloß gut, dass ich es pünktlich geschafft habe', dachte sie belustigt. ‚Herr von und zu wäre sicherlich not amused über eine Verspätung.'

Sie hatte den Vormittag mit einem ausgiebigen Frühstück und ein wenig Internetrecherche vertrödelt. Ihr Versuch, etwas über Rudolphs Familie zu finden, blieb erfolglos. Nicht einmal Google wusste etwas - und das will schon so einiges besagen! In der weiten Welt des Internets existierten Rudolph und seine Vorfahren nicht.

„Der Typ ist mysteriös." Und das weckte ihre Neugier.

Selbst auf der Fahrt zum Professor ging ihr der Hausherr der weißen Villa nicht aus dem Kopf. Sie wusste zwar noch nicht wie, aber sie wollte ihn unbedingt wieder treffen und mehr über ihn erfahren. Den heimlich kichernden Gedanken, dass sie sich in ihn verliebt haben könnte, schob sie weit von sich.

„Guten Tag, Herr von Kauz zu Uhlborn", begrüßte Carina den jungen Mann, als sie den Eingang erreicht hatte. Sie reichte ihm die Hand, die er erst zögerlich, dann jedoch entschlossen und kräftig drückte.

„Frau Moosbach, es freut mich, dass Sie da sind. Der Professor erwartet Sie bereits."

Carina fragte sich, ob es nur eine Höflichkeitsfloskel war oder ob die Archäologen schon etwas Interessantes herausgefunden hatten.

Herr von Kauz zu Uhlborn überreichte Carina ein kleines Schildchen.

„Bitte heften Sie sich den Besucherausweis an."

Er warf einen Blick auf ihren Rucksack. Auch die wachhabende Empfangsdame schaute ein wenig vorwurfsvoll auf das Gepäckstück.

Bevor einer der beiden etwas sagen konnte, bemerkte Carina ihren Unwillen. Schnell erklärte sie: „Wir haben gestern in der Schmiede noch mehr Interessantes gefunden. Das würde ich Ihnen und dem Professor gern zur Begutachtung übergeben."

Die Neugier des jungen Mannes war geweckt. Er nickte der Empfangsmitarbeiterin zu.

„Folgen Sie mir bitte, Frau Moosbach."

Sie durchquerten einen Gartenbereich, der von Bürogebäuden umschlossen war.

Rabatten von Studentenblumen säumten die Wege in der Grünanlage.

Bänke luden zum Verweilen ein. Herr von Kauz zu Uhlborn eilte indes zügig vorwärts. Carina hatte Mühe, mit ihm Schritt zu halten. Ihr blieb keine Zeit, sich die Umgebung anzusehen.

Sie waren kaum durch die Glastür des nächsten Gebäudes getreten, als ein älterer Herr auf sie zugestürzt kam.

„Sie müssen Frau Moosbach sein." Er strahlte sie an, griff nach ihrer Hand und schüttelte sie ausgiebig.

„Ich bin Albrecht Steinhaus. Bernhold, also Dr. Tymann, Ihrer alter Chef", er kicherte ein wenig verlegen bei dem Wortspiel, „er hat mir bereits so einiges über Sie erzählt. Nicht erst gestern, auch früher schon hielt er große Stücke auf Sie."

Carina errötete leicht. Sie verstand sich von Anfang an gut mit Dr. Tymann und mochte ihn sehr, jedoch wusste sie bislang nicht, dass er sogar außerhalb der gemeinsamen geschäftlichen Kontakte über sie gesprochen hatte.

„Ich freue mich, dass Sie sich Zeit für mich nehmen, Professor Steinhaus."

„Aber gerne doch, sehr gern." Der Professor strahlte sie mit einem freudigen Gesichtsausdruck an. Carina kam sich vor, als ob sie eine außergewöhnliche Person wäre, die Glanz in sein bescheidenes Reich bringt.

„Kommen Sie mit in mein Büro. Gleich dahinter liegt auch unser Labor. Wir haben uns die kleinen Knochen gestern bereits angesehen. Es bedarf zwar noch einiger Analysen, aber eines kann ich Ihnen schon sagen: sie sind mehrere hundert Jahre alt."

Während der Professor mit Carina durch einen langen, hellen Gang auf sein Arbeitszimmer zuging, folgte Herr Kauz von Uhlborn in ein paar Schritten Abstand. Er fühlte sich irgendwie überflüssig.

„Dabei war ich es, der das Skelett als Erster begutachtet hat. Und habe nicht ich umsichtig und sorgfältig den Fund hergebracht?" Der junge Mann zürnte ein wenig mit seinem Professor. Dabei verdrängte er, dass er nur aufgrund des Missgeschicks von Frau Professor überhaupt in den Fall einbezogen wurde.

Prof. Steinhaus bat Carina in sein Büro. Überrascht blieb sie an der Tür stehen. Der Raum war groß und lichtdurchflutet. Eine Eckgruppe in hellem Leder lud zum Hinsetzen ein. Auf dem kleinen Tischchen standen eine Wasserkaraffe und Gläser.

„Nehmen Sie bitte Platz." Der Professor deutete mit einer

Handbewegung zur Couch, während er zu seinem Schreibtisch eilte.
„Tristan, wo haben Sie den Hefter mit den Ergebnissen hingelegt?"
„In der blauen Mappe vor dem Monitor liegen sie."
„Ah ja, hier sind sie."
Er kehrte mit dem Schnellhefter zu Carina zurück.
„Was stehen Sie da in der Tür wie bestellt und nicht abgeholt?",
wunderte sich der Professor über seinen Assistenten. „Kommen Sie
her."
Er reichte ihm die Mappe. „Erzählen Sie Frau Moosbach, was wir
gestern herausgefunden haben."
Überrascht nahm Herr von Kauz zu Uhlborn die Unterlagen entgegen
und setzte sich ebenfalls.
Bevor er jedoch den Mund öffnen konnte, unterbrach ihn der Professor:
„Wie unhöflich von uns." Er schüttelte tadelnd den Kopf. „Frau
Moosbach, möchten Sie etwas trinken? Wasser haben wir hier, ich
kann Ihnen aber auch einen Kaffee holen lassen."
„Danke, sehr freundlich, ein Wasser nehme ich gern."
Herr von Kauz zu Uhlborn sprang sofort auf, um in drei Gläser aus der
Karaffe einzuschenken. Er wusste, dass Prof. Steinhaus in
Haushaltsdingen nicht sonderlich geschickt war. Obwohl er aus seinem
Elternhaus gewohnt war, von einem Hausmädchen bedient zu werden,
hatte er schnell verstanden, dass zu den Aufgaben als Assistent solche
Höflichkeitsgesten wie Getränke einschenken gehörten. Die
Umgangsformen schaute er sich nicht nur bei seinem Dienstmädchen
ab, sondern besorgte sich sogar ein Buch. Er hätte natürlich auch
fragen können, doch diese Blöße wollte er sich nicht geben.
Das erste Glas reichte er selbstverständlich Carina, das zweite dem
Professor.
Schließlich setzte er sich wieder und schlug die Mappe auf.
„Also", er räusperte sich kurz, „die ersten Vermutungen über das Alter,
die der Gerichtsmediziner der Polizei bereits geäußert hatte, können wir
bestätigen. Es ist definitiv kein Skelett jüngeren Datums. Wir haben ein
paar Untersuchungen angestellt, mit den Einzelheiten möchte ich Sie
nicht langweilen. Eine genaue Datierung steht jedoch noch aus. Dieses
Verfahren dauert so seine Zeit. Aber es stellte sich heraus, dass es sich
um einen Säugling gehandelt hat, nur wenige Tage alt. Ob das Kind
eines natürlichen Todes starb oder ... ähm", er schluckte unbehaglich,
„getötet wurde, lässt sich nicht feststellen. Die Knochen weisen
zumindest keine Beschädigungen auf, die auf Gewalteinwirkungen

schließen lassen."

Carina nickte verstehend: „Außer, dass der Kopf vom Rumpf getrennt wurde."

Der Professor und sein Assistent stimmten ihr zu.

„Wir konnten nicht feststellen, wann diese Tat geschah. Wir hoffen, post mortem."

Ein paar Sekunden schwieg Herr von Kauz zu Uhlborn nachdenklich. Carina wartete gespannt auf seine weiteren Ausführungen. Bislang hatte er nichts Neues berichtet.

„Der Kopf allerdings weist einige Eigenheiten auf. Es sieht nicht nach einer Verletzung aus, eher wie eine Deformierung. Die kleine Fontanelle am Hinterkopf war bereits geschlossen. Gewöhnlich geschieht dies erst nach zwei bis drei Lebensmonaten."

„Bedeutend merkwürdiger fand ich jedoch die rechte Augenhöhle", warf der Professor ein.

„Richtig, sie war deutlich kleiner, flacher als die linke und wies an den Rändern unregelmäßige Einkerbungen auf. Eigentlich kann gar kein Auge darin gewesen sein. Und noch eine Eigenheit stellten wir fest: Oberhalb des Stirnbeines befand sich der Ansatz eines Hornzapfens." Er blätterte in der Mappe, strich mit dem Finger über die Zeilen und fand, was er suchte: „Das ist normalerweise typisch für horntragende Wiederkäuer. Es liegt die Vermutung nahe, dass das Kind so etwas wie einen Hornansatz gehabt haben könnte."

Carina versuchte, sich den Kopf des Säuglings vorzustellen, und kam zu dem Schluss: „Es scheint, als hätte das Kind einen verunstalteten Kopf gehabt."

Der Professor und sein Assistent nickten.

Nachdenklich fuhr Carina fort: „Dies könnte jedoch bedeuten, dass es getötet wurde, um die Missgeburt loszuwerden."

„Möglicherweise wurde es aber auch schon tot geboren", milderte der Professor Carinas Urteil ab.

Sie nickte. „Es bietet eine Erklärung, warum man den Schädel vom Körper getrennt hat."

„Da wäre noch etwas." Herr von Kauz zu Uhlborn legte zwei Fotos vor Carina auf den Tisch. Beide zeigten den Fundort.

„Dieses Foto habe ich gemacht, als ich mit der Polizei im Keller war. Das Zweite entstand später. Nachdem das verunglückte Kind, Malte heißt der Junge?" Carina nickte. „Also als Malte mit seiner Mutter ins

Krankenhaus gebracht wurde, kehrte ich mit Ihnen gemeinsam wieder in den Keller zurück. Es ist mir in dem Moment gar nicht aufgefallen, aber sehen Sie hier", er deutete bei den beiden Fotos auf die Fußknochen.

Carina stutzte. „Auf dem späteren Foto fehlen die Knochen der großen Zehen!"

Sie schaute Herrn von Kauz zu Uhlborn fragend an.

„Richtig. Meines Wissens ist jedoch niemand in den Keller gegangen in der ganzen Aufregung um den Unfall."

Etwas fiel Carina auf dem Foto auf. Vorsichtig nahm sie es in die Hand.

„Das sieht aus wie ein feuchter Fleck." Sie schüttelte verwundert den Kopf und verglich die Stelle mit dem anderen Bild. Herr von Kauz zu Uhlborn setzte sich neben sie, um sich die Bilder besser ansehen zu können.

„Sie haben Recht. Es scheint, als wäre jemand - oder etwas – von außen in den Keller geklettert."

„Als wir gestern nochmals in der Schmiede waren, fanden wir eine weitere nasse Stelle. Wir vermuten, dass irgendein Tier die Öffnung entdeckt hat und sich auf der Suche nach einem Winterquartier in das Haus gewagt hat. Czerno hat wie wild gekläfft. Wahrscheinlich hat er irgendetwas gewittert."

„Haben Sie es gesehen?"

„Nein, aber ein Stein war in der Öffnung verrutscht, obwohl Dr. Tymann sicher sehr sorgfältig den Durchbruch verschlossen hatte. Wir haben mit Brettern und weiteren Steinen versucht, den Zugang abzudichten. Da fällt mir etwas ein!" Carina beschlich ein seltsamer Verdacht. Es war eine vage Idee. Ein blasses Bild huschte durch ihren Geist. Sie bekam es aber nicht wirklich zu fassen und schob den Gedanken erst einmal beiseite.

„Als wir mit dem Baumaterial in den Keller zurückkamen, saß der Hund an der Treppe und leckte sich seine aufgeschrammte Schnauze. Er muss wohl mit irgendetwas einen Zusammenstoß gehabt haben. Ich hoffe, dass er das Tier vertrieben hat, bevor das Loch verschlossen wurde."

„Da sollte sich Frau Kaltenegger mal auf vielbeinige Gäste in der Schmiede gefasst machen. Die Tiere scheinen keine Scheu vor den Menschen zu haben", meinte der Professor. „Die haben nicht mal Respekt vor alten Knochen, trampeln auf den Funden herum und haben wohl auch die fehlenden aus der Öffnung geworfen."

Damit war eine plausible Erklärung für die verschwundenen Zehen gefunden.

„Zu Guterletzt hätten wir noch das Holz der Schwelle, die Gewebereste und den Staub, den ich eingesammelt hatte. Beides wird ebenfalls einer Altersprüfung unterzogen. Das endgültige Ergebnis liegt leider bisher nicht vor. Das dauert so seine Zeit", fügte er entschuldigend hinzu. „Wir sind durch die bisherigen Erkenntnisse zu der Meinung gekommen, dass das Kind so ungefähr um 1600 unter die Schwelle gelegt wurde. Das ergibt sich aus der Holzart und ersten Analysen. Wir hoffen, dass uns der Staub einiges verraten kann über das genauere Alter."

Verwundert zog Carina die Augenbraue in die Höhe.

Prof. Steinhaus bemerkte es und ergänzte die Ausführungen seines Assistenten: „Staub ist nicht nur Dreck, sondern enthält kleinste Teile von Lebewesen, Alltagsgegenständen und alles, was so in der Luft herumfliegt. Tristan berichtete, dass der Raum unter der Schwelle ziemlich gut abgeschottet sein musste, bis er auf recht ungewöhnliche Art mit einem Fußtritt geöffnet wurde."

Carina grinste bei der Umschreibung des Professors für das Auffinden der Knochen.

„Könnte man aus dem Staub auch Schlussfolgerungen über die Lebensumstände der Schmiedenbewohner ziehen?", wollte sie wissen.

„Das dürfte schwierig sein, zumal sich der Fundort im Untergeschoss befand. Bernhold erzählte mir von den Schimmelblüten am Mauerwerk, das lässt auf Tierhaltung schließen. Ob bereits zur fraglichen Zeit Hausgetier im Keller war, könnte die Staubanalyse zeigen."

„Daraus ließe sich ableiten, wie lange dieser Mauersalpeter schon die Grundmauern schädigt?"

Prof. Steinhaus hob die Hände. „Das ist das Fachgebiet von Bernhold. Aber ich gebe zu, die Information könnte ihm hilfreich sein." Er holte sich einen Notizblock vom Schreibtisch und kritzelte ein paar Worte aufs Papier.

Carina wandte sich derweil an Herrn von Kauz zu Uhlborn: „Was ist mit den weiteren Funden, dem Hühnerkopf und dem Amethyst?"

Er zog die Schultern hoch. „Der Hühnerkopf gibt uns Rätsel auf", erklärte er. „Wir lassen das Alter bestimmen. Falls er zur gleichen Zeit wie das Kind unter die Schwelle gelangte, könnte er im Zusammenhang mit einem möglichen Bauopfer, wie von Ihnen vermutet, stehen."

Prof. Steinhaus hakte ein: „Wenn es Ihnen nichts ausmacht, möchte ich gern zu diesem Thema mit Ihnen in Kontakt bleiben, um eine Theorie zu entwickeln."

Carina nickte erfreut. „Das würde mich freuen, Herr Professor. Ich bin natürlich neugierig, was die Analysen für Ergebnisse liefern. Gestern habe ich bereits einige Recherchen angestellt. Es mag tatsächlich einen Zusammenhang zu Bauopfern geben.

Ich fand auch Hinweise auf einen anderen, aus dem Südslawischen überlieferten Brauch."

Aufmerksam hörten der Professor und sein Assistent zu.

„Dort heißt es, wenn in einer Familie mehrere Kinder gestorben sind, muss der Vater ein Huhn schlachten, während das zuletzt verstorbene Kind eingesegnet wird. Er soll den Hühnerkopf unter der Schwelle vergraben. Den Körper legt er auf die Schwelle und der Geistliche schreitet darüber hinweg. Was genau damit bewirkt werden soll, habe ich jedoch noch nicht herausgefunden."

„Wurde nicht auch für Satansrituale ein Hühnertier geschlachtet?", fiel Herrn von Kauz zu Uhlborn ein.

Carina stimmte ihm zu. „Bis zur schwarzen Magie bin ich bisher gar nicht gekommen. Dazu werde ich auf jeden Fall recherchieren, ob ich in meinen Quellen Erklärungen oder wenigstens Hinweise finde."

„Das sind interessante Ansätze." Prof. Steinhaus nickte erfreut. „Es gibt viel Raum für Spekulationen. Ich hoffe, wir können durch unsere Untersuchungen ein paar Fakten herausarbeiten."

„Und der Amethyst?", erkundigte sich Carina.

„Den Stein haben wir heute Morgen zu einem Juwelier bringen lassen", fuhr der Assistent fort. „Wir haben eine kleine Probe genommen für unser Labor, aber eigentlich hoffen wir auf den Edelsteinfachmann."

„Wolfram ist der beste Goldschmied in Sachsen", erklärte der Professor.

„Wolfram Leistner?", fragte Carina nach.

„Ja, kennen Sie ihn?"

„Nein, aber Doretta, die Freundin der Bauherrin, arbeitet bei ihm."

„Da schließt sich der Kreis wieder!", stellte der Professor fest. „Auf die Ergebnisse müssen wir natürlich noch ein wenig warten. Archäologie erfordert oft viel Geduld." Er warf einen leicht belustigten Blick auf seinen Assistenten.

Der klappte seine Mappe zu. „Soweit zu unseren ersten Ergebnissen.

Frau Moosbach, Sie erwähnten vorhin, dass Sie gestern noch etwas gefunden haben."

Interessiert horchte Prof. Steinhaus auf.

„Richtig, fast hätte ich es vergessen."

Carina zog den Reißverschluss ihres Rucksacks auf und holte die Tupperdose hervor.

„Als wir gestern nochmals in der Schmiede waren, fiel mir in der Küche ein Stück lose Tapete auf. Mich packte meine rabiate Ader", grinste sie entschuldigend, „ich zog an der Wandverkleidung und fand eine Nische im Mauerwerk. Darin lagen diese Papiere."

Sie stellte die Dose auf den Tisch und öffnete sie.

Voller Entdeckerfreude beugte sich Prof. Steinhaus darüber.

„Tristan, holen Sie bitte Handschuhe."

Carina wurde verlegen. „Wir haben die Blätter gestern bereits mit den bloßen Händen angefasst. Hoffentlich haben wir nichts zerstört."

„Keine Sorge, Frau Moosbach. Sie haben nichts falsch gemacht. Bestimmt waren Sie vorsichtig. Sie haben den Fund sicher verwahrt, wie ich sehe."

Carina atmete erleichtert auf, dass ihr der Professor keine Vorwürfe machte.

„Ich habe die Seiten fotografiert. Manches kam mir irgendwie bekannt vor. Vielleicht kann man anhand der Textstellen herausfinden, aus welchem Buch die Blätter stammen. Es könnte ein altes Hausmittelbuch oder auch ein Zauberbuch sein."

Prof. Steinhaus nickte abwesend. Er konnte gar nicht schnell genug die Einweghandschuhe überstreifen und zu der ersten Seite greifen.

Nur mit halbem Ohr hörte er Carina zu.

„Interessant, sehr interessant", murmelte er. „Gegen Schluckauf, gegen Warzen ..."

Er griff nach den nächsten Blättern.

Das Telefon von Herrn Kauz zu Uhlborn meldete sich mit einem aufdringlichen Quäken zu Wort.

Prof. Steinhaus schaute verstört auf.

„Sie haben einen Tisch zum Mittagessen bestellt", erinnerte ihn sein Assistent.

„Ja, richtig. Frau Moosbach, darf ich diese Buchseiten zur näheren Untersuchung hierbehalten?"

„Aber natürlich, dafür habe ich Sie Ihnen mitgebracht."

„Die Hauseigentümerin weiß Bescheid?", vergewisserte sich der Professor.

„Ja, Frau Kaltenegger möchte auch Näheres darüber erfahren."

„Danke, vielen Dank." Er schob den Deckel wieder auf die Dose und überreichte sie seinem Assistenten. „Tristan, bitte fotografieren Sie die Seiten und beginnen Sie mit der Textanalyse. Um das Papieralter kümmere ich mich nachher."

Nickend nahm Herr von Kauz zu Uhlborn die Tupperdose entgegen.

„Frau Moosbach", wandte sich der Professor an Carina, „darf ich Sie zu einem späten Mittagessen einladen? Ich habe da nämlich noch ein paar andere Fragen."

Während Carina dem Professor durch den Hinterausgang zum Parkplatz folgte, streifte sie wieder ein blasses Bild von Wasser und Seerosen. Der Gedanke entwischte ihr, als ihr der Professor die Tür zu seinem Mercedes aufhielt. Sie war nicht auf einen Autoausflug gefasst gewesen. Ein wenig verwundert stieg sie ein.

„Es ist nicht sehr weit, aber ich laufe nicht mehr so gern", entschuldigte sich Prof. Steinhaus.

Einige Minuten später hielt er vor einem schicken italienischen Restaurant. Carina fand sich ein wenig unpassend angezogen für das Nobelrestaurant. Wieder trug sie Jeans und einen Hoodie.

„Ihr Assistent hätte mich besser vorgewarnt, dann hätte ich mich passender gekleidet", seufzte sie.

„Keine Sorge, meine Liebe, Sie sehen bestens aus."

Er öffnete ihr galant die Tür. Sofort kam ein Kellner auf sie zu. Als er den Professor erkannte, nickte er erfreut.

„Ihr Tisch ist bereit."

Nachdem sie ihre Bestellung aufgegeben hatten, druckste der Professor ein wenig verlegen, bevor er mit seinem Anliegen herausrückte: „Bernhold hat mir wirklich schon so einiges Interessantes über Sie erzählt, Frau Moosbach. Sie beschäftigen sich viel mit Mythologie und Geistern aller Art."

Carina nickte zustimmend. Sie spürte, dass das Thema auch den Professor beschäftigte.

„Leider ist dieses Wissen für meine Studenten irgendwie nicht ... aufregend genug. Bereits vor längerer Zeit rief ich einen Zirkel ins Leben, um über Aberglaube, Mythen und Sagen mit ihnen zu diskutieren."

„Aber er wird nicht gut besucht?", vermutete Carina.

„Leider. Ich habe den Verdacht, dass sich einige durch ihre Anwesenheit einfach nur eine bessere Note erhoffen. Märchen sind wohl nicht mehr in oder wie man heute so sagt." Er seufzte. „Dabei begegnen uns gerade bei Funden in der Umgebung immer wieder Zusammenhänge zwischen Archäologie und alten Bräuchen. Das Wissen um das Denken und Fühlen unserer Vorfahren könnte uns manche Entdeckung treffender erklären."

„Der Fund in der Schmiede ist ja ein gutes Beispiel dafür", bestätigte Carina. „Nach erster Meinung der Bauherrin hielt sie das Skelett für einen Vampir. Ich tendiere jedoch mehr zu Geisterschutz und Bauopfer."

„Jeder dieser Gedanken hängt aber mit dem Glauben und Lebensgebräuchen der damaligen Menschen zusammen. Darum möchte ich Ihnen einen Vorschlag unterbreiten."

Gespannt schaute Carina ihn an. Er nahm einen großen Schluck aus seinem Rotweinglas, bevor er seine Bitte vortrug: „Würden Sie an einem meiner nächsten Zirkelabende mein Gast sein und aus Ihrer Sicht als Schriftstellerin über das Thema sprechen?"

Carina blieb vor Überraschung der Mund offen stehen.

Prof. Steinhaus schaute sie erwartungsvoll an.

„Ich weiß gar nicht, was ich sagen soll", stotterte sie aufgeregt. Von einer solchen Gelegenheit hatte sie noch nicht einmal zu träumen gewagt.

„Sehr gern nehme ich Ihre Einladung an. Ich muss es nur mit meinem Job irgendwie unter einen Hut bringen können."

„Keine Sorge, wir treffen uns am letzten Freitag im Monat um 20.00 Uhr im Keller der Mensa."

„Prima, freitags habe ich früher Feierabend und schaffe es locker, pünktlich in Dresden zu sein." Carina strahlte vor Freude, genauso wie der Professor über ihre Zusage.

Während des Essens besprachen sie einige Einzelheiten und tauschten ihre Visitenkarten aus. Sie wollten den Fund in der Schmiede zum Thema der nächsten Zusammenkunft machen.

„Ein aktueller Fall weckt sicher das Interesse noch mehr", hoffte der Professor. „Tristan soll gleich mal die Trommel für den Abend rühren. Er kann die Einleitung übernehmen, schließlich war er vor Ort und berichtet sozusagen aus erster Hand."

Nach dem Essen fuhren Prof. Steinhaus und Carina zurück zum Institut.

„Danke für das Essen und die Einladung."

„Es ist mir eine Ehre, dass Sie meinen Zirkel bereichern." Er drückte herzlich ihre Hand.

„Eine Frage oder besser gesagt, eine weitere Bitte hätte ich noch."

„Immer heraus damit, Prof. Steinhaus."

„Wenn Ihre Freundin die Schmiede renoviert, könnte noch so einiges Interessantes aus dem Dunkel der Geschichte auftauchen. Es würde mich freuen, wenn ich den Fortgang verfolgen dürfte, vielleicht sogar die Möglichkeit bekäme, das Gebäude einmal zu besichtigen."

Carina lachte. „Das lässt sich ganz sicher einrichten. Sollte nicht sowieso nach dem bisherigen Fund ein Archäologe ein Auge auf die Sanierungsarbeiten haben?"

Prof. Steinhaus grinste verschmitzt über diese Idee und nickte.

„Ich will sie nachher anrufen und werde ihr gleich davon erzählen. Darf ich Frau Kaltenegger Ihre Telefonnummer geben?"

„Natürlich! Ich hoffe, dass sie mich anruft."

18

In bester Laune schlenderte Carina zu ihrem Auto. Sie konnte es noch gar nicht fassen, dass der Professor sie um Rat bittet und sie wirklich in einen Studentenzirkel eingeladen war.

Es war bereits Nachmittag und sie fand, es war Zeit, sich bei Britta Kaltenegger zu melden. Nach ihrem befremdlichen Benehmen an der Schmiede wollte Carina sie nicht nochmals gegen sich aufbringen, auch wenn sie sich nach wie vor gar keiner Schuld bewusst war.

Sie hatte kaum die Nummer gewählt, als sich Britta schon meldete. Sie schien angespannt auf den Anruf von Carina gewartet zu haben, bemühte sich jedoch redlich, sich ihre Ungeduld nicht anmerken zu lassen.
„Hallo Frau Moosbach, haben Sie Neuigkeiten?"
„Viel fanden die Archäologen in der Kürze der Zeit noch nicht heraus, aber ein paar erstaunliche Details gibt es schon." Bevor Carina näheres zu erzählen begann, unterbrach sie Britta: „Wissen Sie was, kommen Sie doch einfach zu uns. Dann können wir in Ruhe ein wenig quatschen."
„Ist Ihr Sohn wieder zu Hause?" Carina wollte auf keinen Fall der Mutter die Zeit stehlen, sich um ihr Kind zu kümmern. Andererseits wollte sie sich gern mal mit dem Bengel unterhalten. Noch immer hockte da ein Gedanke am Rande ihres Bewusstseins, der mit dem Bach und dem Kind zusammenhing.
„Ja, Malte ist heute Vormittag aus dem Krankenhaus entlassen worden. Es geht ihm soweit wieder ganz gut."
„Das freut mich. Ich brauche hoffentlich nicht allzu lange durch den Stadtverkehr."
„Prima. Bis gleich also." Britta gab ihre Anschrift durch und sie beendeten das Telefonat.

Eine halbe Stunde später hatte sich Carina durch das Gewirr der Dresdner Straßen im beginnenden Feierabendverkehr gequält. Erfreulicherweise fand sie einen Parkplatz direkt vor der gesuchten Adresse. Sie stand vor einer herrschaftlich anmutenden Villa, die allerdings ihre besten Jahre hinter sich hatte. Solche Wohngebäude gab es reichlich in Dresden. Meist bewohnten sie heutzutage mehrere

Familien. Ein kleiner Vorgarten mit Wacholdersträuchern trennte das Haus von der Straße.

Das schmiedeeiserne Tor war verschlossen. Am Mauerpfeiler befand sich ein Klingeltableau. Carina strich mit ihrem Finger über die vier Namen und drückte bei ‚Wulfing'. Sie wunderte sich ein wenig, dass Brittas Name nicht daneben stand.

Ein kurzes Summen öffnete ihr den Zugang, auch die Haustür war bereits geöffnet.

„Eine Treppe hoch", rief ihr Britta Kaltenegger entgegen.

Das Treppenhaus war geräumig, aber finster. Nur mit Mühe fand sie den Lichtschalter. Es roch nach Bohnerwachs.

‚Echt spießig', stellte Carina fest. ‚Das hatte ich bei den beiden nicht vermutet.'

Britta Kaltenegger erwartete sie an der Wohnungstür.

Zu Carinas nächstem Erstaunen trug sie eine bunte Nylonkittelschürze.

„Entschuldigen Sie meinen Aufzug. Wenn ich in der Küche bin, finde ich die Schürze immer noch praktisch. Kommen Sie rein."

Britta reichte ihr ein paar Hauslatschen. „Sind Sie so nett und ziehen die Babuschen an?" Carina zog grinsend ihre Schuhe aus und schlüpfte in die Latschen.

Der Flur war vollgestellt mit Umzugskartons.

Mehrere Türen führten in weitere Zimmer. Britta ging voraus in die Küche.

„Möchten Sie einen Kaffee?"

„Gern."

Carina blickte sich ein wenig um. Der Raum war schmal, aber lang. Die Möblierung bestand aus unauffälligen weißen Küchenschränken einer handelsüblichen Einbauküche. Die gewöhnlichen Küchengeräte waren fantasielos nebeneinander aufgereiht. Carina schüttelte ungläubig den Kopf.

Auf dem Gasherd dampfte ein riesiger Kochtopf leise vor sich hin. Es roch nach Linseneintopf.

Britta goss Kaffee in zwei große Henkelbecher ein.

‚Sogar die Kaffeemaschine ist weiß!'

„Milch, Zucker?"

„Nein danke, ich nehme ihn schwarz."

Britta setzte sich zu Carina an den kleinen Tisch vor dem Küchenfenster.

Einen Moment drehte sie ihren Kaffeebecher gedankenverloren in den Händen.

„Frau Moosbach, ich glaube, ich bin Ihnen ein paar Erklärungen schuldig."

Carina kam aus dem Staunen gar nicht mehr heraus. Den Besuch bei der Bauherrin hatte sie sich ganz anders vorgestellt. Sie fühlte aber, dass Britta wirklich etwas bedrückte, was sie loswerden wollte.

„Wie wäre es mit Carina?", schlug sie leise vor. „Es spricht sich leichter."

Britta blickte sie dankbar an. „Sehr gerne, ich bin Britta." Sie reichte ihr die Hand. „Aber das wissen Sie, äh ... weißt du ja."

Carina lachte und erwiderte den Händedruck. Sie sahen sich einen langen Augenblick tief in die Augen. Schließlich senkte Britta den Blick und zog ihre Hand zurück zur Kaffeetasse.

„Ja, was ich sagen wollte, es tut mir immer noch leid, dass ich dich gestern so angemacht habe an der Schmiede. Das Schlimme ist, sie ist wieder da, dieses Miststück. Ich hatte gehofft, sie wäre für alle Ewigkeit weggesperrt worden, die Irre."

Carina hob erstaunt eine Augenbraue. Sie wusste nicht, wovon Britta sprach, war sich jedoch sicher, es gleich zu erfahren. Darum schwieg sie geduldig, bis Britta leise fortfuhr: „Das letzte Jahr war die Hölle für mich. An jenem Abend, als meine Welt zusammenbrach, stand die Polizei vor der Tür. Es täte ihnen sehr leid, mein Mann sei bei einem Unfall tödlich verunglückt, erklärten sie. Kaum hatten sie mir die Nachricht überbracht, klingelte es erneut und weitere Polizisten wollten zu mir. Ob mein Mann ebenfalls zu Hause sei, fragten sie. Ich schaute nur fassungslos zwischen den vielen Uniformierten hin und her und wusste nicht, was das sollte. Die Situation kam mir so skurril vor, dass ich fast gelacht hätte. Schließlich erklärte man den neu hinzugekommenen Beamten, dass man mir soeben eine Todesnachricht überbringen musste und die Herren meinen Mann in der Gerichtsmedizin fänden. Sie verschwanden darauf hin wortlos. Ich muss wohl ohnmächtig geworden sein, denn ich wachte in einem Krankenhaus auf. Malte war zu dieser Zeit glücklicherweise auf Klassenfahrt und bekam den größten Teil des Dramas nicht direkt mit, das sich einen Tag später zutrug. Die Polizei stand plötzlich mit einem Durchsuchungsbeschluss im Haus. Sie erklärten nicht, was sie suchten,

sondern stellten mir nur befremdliche Fragen. Über meine Ehe, unser Liebesleben und ob ich wüsste, wie oft mein Mann Drogen genommen hätte. Mir blieb vor Fassungslosigkeit die Sprache weg. Zum Glück kam Peter, der Geschäftspartner meines Mannes in der Anwaltskanzlei, in diesem Moment vorbei. Er hatte vom Unfall gehört und wollte nach mir sehen. Ich weiß nicht, was ich ohne ihn gemacht hätte. Er nahm sich sofort der Sache an. Noch immer wusste ich nicht, was mein Mann eigentlich angestellt haben sollte. Erst Tage später klärte Peter mich auf. Gegen meinen Mann lag eine Anzeige wegen Vergewaltigung vor!"
Britta schüttelte, immer noch fassungslos, den Kopf. Tränen liefen über ihre Wangen.
Carina wusste nicht, was sie sagen sollte. Sie vermutete, dass Britta auch keine Antwort erwartete.
„Er war sicherlich nicht der treueste Ehemann. Ich weiß, dass er hin und wieder mal seine Finger nicht stillhalten konnte. Es gab deswegen auch immer wieder Streit. Aber Vergewaltigung? Nein, das konnte ich nicht glauben. Peter sah das genauso.
Ja, und dann war da noch die Sache mit den Drogen. Bei seinem Tod hatte er Kokain im Blut."
Wieder schüttelte Britta den Kopf. „Er war strikt gegen Drogen. Im Gegenteil, er hatte sich in der Kanzlei besonders auf Drogendelikte spezialisiert." Sie seufzte. „Tschechien und die Rotlichtszene sind ja nicht weit."
Eine Ahnung streifte Carina, was passiert sein könnte. Vermutlich war er irgendwem aus dem Milieu zu sehr auf die Füße getreten. Man kannte das aus vielen Fernsehkrimis.

„Die Staatsanwaltschaft stellte die Ermittlungen bald ein, der Verdächtige war schließlich tot und man konnte nicht feststellen, dass er mehrfach Drogen genommen hätte. Ich dachte, die Sache wäre damit erledigt. Es war schwer genug für mich und Malte. Aber dann, nach der Beerdigung, tauchte dieses Weib plötzlich auf dem Friedhof auf. Peter erkannte sie und machte ihr klar, dass sie verschwinden sollte. Sie ging wortlos, aber warf mir giftige Blicke zu. Es war jene Frau, die meinen Mann angezeigt hatte. Am nächsten Tag lauerte sie mir auf, als ich nach Hause kam. Du glaubst nicht, was sie mir alles an den Kopf warf!"
Vor Empörung begann Britta zu zittern.
„Sie gab mir die Schuld an der Vergewaltigung, stell dir das mal vor! Ich

hätte im Bett nicht so blümchenhaft sein sollen, ihn öfter mal ranlassen müssen!" Sie schluckte erbost. „Sie behauptete, ihn in einem Swingerclub der härteren Art an jenem Tag kennengelernt zu haben. Er sei voll auf Droge gewesen, faselte von Austoben und Peitschen, weil er das zu Hause nicht kriegt. Als sie nicht so wollte wie er, hat er ... soll er ..." Sie schluchzte, Tränen liefen über ihre Wangen.

Beruhigend legte Carina ihre Hand auf Brittas Arm.
„Von da an verfolgte sie mich fast auf Schritt und Tritt."
„Was wollte sie von dir?"
Britta zuckte die Schultern. „Ich habe keine Ahnung. Sie war einfach nur gestört. Aber sie schaffte es fast, mich in den Wahnsinn zu treiben. Wieder war es Peter, der mir zur Seite stand. Sie wurde wegen Stalking angeklagt und verurteilt. Es wurde außerdem festgestellt, dass sie drogenabhängig war. Eigentlich dachte ich, dass sie in eine geschlossene Klinik eingewiesen werden sollte, um einen Entzug zu machen."
‚Aha', dachte Carina, ‚da war vielleicht ein Zusammenhang.'
„Könnte es sein, dass jemand diese Frau auf deinen Mann wegen einem Fall angesetzt hat, um ihm zu schaden?"
„Die Idee kam Peter auch. In den Akten ließ sich jedoch nicht der geringste Hinweis finden. Es passte nicht zu meinem Mann und die Anschuldigungen ergaben überhaupt keinen Sinn."
Britta stand auf und holte die Kaffeekanne. „Möchtest du noch eine Tasse?"
Carina nickte: „Ja, gern."

„Was ist aus der Sache geworden?"
„Es ließ mir jedenfalls keine Ruhe. Ich musste wissen, ob mein Mann Dreck am Stecken hatte. Immer wieder habe ich mit Doretta darüber gesprochen, bis sie eine Idee hatte."
Ein unangenehmes Kribbeln lief Carina über den Rücken. Eine Ahnung keimte in ihr, was die beiden gemacht haben könnten. Britta sprach es schließlich aus: „Sie schlug vor, eine Totenanrufung zu versuchen."
Carina schüttelte ungläubig den Kopf.
„Hat es funktioniert?"

Ein Schlüssel drehte sich in der Wohnungstür. Im nächsten Augenblick stürzte Czerno mit großem Gekläff zur Tür herein. Als er Carina sah, sprang er freudig auf sie zu und schleckte zur Begrüßung ihre Hand. Langsamer folgte ihm Malte über den Flur. Er humpelte ein wenig, den linken Unterarm zierte ein Gipsverband.

„Tach", brummelte er in die Küche und schlich an der Tür vorbei in sein Zimmer.

„Geht es ihm wieder gut?", wollte Carina wissen.

„Naja, sein Arm ist gebrochen. Aber das heilt bald, sagt die Ärztin. Die kleinen Hautabschürfungen sind nicht so schlimm. Vorsichtshalber ist er im Krankenhaus gegen Tetanus geimpft worden. Wir wissen ja noch nicht, ob er sich an Steinen oder doch an einer Eisenfalle verletzt hat."

Carina hakte bei diesem Stichwort ein: „Klaus Eisbrenner wollte dich anrufen. Er meint, von Fallen ist ihm zwar nichts bekannt. Trotzdem will er sich mit dir auf jeden Fall bald draußen treffen."

Dankbar nickte Britta. „Das ist gut. Hoffentlich lauern da nicht noch mehr unangenehme Überraschungen. Malte behauptet ja immer noch steif und fest, dass er gebissen worden sei und rote Augen ihn aus dem Wasser angestarrt haben."

„Hat dir Doretta von der Kröte erzählt? Vielleicht war auch eine im Graben."

Britta schüttelte den Kopf, dann fiel es ihr ein: „Du meinst den feuchten Fleck im Keller?"

„Genau, Czerno hat das Tier hoffentlich vertrieben, bevor wir das Loch verbarrikadiert haben. Immerhin hat er mit irgendwem gerungen."

Der Hund hob schläfrig den Kopf, als er seinen Namen hörte. Er hatte sich nach einem Schluck Wasser in sein Körbchen zurückgezogen. Nach dem Spaziergang mit Malte war er müde.

Wieder drehte sich ein Schlüssel in der Tür.

„Doretta ist heute aber früh zurück", wunderte sich Britta. Sie stand auf und ging ihrer Freundin entgegen.

„Hallo Carina! Schön, dass du schon da bist", freute sich Doretta, als sie in die Küche kam. „Was spricht der Archäologe?"

„Im Großen und Ganzen konnte er bestätigen, was Herr von Kauz zu Uhlborn gemutmaßt hatte. Allerdings entdeckten sie bereits ein paar spannende Kleinigkeiten."

„Mädels, wollen wir vorher Abendbrot essen? Es ist zwar noch recht früh, aber dann haben wir nachher mehr Zeit", schlug Britta vor.

„Prima, ich hatte heute mal wieder keine Gelegenheit für eine

Mittagspause. Mir hängt der Magen in den Kniekehlen!"

Kurze Zeit später saßen die drei Frauen und Malte im Wohnzimmer mit lecker duftender Linsensuppe auf den Tellern. Carina beobachtete Malte verstohlen. Bislang hatte sie den Jungen nur am Rande und eher negativ wahrgenommen. Er saß jedoch aufrecht am Tisch, löffelte anständig seine Suppe ohne Kleckern und Schmatzen, was Carina fast schon erwartet hatte.
„Muss ich morgen wieder zur Schule gehen?", fragte er seine Mutter.
Britta schaute ihn nachdenklich an.
„Wir haben Sport, mit dem gebrochenen Arm geht das doch nicht und das ist bestimmt nicht gut für mein Bein."
„Ich glaube, du solltest den Rest der Woche zu Hause bleiben. Nächste Woche sind ja Herbstferien und danach wird alles wieder in Ordnung sein."
Ein freudiges Grinsen huschte über Maltes Gesicht.
„Aber besorge dir die Hausaufgaben von Dennis. Er kann dich morgen Nachmittag besuchen kommen, wenn es seine Mutter erlaubt."
Malte nickte ernsthaft.
„Und, Malte", Britta sah ihren Sohn streng an, „du solltest ihm keine übertriebenen Geschichten von deinem Unfall erzählen."
„Warum glaubt ihr mir eigentlich nicht? Ihr redet dauernd über Geister, Vampire, Totenbeschwörung und so ein Zeug. Aber das Vieh im Wasser tut ihr als meine Einbildung ab." Der Junge funkelte empört seine Mutter an.
Britta und Doretta sahen sich erschrocken an. Ihnen war nicht bewusst, dass er ihre Gespräche mitbekam.
„Malte, ähm ja ..."
Das Telefon klingelte. Doretta stand auf.
Die Unterbrechung brachte Britta ein wenig Zeit zum Überlegen, was sie ihrem Sohn darauf antworten sollte.
„Es ist Peter", rief Doretta aus dem Flur. Hastig erhob sich Britta und eilte zum Telefon.

Carina blieb allein mit dem Kind.
„Was ist denn eigentlich genau passiert, als du mit Czerno draußen warst?"
Malte schaute sie skeptisch über den Rand des Löffels an, den er gerade zum Mund hob.

„Ähm, ich habe mich ein wenig umgesehen, bin runter an den Nöckbach und dann wieder hoch. Ist ja echt langweilig da. Ich dachte, vielleicht finde ich im Schuppen was Interessantes und wollte eigentlich dorthin. Als ich an dem Tümpel vorbeikam, fiel mir ein Spiel ein, was ich mit Papa oft an der Elbe gespielt hatte - Steine über das Wasser hüpfen lassen. Czerno habe ich am Brückengeländer festgebunden und mir eben ein paar Steine gesucht. Aber sie hüpften nicht, sondern plumpsten einfach in den Teich. Papa konnte das viel besser."

Er schniefte traurig. Carina sah ihm an, wie sehr er seinen Vater vermisste.

‚Wecke nie das schlafende Wasser‘, streifte sie eine Erinnerung an einen Film. Es fiel ihr zwar nicht ein, wo sie es gehört hatte, aber sie war sich sicher, das war der Beginn einer Katastrophe.

„Auf einmal hörte ich, wie jemand leise meinen Namen rief. Ich dachte, es wäre Papa, es klang wie seine Stimme. Ja, ja, ich weiß, dass er tot ist", fügte er hastig hinzu, als er Carinas Stirnrunzeln bemerkte. „Aber Mama hat doch auch mit ihm gesprochen nach dem Unfall." Das klang ein wenig trotzig.

‚Vermutlich weiß er über die Angelegenheit mehr, als Britta meint‘, befürchtete Carina.

„Du bist zu der Stelle gegangen, wo die Stimme herkam, richtig?"

Malte nickte. „Sie kam aus dem Gebüsch hinter der Brücke. Rote Augen haben zwischen den Blättern geleuchtet."

Carina erinnerte sich an den Wildrosenstrauch. Reife Hagebutten hingen reichlich in seinem Geäst.

„Ich wollte nachsehen, was das ist und bin plötzlich ausgerutscht. Im Wasser hat mich irgendwas gepackt und gebissen. Den Rest kennst du ja."

Malte senkte den Kopf und spielte mit dem Löffel.

Seltsame Gedanken purzelten durch Carinas Hirn. ‚Wassergeister wären eine mögliche Erklärung, würde ich in einer Geschichte wirklich gut finden. Aber in der Realität scheint es abwegig. Ich sollte seine Idee nicht unterstützen, sondern versuchen, ihm eine plausible Auslegung anzubieten.‘

„Du magst nicht gern an der Schmiede sein?", fragte sie.

Er nickte. „Ist echt öde."

„Kann ich verstehen. Aber vielleicht gibt es doch noch Spannendes zu entdecken. Deine Mutter wird auf jeden Fall mit dem Förster den

Bachlauf absuchen nach etwas, was dich verletzt hat. Möglicherweise war es ein großer Fisch, eine dicke Kröte, ein Stein oder eine alte Falle, wie sie früher Wilderer benutzt haben."

„Aber die roten Augen, was soll das gewesen sein?"

„Das Gebüsch trägt reife Hagebutten. Sie leuchten rot in der Sonne. Soll ich dir mal verraten, was man damit anstellen kann? Das muss aber unser Geheimnis bleiben."

Malte nickte.

„Wenn man sie trocknet und die Körner jemandem in den Pullover steckt, juckt es ganz fürchterlich."

„Echt? Das ist ja krass."

„Man kann auch Tee daraus machen."

„Das ist was für Doretta. Sie wird die bestimmt alle pflücken", lachte Malte.

„In einem Punkt muss ich deiner Mutter Recht geben. Erzähl deinen Freunden nicht zuviel von der Geschichte. Sie würden dir nicht glauben und dich nur auslachen."

Wieder nickte Malte, ernsthaft diesmal. „Ich weiß, was du meinst. Als Papa starb, wurde auch viel geredet. Alle haben mich in der Schule so komisch angesehen. Keiner wollte mich mehr beim Sport in die Mannschaft wählen, dabei bin ich der beste Torhüter beim Fußball. Jetzt gehe ich in eine andere Schule, die wissen von der Sache nichts. Da habe ich keinen Stress mehr deswegen."

„Das ist gut, Malte." Carina musterte ihn mit einem langen Blick. Sie ahnte, was der Junge im letzten Jahr durchgemacht haben musste.

„Wollen wir uns beide mal ein bisschen nützlich machen und den Tisch abräumen?"

Als Britta und Doretta das Telefonat beendet hatten, fanden sie Carina und Malte in der Küche beim Abwasch. Sie lachten und hatten Spaß bei der Küchenarbeit.

Überrascht blieb Britta an der Tür stehen.

„Wir sind gerade fertig Mama", verkündete Malte stolz. „Ich gehe dann mal wieder in mein Zimmer." Er winkte Carina zu und verschwand.

„So fröhlich habe ich Malte schon seit einer Ewigkeit nicht mehr gesehen", stellte Britta erstaunt fest. „Was hast du mit ihm angestellt?"

„Nur ein wenig geredet, besser gesagt, ihn reden lassen. Manchmal ist es leichter, einem Fremden sein Herz auszuschütten als der Mutter. Ich hoffe, ich habe nichts Falsches gemacht."

„Nein, nein, ganz und gar nicht. Ich bin so froh, dass er Vertrauen zu dir gefasst hat und mit dir lachen konnte." Britta fiel wirklich ein Stein vom Herzen, ihren Sohn fröhlich zu sehen.

„Vielen Dank für die Hilfe. Das hättest du aber nicht machen brauchen."

„Keine Ursache, es hat uns Spaß gemacht. Und er hat mir ein paar interessante Sachen über euch erzählt."

„So, so!" Eine leichte Röte schoss Britta über die Wangen.

„Nichts Unanständiges", lachte Carina, als sie die Verlegenheit in Brittas Augen sah.

„Aber ich wollte euch eigentlich über meinen Besuch beim Professor berichten", fiel Carina ein.

„Stimmt, in der ganzen Aufregung wäre das fast in Vergessenheit geraten. Gehen wir ins Wohnzimmer."

Doretta folgte ihnen einen Augenblick später.

Als sie auf der gemütlichen Couch saßen, schlug Carina vor: „Wir sollten die Wohnzimmertür schließen. Malte ist ein aufgeweckter Junge und bekommt mehr mit, als ihr meint. Er belauscht euch ganz sicher nicht absichtlich, schnappt eher eure Gespräche im Vorbeigehen auf. Man sagt ja im Allgemeinen, dass Kinder all das hören, was nicht für ihre Ohren bestimmt ist."

Britta fiel Maltes Vorwurf beim Abendessen wieder ein. Sie nickte zustimmend und kam dem Vorschlag nach.

„Da waren wir wohl ein wenig unvorsichtig. Ich dachte immer, es interessiert ihn nicht."

„Jetzt erzähl uns aber endlich, was das Skelett verraten hat."

Carina berichtete von ihrem Besuch beim Professor und den bislang wenigen Neuigkeiten. Bei der Erwähnung der plötzlich verschwundenen Knochen wurde Doretta rot. „Oh, ich glaube, daran bin ich schuld."

„Wieso?"

Sie stand auf und holte aus ihrem Zimmer ein Beutelchen. Darin lag ein kleiner Knochen.

„Den habe ich am Freitag schon mitgenommen. Es müsste ein Daumenknochen sein."

Aufmerksam betrachteten Carina und Britta das gestohlene Teil.

„Das erklärt aber nicht das Verschwinden der Fußknochen. Sie waren schließlich auf dem Foto vom Vormittag noch vorhanden."

Britta interessierte etwas ganz anderes: „Was willst du mit diesem Daumenknochen?"

Unruhig rutschte Doretta auf dem Sofa hin und her.

„Ja, weißt du, ich habe ihn vorsichtshalber schon mal an mich genommen. Irgendwie ahnte ich, dass wir herausfinden müssen, warum das Skelett dort liegt. Dafür brauchen wir etwas von der Leiche."

„Du wolltest von Anfang an eine Totenbeschwörung riskieren?" Carina schaute ungläubig auf.

„Naja, damals hat es geholfen. Christian hat uns aus dem Jenseits den entscheidenden Tipp gegeben, wo wir die Unterlagen finden, wegen denen er sterben musste."

Doretta nickte bestätigend.

„Und nun wollt ihr es nochmal versuchen?"

Beide nickten heftig.

„Ich will wissen, was sich damals zugetragen hat. Man schlägt keinem Kind grundlos den Kopf ab und legt es unter die Türschwelle. Nach euren Spekulationen kann der Grund alles sein oder aber auch etwas ganz anderes. Ich will es wissen."

Britta hatte sich in Rage geredet und wirkte ganz anders als noch am Nachmittag, an dem sie vom vergangenen, schweren Jahr erzählte. Ein wenig irritiert über den Stimmungswandel hörte Carina zu.

„Es wäre mir sehr recht, wenn du diesmal dabei bist. Du hast doch viel zu Geistern und Aberglauben gelesen. Bestimmt kannst du am besten die Zeichen deuten oder was sich uns so zeigen wird."

Carina fühlte sich zunehmend unwohl bei dem Gedanken. Die Vehemenz, mit der Britta diese Totenbeschwörung wollte, beunruhigte sie.

„Wie soll das Ganze ablaufen, wann und wo?", fragte sie vorsichtig.

Doretta ergriff das Wort: „Ich habe mir vom Chef Urlaub für den Rest der Woche genehmigen lassen. Zuerst werde ich ein wenig recherchieren. Wäre schön, wenn du mir dabei helfen könntest."

Carina nickte nachdenklich.

Doretta schien ganz in ihrem Element. Aufgeregt plapperte sie weiter: „Wir müssen Mittwoch am Nachmittag zur Schmiede. Es sind einige Vorbereitungen erforderlich. Bei Sonnenuntergang können wir mit der Beschwörung beginnen."

‚Die Idee ist nicht gerade erst entstanden', vermutete Carina.

Britta holte bereits mehrere Bücher aus einem verschlossenen Schrank. Gespannt schaute Carina auf die Titel. Einige kannte sie, von anderen hatte sie gelesen und sogar zwei ihr unbekannte Schriften lagen auf dem Tisch. Der Bücherberg überraschte sie.

Den Rest des Abends verbrachten die drei Frauen damit, Bücher zu wälzen und sich Notizen zu machen.

Als sich Carina gegen 22.00 Uhr verabschiedete, schwirrte ihr der Kopf von Nekromantie, Beschwörungsritualen und Bannzaubern. Sie fand, es ist etwas völlig anderes, sich eine Geschichte auszudenken, die sich um solche Sachen dreht, als ernsthaft ein derartiges Ritual zu planen und durchzuführen.

‚Hoffentlich nimmt das nicht ein schlimmes Ende.' Sie hatte kein gutes Gefühl.

Und Brittas letzte, leise gemurmelten Worte hallten in ihren Gedanken nach: „Ich werde dafür sorgen, dass sie nie wieder kommt."

19

„Ich wollte mir schon fast Sorgen um dich machen", begrüßte sie Martin, als sie in ihrer Unterkunft ankam.

„Magst du noch Abendessen?"

„Nein danke, Martin. Ich habe den Abend bei Britta und Doretta verbracht und wurde gut bekocht."

Sie warf einen Blick in die Weinstube. Sie war bereits leer.

„Du hast hoffentlich nicht extra auf mich gewartet?" Es wäre Carina unangenehm gewesen.

„Ach was, es ist ja immer genug zu tun. Möchtest du noch etwas trinken?"

Carina überlegte. „Ja, kann ich eine Flasche Wasser mit hochnehmen?" Sie gähnte. Erschrocken hielt sie sich die Hand vor den Mund.

„Tschuldigung, ich bin echt müde heute. Das war vielleicht ein aufregender Tag. Dabei habe ich Urlaub und wollte mich eigentlich erholen."

Martin holte ihr die Flasche.

„Danke. Ich brauche jetzt nur noch eine Dusche, bevor ich tief und fest schlafe. Gute Nacht."

Sie winkte ihm kurz zum Abschied. Enttäuscht schaute Martin ihr nach.

Es dauerte nicht lange, bis Carina endlich unter die Zudecke kroch und erschöpft einschlief.

Geruhsamer Schlaf war ihr jedoch nicht vergönnt. Die Ereignisse des Tages wirbelten durch ihre Träume.

Herr von Kauz zu Uhlborn drohte ihr mit riesigen Skelettknochen. Eine mysteriöse Blondine mit entsetzlich spitzen Zähnen entriss sie ihm, bevor er damit zuschlagen konnte. Carina floh vor ihm in einen geisterhaften Nebel. Sie irrte durch die Dunkelheit, bis ein rotflackerndes Licht ihr einen Weg zu weisen schien. Sie stolperte. Leise klirrte Glas.

Von diesem Geräusch erwachte Carina. Verstört setzte sie sich auf und schaute sich um.

‚War da nicht ein Schatten am Schrank?‘ Die Tür stand einen winzigen Spalt offen. Sie hasste es, wenn Schranktüren nachts offen waren. Man konnte ja nie wissen, was daraus hervorkroch!

Seufzend erhob sie sich aus dem Bett und verschloss die Tür.

Sie schlief zwar sofort wieder ein, aber nicht lange.

Kurz nach Mitternacht erwachte sie abermals. Erneut meinte sie, ein Huschen im Zimmer bemerkt zu haben.

„So ein Unfug", schimpfte sie mit sich selbst und drehte sich auf die andere Seite.

Lange vor der Morgendämmerung war es jedoch mit ihrem Schlaf vorbei. Unruhig wälzte sie sich eine Zeitlang herum, bis sie es aufgab. Sie zog sich an und beschloss, einen Spaziergang durch die Nacht zu unternehmen.

„Hoffentlich bekomme ich an der frischen Luft wieder einen klaren Kopf."

Ihr Weg durch den nächtlichen Ort führte sie in Richtung Wasser. Als sie die Straße an der Weinpension verließ, ärgerte sie sich über ein Auto, das fast den Gehweg zuparkte. Es war ihr am Abend bei ihrer Rückkehr schon aufgefallen. Sie wunderte sich über den Falschparker, denn direkt hinter dem Fahrzeug stand das Parkverbotsschild.

Entlang der Obstplantagen schlenderte sie hinab zur Elbe.

Der Mond leuchtete ihr. Noch fehlte ihm ein Fitzelchen, bis er ganz rund war.

‚Darum will Doretta am Mittwoch die Beschwörung durchführen, dann ist Vollmond.‘

Ihre Gedanken kreisten immer wieder um die wahnwitzige Idee ihrer neuen Freundinnen.

Ihre Augen dagegen pendelten zwischen dem dunklen Pfad zu ihren Füßen und den Fledermäusen über ihrem Kopf hin und her. Sie mochte die fliegenden Säuger, nicht nur, weil sie oft im Zusammenhang mit ihren Vampiren auftauchten. Gedankenfetzen ihres neuen Romanmanuskriptes fegten durch ihre Gedanken. Sie überlegte, wie sie den Nachtjägern eine noch bedeutsamere Rolle geben könnte.

In dem kleinen Schloss in der Nähe der Nussallee, das ihr früherer Arbeitgeber eigentlich sanieren wollte, sorgten die Fledermäuse damals für viel Wirbel. Schmunzelnd bei dieser Erinnerung drehte sie sich zurück, um den Kleinen Hufeisennasen bei ihrer Heimkehr von der Jagd zuzusehen.

Mitten in der Bewegung erstarrte sie. Statt der Fledermäuse rückte ein bleiches Antlitz mit kristallblauen Augen in ihr Blickfeld. Vor Schreck schrie sie leise auf.
„Oh, Carina, ich wollte dich nicht erschrecken."
Rudolph grinste sie entschuldigend an.
‚Lugten da zwischen seinen Lippen etwa Reißzähne auf?'
Carina begann zu zittern und wich einen Schritt zurück.
Dann schüttelte sie sich. ‚Sei nicht albern', schalt sie sich selbst.
Sie atmete ein paarmal tief durch. „Ich habe gar nicht bemerkt, dass mir jemand folgt. Was machst du um diese Zeit hier?"
Ihre Stimme klang schärfer als sie es wollte, der Schreck saß ihr arg in den Knochen.
„Das könnte ich dich auch fragen", lachte er. „Ich für meinen Teil komme gerade aus der Nachtbar, in der ich hin und wieder aushelfe. Bei dem Auto, das so seltsam parkt, brach mein Beschützerinstinkt durch. Ich dachte, da ist jemandem schlecht geworden oder so. Vielleicht könnte ich ihm helfen." Für einen Bruchteil eines Wimpernschlags huschte seine Zunge hungrig über die Lippen.
„Der stand schon da, als ich am Abend von Doretta und Britta zurückgekommen bin."
„Na, dann ist es vielleicht ein Besucher." Er deutete vage mit dem Daumen zu den Häusern am Weinberg.
„Aber das beantwortet nicht meine Frage, was dich mitten in der Nacht in die Obstplantage treibt. Doch nicht etwa Appetit auf frische Äpfel?", neckte er sie.

Carinas Herz raste noch immer. Bevor sie zu einer Antwort ansetzte, musterte sie Rudolph im Mondschein. Er trug einen schwarzen Anzug und ein schwarzes Hemd samt schwarzer Fliege.
„Türsteher im Nachtclub?", fragte sie. „Und schon Feierabend?"
Er nickte. „Erste Schicht des Abends."
„Gehen wir noch ein Stück oder bist du zu geschafft?" Carina fand langsam ihre Sprache wieder.
„Ich und geschafft?", empörte sich Rudolph scherzhaft. „Außerdem kann ich doch die Dame nicht allein durch die gefahrvolle Schwärze der Nacht spazieren lassen. Wer weiß, was so alles in den Schatten lauert.

Müsstest du als Vampirschriftstellerin eigentlich wissen."

Er bot ihr seinen Arm.

„Die Nächte sind gar nicht mehr schwarz", sinnierte Carina leise, als sie sich wie selbstverständlich bei ihm eingehakt hatte und sie langsam den Weg zur Elbe hinabschlenderten, „mehr schwarzrötlich."

„Stimmt, das viele künstliche Licht durchlöchert den Mantel der Nacht. Davon wird selbst das Himmelsauge blind."

„Himmelsauge?"

„Der gute alte Mond. Er beschaut sich schließlich seit Urzeiten das Treiben der Erdenbewohner."

In den Ästen der Obstbäume raschelte es. Carina zuckte unwillkürlich zusammen.

„Es sollen früher mal Seidenraupen aus der Zucht entwichen sein", flüsterte Rudolph neckend. „Vielleicht seilen sie sich von den Bäumen ab und krabbeln dir über die Arme."

Carina schüttelte sich bei der Vorstellung. Obwohl Rudolph sie nicht berührte, sondern nur mit seinen Fingern ein Krabbeln andeutete, fühlte sie ein seltsames Tasten auf ihrer Haut. ‚Oder kriecht mir irgendwas über die Hand?' Verstohlen schweifte ihr Blick über ihren Arm, doch sie konnte nichts entdecken.

„Lieber nicht, ich mag kein Krabbelzeugs. Aber wo sollen denn hier Seidenraupen herkommen?"

„Nun, Mitte des 18. Jahrhunderts versuchte man, in Hosterwitz eine Seidenraupenzucht aufzubauen."

„Wirklich?" Carina schaute ihn zweifelnd an, wollte aber nicht weiter nachfragen.

Einige Schritte gingen sie wortlos weiter. Schließlich begann Carina vom Abend bei Britta und von Dorettas Plan zu erzählen. Rudolph hörte ihr gespannt zu.

„Ich kenne Doretta flüchtig", nahm Rudolph das Gespräch wieder auf, als Carina verstummte. „Sie kommt manchmal zu Martin. Ich weiß auch, dass sie auf Kräuterkunde und Esoterik oder so einen Quatsch steht. Schließlich versucht sie, Martin zu einer ihrer Spezialbehandlungen für sein Bein zu überreden."

„Martin scheint nicht viel Vertrauen in ihre Heilkünste zu haben", nickte Carina.

„Kann ich verstehen, ich wäre auch skeptisch, obwohl Kräuter vielleicht besser sind als die ganze Chemie, die der Doktor ihm verschreibt. Eine

Totenbeschwörung ist jedoch eine ganz andere Nummer." Er wirkte nachdenklich. „Den Gedanken, eine Seele aus dem Jenseits anzurufen, finde ich gruselig. Wer weiß schon, was es alles zwischen Himmel und Erde, dem Jetzt und dem Danach gibt."

„Es sind einige Berichte aus den vergangenen Jahrhunderten überliefert, in denen bekannte Persönlichkeiten behaupten, Tote befragt zu haben, angefangen mit dem Alten Testament. Alle warnten eindringlich vor großen Gefahren, falls es jemand nachahmen wollte. Wesen, die man heraufbeschwor, würden großes Verderben bringen, wenn dem Beschwörer ein Fehler unterlief."

Einige Schritte gingen sie schweigend, jeder in seine Gedanken versunken über die Möglichkeit einer Totenbeschwörung. Rudolph fürchtete, dass es Doretta gelingen könnte und sie mehr enthüllen würde, als ihm lieb sein konnte. Carina dagegen rief sich alles über Vorbereitung und Durchführung eines solchen Rituals in Erinnerung, was sie bislang gelesen hatte.

„Du sagst, sie haben den verunglückten Ehemann befragt?", brach Rudolph schließlich die Stille.

„Das behaupten beide und der Junge hat es wohl ebenfalls mitgekommen. Er erzählte mir davon."

„Also, wenn du mir das als deine neue Romanidee verkaufen willst, nehme ich das Buch sofort." Schalk lag in seiner Stimme, der seine Sorge jedoch nicht ganz zu übertönen vermochte.

„Leider meinen es die beiden ernst. Ich komme mir wie in einem falschen Film vor. Beim Schreiben stelle ich mir zwar genau solche Situationen vor, aber wenn man selbst mittendrin steckt, ist das eher ein wenig albtraumhaft."

Carina gähnte.

„Ich glaube, jetzt werde ich doch müde. Es tat gut, mit jemandem darüber zu sprechen. Danke fürs Zuhören."

Sie waren mittlerweile wieder an der Weinpension angelangt.

„Nicht dafür. Schlaf schön und pass gut auf dich auf." Rudolph zögerte einen Wimpernschlag, bevor er flüsterte: „Vertraue nur dir selbst, egal, was geschieht, was du zu sehen vermeinst. Doretta könnte mit ihren Kräutern versuchen, dich und Britta zu täuschen."

Carina nickte nachdenklich. „Halluzinationen hervorrufen ist mit ein wenig Kräuterwissen nicht schwer."

„Glaube nichts ohne es zu hinterfragen. Einen gescheiteren Rat habe ich leider nicht parat."

Er nahm ihre Hand und hauchte ihr einen zarten Kuss darauf. Carina grinste ein wenig verlegen.

„Gute Nacht, Rudolph." Sie wandte sich um und schloss die Haustür auf.

„Übrigens", rief er ihr leise nach, „Martin hat ein Auge auf dich geworfen."

Carina seufzte. „Ich hatte es befürchtet."

20

Stille lag über dem Weiher an der Schmiede. Einige Insekten tanzten über dem Wasser in der Nachmittagssonne. Lilyjara saß auf einem Seerosenblatt und kämmte sich ihr langes Haar. Wassertröpfchen funkelten wie kleine Smaragde in ihren Strähnchen.

Plötzlich stieß etwas gegen ihren Blütensitz. Mit einem spitzen Aufschrei fiel Lilyjara ins Wasser. Prustend tauchte sie wieder auf und schaute sich empört um.

Jemand zog an ihrem Haargeflecht.

„Kalmus, was soll der Unfug?", schimpfte sie.

Kichernd steckte ein zwergenhaftes Männlein seinen Kopf aus dem Gewässer und sprang behände auf das Seerosenblatt. Sein Fischschwanz baumelte im Teich und schickte Ringe über die glatte Oberfläche. Ein stechender Gestank von Gammelfisch und Motorenöl ging von ihm aus.

Lilyjara schnappte überrascht nach Luft. „Stijn, du alte Fischschuppe, du wagst dich an unseren Weiher?" Sie stemmte die Hände in die Hüften. „Ist dir dein Nöckbach zu trocken geworden?"

„Liebste Lilyjara, was für eine unfreundliche Begrüßung für einen alten Freund."

Er schüttelte traurig sein Haupt. Die Moosfäden auf seinem Kopf flogen und verspritzen Wassertröpfchen.

„Du stinkst!"

„Tut mir leid, meine Liebe, die Elbe ist auch nicht mehr das, was sie war, nur noch Dreckzeugs drin." Zur Bestätigung zog er Fetzen einer Plastiktüte aus seinem Bart.

„Was ist das für eine Unruhe? Kann man nicht in Ruhe ein Schläfchen halten?"

Kalmus stieg verärgert auf das Entenhaus.

„Ist der Hausputz fertig, die Pfannen poliert für den Fisch, Lilyjara?"

„Kalmus, du bist immer noch der alte Antreiber. Ich verstehe gar nicht, warum Lilyjara dich nicht schon längst aufs Trockene verbannt hat." Stijn kicherte unverschämt.

Kalmus entdeckte den Besucher. „Das glaub ich ja kaum, das verdorrte Bachmännlein hat den Weg zu uns wiedergefunden."

Kalmus sprang mit einem Satz zu dem kleinen Bachgeist hinüber und schlug ihm zur Begrüßung kräftig auf die Schulter. Fast wäre Stijn von der Wucht des Schlages ins Wasser geschleudert worden.

„Stijn, wo hast du all die Zeit gesteckt?"

„Ach, mal hier, mal da. Bin die Elbe rauf- und runtergewandert, aber dort ist es mir in den letzten Jahren zu hektisch geworden. Schiffe, Menschen und Gerümpel verderben einem den ganzen Spaß." Er verzog missmutig das Gesicht.

„Aber gestern flüsterte mir der Nöckbach etwas Seltsames. Es heißt, der Schmiedengeist ist fort?"

Freudig nickte Kalmus. „Stell dir vor, dieses dumme Mensch hat die Gruft geöffnet und die Knochen mitgenommen."

Lilyjara verzog sich auf ein entfernteres Blatt. Leise summend kämmte sie weiter sorgfältig ihr glänzendes Haar.

,So lange die Jungs am Schwatzen sind, habe ich meine Ruhe', dachte sie zufrieden. Ihr Blick wanderte aber immer wieder verstohlen zu Stijn. Es war viel Wasser die Bäche hinabgeflossen, seit er sie verlassen hatte. Sie erinnerte sich sehnsüchtig an eine längst vergangene Zeit zurück:

Er war damals ein kräftiger, gutaussehender Wassermann, der ihr den Hof machte. Bloß er wollte sich nicht mit der Enge des Nöckbacktals zufrieden geben, er wollte die Flüsse der großen Welt durchschwimmen. Sie traute sich nicht, ihm zu folgen. Sie fürchtete die schnellen Wasser. Kalmus dagegen, der ebenfalls um sie buhlte, versprach ihr Sicherheit an ihrem geliebten Nixenfelsen.

,Ob er manchmal an mich gedacht hat?'

Aufgeregt planschte Stijn mit seinem Schwanz im Wasser. Das Seerosenblatt schaukelte leicht. „Und der Geist ist wirklich fort?"

„Ja, er ist an seine Gebeine gebunden und muss ihnen folgen."

„Der Weg ist frei?" Noch immer ungläubig fragte Stijn nach.

„Natürlich, ich war auch schon wieder drin. Schau mal", er zog ein Knöchlein aus seiner Rocktasche.

„Was ist das? Sieht nicht wie eine Fischgräte aus."

„Besser, ein Teil des Geistergebeins."

Stijn zog erschrocken die Luft ein und rückte ein Stück beiseite. „Bist du verrückt? Dann ist er doch immer noch hier!"

„Furchtsamer Zittersack", lachte Kalmus ihn aus. „Das ist zu klein. Ich sag dir, er ist fort!"

Misstrauisch beäugte Stijn den Knochen.

„Und das Mensch hat dich nicht bemerkt?"

Kalmus schüttelte stolz den Kopf.

„Dafür der schwarze Teufel", kicherte Lilyjara aus der Ferne.

Kalmus warf ihr einen giftigen Blick zu und rieb sich verstohlen seine Hand.

„Teufel?"

„Naja", druckste Kalmus herum, „als wir in den Keller geklettert sind, kam plötzlich so ein fürchterliches Vierbein die Treppe hinuntergestürmt. Schwarz wie die Hölle, haarig und mit einem Maul voller scharfer Zähne. Er kläffte wie wild und jagte mich. Als er mich ausweglos in eine Ecke gedrängt hatte, fasste ich allen Mut zusammen und stellte mich dem Ungeheuer."

Er plusterte sich auf und fuhr mit geschwellter Brust fort: „Ich richtete mich zu meiner ganzen, gewichtigen Größe auf - trotzdem überragte er mich immer noch - und hieb ihm mit der Faust auf die Schnauze."

„Angeber!" Lilyjara konnte sich diese Bemerkung nicht verkneifen.

Kalmus beachtete sie gar nicht, sondern erklärte dem staunenden Stijn: „Der Teufel jaulte ganz kläglich. Und ich bin gleich nochmal auf ihn drauf. Eine blutige Nase habe ich ihm verpasst. Aber sein Blut schmeckt nicht." Enttäuscht rieb sich Kalmus über die Lippen.

„Und dann?" Atemlos lauschte Stijn dem Abenteuer.

„Dann ist er, so schnell es seine kurzen Beine erlaubten, aus der Schmiede geflüchtet", beendete Lilyjara den Bericht und meinte die Flucht von Kalmus.

„Immerhin habe ich ihn zurückgeschlagen und er hat mich nicht erwischt", verteidigte sich Kalmus. Beleidigt wandte er Lilyjara den Rücken zu.

„Wollen wir mal rein?"

Stijn zögerte. „Aber der Teufel im Keller? Wenn er uns auflauert?"

„Nein, der ist mit das Mensch weggegangen."

Plötzlich spitzte Stijn seine Ohren. Im nächsten Augenblick rutschte er vom Blatt und verschwand im Teich. Kalmus schaute ihm verwundert nach. Im nächsten Augenblick vernahm auch er, was den Bachgeist erschreckt hatte.

Schritte stapften vom Nöckbach her die Treppe zur Schmiede hinauf.

Lilyjara und Kalmus schauten sich gelangweilt an. Sie ließen sich ins Wasser gleiten und schwammen zur Brücke. Von dort konnten sie gut beobachten, wer sich näherte.

Ein blonder Schopf tauchte an der Treppe auf, gefolgt von einem zierlichen Frauenkörper. An der Linde blieb sie stehen und sah sich um. „Also mitten im Wald willst du dich verstecken, du Luder", murmelte sie. „Aber ich habe dich gefunden. Du wirst keine Ruhe vor mir finden!" Boshaft kichernd ging sie zur Brücke. Die Wassergeister duckten sich weg.
„Der Schuppen könnte ein gutes Versteck für mich sein. Die Böller vom letzten Silvester werden dich in Angst und Schrecken versetzen, wenn ich sie dir nachts durchs Fenster werfe. Vielleicht brennt es auch ein wenig. Wasser zum Löschen hast du ja genug!" Ihr Kichern ging in kreischendes Gelächter über.

„Das Mensch ist garstig", stellte Lilyjara leise fest.
Kalmus nickte zustimmend.

Als sich die Frau über das Geländer beugte, um einen Blick in den künstlichen Bachlauf zu werfen, sprang Kalmus mit lautem Platschen in den Teich. Das Wasser spritzte hoch und ein Schwapp traf die Frau auf dem Rücken.
Erschrocken drehte sie sich um. „Igitt! Was war das?"
Große Kreise zogen über das Gewässer, das Entenhaus schaukelte wild.
Auf einem Seerosenblatt entdeckte sie eine kleine Gestalt in einem grünen Kleid aus Blättern, die mit ihren Füßchen im Wasser planschte.

Sie rieb sich die Augen. „Spinne ich? Eine Puppe im Teich?"
Lilyjara begann, sich aufreizend ihr Haar zu kämmen. Leise summte sie ein Lied und schaute die Fremde an.
„Wer bist du denn?" rief Lilyjara ihr zu.
„Ähm, Cynthia. Und du?"
„Lilyjara. Willst du mit mir spielen?"
Cynthia schüttelte ungläubig den Kopf. „Ich sollte besser die Finger von den Pillen lassen. Eine sprechende Puppe, die mit mir spielen will?"
„Ich bin keine Puppe", empörte sich Lilyjara, „ich bin eine Teichnixe."
„Quatsch, das ist doch nur Märchengeschwätz." Cynthia drehte sich suchend um.
„Dieses Luder wusste, dass ich herkomme und hat irgendeinen Unfug

ausgeheckt, um mich zu vertreiben." Sie nickte kräftig, überzeugt von der Richtigkeit ihrer Idee. „Ja, das muss es sein. Aber ich werde dahinterkommen, wie sie das macht." Vor Ärger verzog sich ihr Gesicht zu einer wütenden Grimasse.

Kalmus suchte unterdessen nach dem Bachgeist. Leise rief er ihn: „Stijn, wo steckst du?"
Vorsichtig steckte der Bachgeist seinen Kopf aus dem Wasser, verbarg sich aber furchtsam zwischen dem hohen Gras am Tümpelrand.
„Das Mensch ist allein, hab dich nicht so albern."
„Aber, aber ..."
„Papperlapp! Ich hatte letztens erst wieder so ein kleines, fettes Mensch in den Graben gelockt."
„Hast du von ihm gekostet?"
„Natürlich! Aber viel habe ich leider nicht abgekommen. Es schrie wild und andere kamen, zogen ihn heraus", musste Kalmus enttäuscht zugeben.
„Heute sind wir zu dritt und Das nur Einer." Er boxte Stijn aufmunternd in die Seite.
„Los komm, sie kein Frosch. Bist doch ein Bachgeist!"
Noch immer zögerte Stijn. Er war nach vielen Abenteuern ein ängstlicher Bursche geworden, der sich lieber verbarg, als sich mit Größeren anlegte. Aber die Aussicht auf ein paar Tropfen des köstlichen Menschenblutes ließ ihm das Wasser zwischen seinen spitzen Zähnen zusammen laufen und verdrängte die Angst.
Er rückte näher an Kalmus heran: „Wie wollen wir es angehen?"
Kalmus grinste: „Komm mit!"

Cynthia betrachtete aufmerksam das Teichufer. Sie suchte nach versteckten Geräten, die die angebliche Nixe steuerten.
Lilyjara beobachtete sie amüsiert.
Bald entdeckte Cynthia eine halb unter Brombeergestrüpp verborgende Tür unterhalb der Treppe, die auf das Hochplateau führte. „Das muss es sein!"
Sie stieg über das Geländer des Teichufers und stampfte mit triumphierendem Blick durch das hohe Gras am Wasser entlang. Es waren nur wenige Meter bis zur Tür. Beerenranken und scharfes Riedgras erschwerten ihr den Weg. Mehr als einmal verfing sich ihr Fuß im Gestrüpp, fast wäre sie gestürzt.

Kalmus und Stijn folgten ihr, dicht unter der Wasseroberfläche verborgen.

Cynthia erreichte die Tür. „So, dann wollen wir mal das schmutzige Geheimnis enthüllen."
Sie drückte grinsend die Türklinke herunter.
Zumindest versuchte sie es. Der Türgriff gab nicht einen Millimeter nach.
Ungläubig schaute sie auf die Tür. „Kann ja wohl nicht wahr sein!"
Wieder versuchte sie sich an der Klinke. Nichts tat sich.
Sie rüttelte erbost am Griff, trat gegen das Blech. Lediglich ein dumpfes Dröhnen antwortete ihr aus der Tiefe des Berges.
„Verdammte Scheiße, was soll das?"

„Dieser Zugang ist seit ungezählten Sonnenläufen versperrt", unterrichtete sie eine feine Stimme. Wie von einer Hornisse gestochen fuhr Cynthia herum.
Grinsend lugte Stijn zwischen dem Schilf hervor. Er fühlte sich mutig in sicherer Entfernung zu ihren Armen, die ihn ergreifen könnten.
„Noch so eine komische Figur!" Sie stemmte die Hände in Hüften.
Stijn prustete belustigt. „Komische Figur? Selber komische Figur! Abgefressene Haare wie trockenes Stroh", kicherte er und entblößte seine spitzen Zähne.
Cynthia schnappte empört nach Luft.
„Klapperdürre Glieder und kein Fitzelchen Fett am Bauch. Nichts dran, was schmecken könnte."
„Denkst du, du bist hübsch?", giftete sie zurück.
„Schau dich mal an, rote Augen, als wenn du auf Droge bist."
„Na, du musst es ja wissen."
„Und was hast du für ein Ding auf deinen Schultern? Kopf mag ich es gar nicht nennen, faulige Runzelkartoffel wäre besser, Moosfäden drauf. Meinst du, das ist hübsch?"

Währenddessen schlich Kalmus mehrmals mit einer Brombeerranke in der Hand um Cynthia herum. Sie bemerkte ihn nicht. ‚Beim nächsten Schritt fällt sie ins Wasser', frohlockte er.

Sie redete sich in Rage. „Pfui, wie du stinkst!" Demonstrativ drückte sie sich mit spitzen Fingern die Nase zu.

Plötzlich hielt sie inne, schüttelte sich wie betäubt. „Was rede ich eigentlich? Hat dieses Weib mich wirklich mit ihren Puppen so narren können? Das glaube ich ja nicht." Jetzt regte sich Cynthia über sich selbst auf.

„Das wird sie mir büßen! Hundertfach!", schrie sie erbost.

„Als Erstes greife ich mir ihre Spielzeuge!"

„Huch!" Erschrocken tauchte Stijn unter.

„Ja, versteck dich nur, du seltsame Puppe, ich kriege dich trotzdem! Ich werde den dreckigen Pfuhl nach den versteckten Drähten absuchen und eure Steuerung enttarnen."

Wutentbrannt wollte sie dem Bachgeist ins Wasser folgen, doch ihre Füße waren durch Kalmus' Ranken zusammengebunden. Sie verlor das Gleichgewicht und fiel kopfüber in den Teich. Verzweifelt versuchte sie, mit den Händen Halt zu finden.

Endlich verfingen sich ihre Finger im Wurzelwerk. Es gelang ihr, den Kopf wieder aus dem Wasser zu heben. Atemlos prustete sie. Gerade wollte sie mühevoll ihren Körper zurück auf den Uferstreifen schieben, als Kalmus auf ihren Rücken sprang. Eiskalte Hände drückten ihre Schultern in den Teich. Cynthia schlug um sich, wusste nicht, ob sie sich erst um ihren Halt oder erst um das Etwas auf ihrem Leib kümmern sollte.

Plötzlich lösten sich die Rankenfesseln an ihren Beinen und sie glitt noch tiefer in das Wasser. Sie strampelte und wand sich, bis ihre Füße den Teichgrund erreichten. Nach Luft japsend richtete sie sich auf.

„Was zum Teufel geht hier vor? Wie kann sie nur so eine hinterhältige Falle für mich ausgelegt haben? Wieso wusste sie überhaupt, dass ich ihr Versteck kenne?"

Cynthias Wut kannte keine Grenzen mehr. Schäumend vor Zorn schlug sie auf das Wasser ein.

Dabei traf sie Kalmus, der gerade neben ihr auftauchen wollte.

„Schlage nie einen Wassermann!", fauchte er sie an.

„Das kann ja wohl nicht wahr sein!" Sie griff nach Kalmus. Allerdings war er schneller und verbiss sich in ihrer Hand.

„Auuuuuh!"

Lilyjara sah, dass Cynthia nach ihrem Kalmus schlug. „Das geht aber zu weit!" Entschieden sprang sie ins Wasser und war im nächsten Augenblick bei den beiden. Erzürnt griff sie Cynthia an und drückte ihre Zähne in das Fleisch ihrer dürren Waden. Der Stoff der Jeans schmeckte scheußlich. Sie spuckte ihn angewidert aus. Der nächste

Happen war köstlicher - ein Stück Muskelfleisch, durchtränkt mit Blut! Das war nach Lilyjaras Geschmack. Viel zu lange war ihr Menschenfleisch verwehrt gewesen. Der Schutzgeist der Schmiede hatte es über Jahrhunderte geschafft, ihr nicht nur den Zugang zu ihrem Nixenfelsen zu versperren, sondern auch alle Menschen in der Umgebung vor ihrem Appetit zu schützen. Aber nun war er fort! Genüsslich zog sie sich mit ihrer Beute ein Stück zurück, bevor Cynthia mit ihrer freien Hand nach ihr angeln konnte.

Der Duft der blutenden Verletzung lockte Stijn unwiderstehlich an. Obwohl noch immer Angst an ihm nagte, schwamm er näher.

Lilyjara nickte ihm aufmunternd zu.

Vorsichtig folgte er der Blutspur bis zum Ursprung. Er leckte über die Wunde. Eine unerwartete Welle von Genuss und Glückseligkeit durchströmte ihn. Seine Zögerlichkeit verflog und er saugte sich fest am Quell seiner Wonne.

Kalmus rang noch immer heldenhaft mit Cynthia, die sich heftig wehrte. Mit der freien Hand versuchte sie abwechselnd, Kalmus an ihrem Arm und Stijn an ihrem Bein loszuwerden.

Ihre Wut verlieh ihr zwar einen Kraftschub, doch der allmähliche Blutverlust schwächte sie mehr und mehr. Schließlich strauchelte sie und fiel wieder in den Weiher.

Lilyjara war zur Stelle, setzte sich unter Wasser in ihren Nacken und hinderte sie daran, aufzutauchen.

Während Kalmus und Stijn sich an ihr labten, flüsterte Lilyjara: „Wassergeister, Nixen und Nöcks sind keine Märchengestalten. Es gibt uns seit Urzeiten. Wir werden viele Jahrhunderte alt. Stijn zum Beispiel, der gerade an deiner mageren Wade nagt, lebte schon im Nöckbach, bevor diese Schmiede gebaut wurde. Ich mochte ihn sehr, aber er ist ein Bachgeist und ich", sie seufzte leise, „bin eine Teichnixe. Das wäre nie gutgegangen, sagt Kalmus."

Cynthia nahm das Flüstern wahr, hatte jedoch andere Sorgen. Sie musste dringend wieder Luft bekommen. Sie raffte ihre letzte Kraft zusammen und versuchte, sich vom Grund abzustoßen und aus dem Wasser zu springen.

Die Wassergeister ließen abrupt von ihr ab.

Triumphierend jubelte Cynthia auf: „Ihr Puppenungeheuer, ihr kriegt mich nicht klein!"

Sie schaute sich nach den Plagegeistern um. Sie hockten am Teichrand und blickten sie erwartungsvoll an. Von Stijns Bartfäden tropfte ein Blutsrest. Genüsslich leckte er ihn mit seiner langen Zunge auf.

Cynthia drehte ihnen eine Nase und wandte sich um. „Ich bin doch nicht so blöd und komme zu euch, um das Wasser zu verlassen." Sie lachte hysterisch auf und strich sich einige Fäden des Wassergrases aus dem Haar. Ihre Bluse klebte am Leib und zeigte ihre weiblichen Formen, wenn diese auch mager ausfielen. Kalmus und Stijn schnalzten mit der Zunge. Lilyjaras empörten Blick ignorierten sie.

Cynthia warf den Kopf in den Nacken, drehte sich um und wandte sich dem anderen Ufer zu.

Zu spät bemerkte sie, dass es ein Fehler war, den Weg durch die Teichmitte zu wählen. Dort senkte sich der Boden tief ab bis zum Heim von Lilyjara und Kalmus.

Ein schriller Schrei zerriss die nachmittägliche Stille, als der Grund zu ihren Füßen plötzlich steil abfiel und sie den Halt verlor. Schwimmen hatte sie nie gelernt. Verzweifelt ruderte sie mit den Armen. Kalmus und Stijn verschwanden wieder im Wasser und näherten sich der Ertrinkenden. Sie wollten dafür sorgen, dass sie nicht mehr auftauchen würde.

Cynthias drogengeschwächter Körper konnte keine Kraft für weitere Rettungsaktionen aktivieren. Das Wasser des Weihers drang in ihre Lungen. Sie sank in die Tiefe, bis sie vor dem Portal des Wassermannhauses aufprallte. Regungslos blieb sie auf dem steinigen Boden liegen.

Die Wassergeister folgten ihr und erreichten kurz nach dem Aufschlag des Körpers den Eingangsbereich. Drei Stufen führten zu einer massiven Holztür hinauf, die mit Distelzweigen fast ganz bedeckt war. Ein schwerer Eichenriegel versperrte den Zugang.

Neugierig schaute sich Stijn um, rümpfte dann aber die Nase: „Nicht sonderlich einladend", brummelte er in seinen Bart.

Trotzdem hatte es Kalmus gehört. „Denkst du, wir wollten den Schmiedengeist einladen? Schlimm genug, dass er immer wieder versuchte, bei uns einzudringen."

Erschrocken riss Stijn die Augen auf. „Ich dachte, der hockt nur unter

seiner Schwelle und kann nicht fort."
Kalmus schüttelte den Kopf. „Selbst konnte er wahrlich nicht sein Gefängnis verlassen. Irgendwie schaffte er es aber, Kröten und Schlangen zu belabern, vor unserer Tür herumzulungern."
„Wozu?"
„Ganz einfach, sie sollten uns vertreiben."
Stijn kratzte sich am Kopf.

Unterdessen schob Kalmus den Riegel fort und öffnete die Tür. „Fass mal mit an, wir tragen das Mensch hinein zum Festschmaus."
Ächzend zerrten sie Cynthia die Stufen hinauf. Plötzlich schrie Lilyjara empört auf: „Was macht ihr für eine Schweinerei? Soll ich mit dem Blut die Fliesen scheuern?"
Kalmus und Stijn schauten sich verdutzt um. Sie zogen eine Blutspur hinter sich her. Der Duft des frischen Lebenssaftes stieg ihnen lockend in die Nasen. Hastig fielen beide auf den Boden und leckten alles auf, was sie verplempert hatten.
Kopfschüttelnd verschwand Lilyjara. Kurz darauf kam sie mit einem seltsamen Gefäß zurück. Es sah aus wie ein irdener Henkeltopf, den angeblich Zwerge zum Verbergen von Münzschätzen benutzen. Verstohlen schielte Stijn auf den Topf. ‚Ob sie einen Goldschatz gefunden hatte?', wollte er gern wissen, wagte aber nicht, danach zu fragen.

Lilyjara stülpte das Gefäß über Cynthias Kopf und kletterte anschließend auf ihre Brust. Sie begann ein Lied zu summen, das sich schrecklich schief anhörte. Schließlich sprang sie fünfmal auf die Sterbende.
Aufmerksam lauschte sie, bis sie nach einigen Augenblicken zufrieden nickte.
Kalmus und Stijn beobachteten sie aus angemessenem Abstand. Während Kalmus mit zustimmenden Blicken ihrem Treiben folgte, schaute Stijn ziemlich verständnislos drein.
Als Lilyjara den Topf wieder an sich nahm und sorgsam verschloss, verkündete sie stolz: „Die Seele von das Mensch gehört nun uns. Ich werde mich um sie kümmern."
Sie wandte sich um, blieb dann noch einmal stehen: „Männer, wenn euer Gelage beendet ist, lasst ihr gefälligst die Reste verschwinden, wohin ist mir egal. Im Haus bleibt mir der kalte Leib nicht." Nach diesen

Worten verschwand sie in der Dunkelheit des Heimes.
Aufatmend stieß Kalmus Stijn in die Rippen: „Essen fassen!"

„Sollten wir Lilyjara nicht etwas aufheben?", brummelte Stijn nach einiger Zeit. Sein Bauch war bereits reichlich mit Menschenblut und Fleischfetzen gefüllt.
Kalmus schüttelte den Kopf: „Sie mag hauptsächlich Pflanzen, seit die Schmiedeküche für sie unerreichbar ist. Wir haben lange Jahre weder Mensch noch Bratfisch zwischen die Kiemen bekommen. Ich glaube, sie ist mit dem Kosthäppchen aus dem See zufrieden." Auch er war inzwischen satt und ließ sich mit einem wohligen Rülpser auf den Rücken fallen.
Genüsslich leckte Stijn sich alle Finger ab, putzte seinen Bart. „So gut ging es mir lange nicht", erklärte er fröhlich lachend.
„Geht mir genauso", stimmte Kalmus ihm zu. „Jetzt noch ein kleines Nickerchen ..."
Ein Poltern schreckte sie auf. Kalmus seufzte. „Wird wohl nichts mit einem Schläfchen. Wir müssen das Mensch wegbringen, bevor Lilyjara zurückkommt."
„Aber wohin?" Stijn behagte es gar nicht, sich zu bewegen, geschweige denn, sich mit vollem Bauch anzustrengen.
Kalmus dachte nach. Es war lange her, dass er solch große Resteentsorgung zu bewerkstelligen hatte.
„Wir könnten es in den Mühlenkeller schleppen."
„Durch die kleine Öffnung, wo der Geist gehaust hat, kriegen wir es nie durch."
„Die Tür!" Kalmus schlug sich erfreut an den Kopf.
„Was für eine Tür?"
„Da ist ein Eingang für den Berg, gleich am Teichrand."
„Da, wo das Mensch vergeblich dran gerüttelt hat?"
Kalmus nickte.
„Wie sollen wir die denn aufbekommen?" Stijn zweifelte an der Idee.
„Ich weiß, wie. Mit Springwurz!", verkündete Kalmus freudestrahlend.
„Wächst hier überall und macht jede Tür auf. Komm, fass mit an."

Bereits nach kurzer Zeit war die Aufgabe geschafft. Die Wassermänner streckten sich zufrieden auf einem Seerosenblatt aus und genossen die letzten Strahlen der Herbstsonne.

21

Carinas Handy klingelte und riss sie aus einem unruhigen Traum. Nach ihrem nächtlichen Spaziergang mit Rudolph war sie zwar schnell eingeschlafen, aber seltsame Dinge spukten durch ihren Geist.

Obwohl sie noch total müde war, kam ihr der Weckruf recht.
„Guten Morgen", meldete sich eine gutgelaunte Doretta am anderen Ende.
„Deine Kleidergröße schätze ich auf 40, richtig?"
„Ja, stimmt, aber wozu willst du das wissen?" Carina gähnte.
„Wir brauchen doch für morgen Abend das passende Gewand. Eine Totenbeschwörung kann man nicht in Jeans und T-Shirt durchführen."
Fetzen ihres Alptraumes fegten durch Carinas Gedanken.
„Wir kommen dich morgen gegen 14.00 Uhr abholen."
„So früh?"
„Es gibt noch so einiges vorzubereiten, bevor wir anfangen können. Mach dir keine Sorgen, es ist nichts Kompliziertes."

Carina war überhaupt nicht wohl bei dem Gedanken an die bevorstehende Totenbeschwörung. Ein ganz klein wenig hatte sie gehofft, dass die Planung vom gestrigen Abend nur ein Scherz war, etwas, was man sich theoretisch mal ausdenken kann, aber nicht wirklich ausführt. „Die Mädels meinen es ernst", seufzte sie.
Einen Moment spielte sie mit der Idee, einfach nach Hause zu fahren. Schließlich kam sie zu dem Schluss, dass es feige wäre, sich heimlich aus dem Staub zu machen. Mittlerweile war sie sogar ein wenig neugierig. Ihr fielen die Recherchen zu einer ihrer Romane ein, die umfangreicher waren als ihre Erinnerungen in der Nacht. „Die Infos müssten noch auf dem Laptop sein." Es beruhigte sie, wenn sie sich vorbereiten konnte.
„Aber als erstes", beschloss sie, „gehe ich frühstücken."

Nach dem fast vollen Mond der letzten Nacht strahlte nun die Sonne durch die Fenster.
Martin war nicht da. Die Kellnerin, die Carina bereits am ersten Abend kennengelernt hatte, brachte ihr Kaffee. Sie maß Carina mit abschätzigem Blick, verzichtete aber auf ein Gespräch. Carina war es recht. Sie kramte in ihren Erinnerungen, was ihr zu der geplanten

Prozedur einfiel. Schließlich kehrte sie in ihr Zimmer zurück und klappte ihren Laptop auf. Schnell fand sie ihre Notizen. Auf dem Bett sitzend, begann sie zu lesen. Nachdem sie etliche Seiten überflogen hatte, lehnte sie sich entspannt zurück.

„So einfach ist das ja wohl doch nicht, meine liebe Doretta."

Carina beschlichen Zweifel, ob die erste Beschwörung wirklich erfolgreich war. Vielmehr mutmaßte sie, dass Doretta mehr von Brittas Mann wusste, als sie zugeben wollte. Zumindest schien ihr das eine logische Erklärung, die ihr Gemüt beruhigte. Nur ganz tief versteckt hielt sich hartnäckig der Gedanke: ‚Könnte es dennoch funktionieren? Vielleicht sollten die alten Abhandlungen über Nekromantie und andere Geisterbeschwörungen nur Nachahmer abschrecken?' Ein Hauch Zweifel blieb.

Es war fast Mittagszeit, als sie ihren Laptop zufrieden zuklappte. Die Herbstsonne schien einladend in ihr Zimmer. Carina überlegte, was sie mit dem angebrochenen Tag anfangen könnte. Sie ging zum Fenster und schaute über die Obstplantage. Am Ufer der Elbe fiel ihr eine Kirche ins Auge. „Sollte dort nicht eine Besonderheit zu besichtigen sein?" Sie erinnerte sich, was die Männer über die Kirche erzählt hatten. „Von irgendeinem Affen war doch die Rede." Ihre Neugier war erwacht. Schnell zog sie sich an, schnappte ihre Kamera und verließ gutgelaunt die Weinpension.

Wieder spazierte sie durch die Straßen wie in der Nacht zuvor.

Die Sonne zwinkerte ihr durch die Äste der Bäume zu. Sie dachte an Rudolphs Worte: „Sonne und Mond sind die Augen des Himmels, sie beobachten die Menschen."

„Die alten Germanen hatten also auch schon so ihre Vorstellung von Big Brother is watching you", lachte Carina leise.

Die Glocken der Kirche Maria am Wasser schlugen zur Mittagsstunde, als Carina das mit einer Steinmauer umgebene Gebäude erreichte. Andächtig blieb sie stehen und lauschte auf den Glockenklang. Erst nachdem der letzte Ton über der Elbe entschwebt war, trat sie näher. Die Fassade des kleinen Gotteshauses war in schlichtem Gelb gestrichen, Fenster und Ecken in Weiß abgesetzt. Auf der Westseite thronte der achteckige Glockenturm mit einer Zwiebelspitze. Carina blickte sich nach dem Hauptzugang um und fand ihn an der Nordseite. Über der

Stichbogentür entdeckte sie einen weißen Fries mit Eichenzweigen. Der Schlussstein mittig oberhalb der Tür trug die Inschrift „Jesus" und wurde von einer farbigen Krone gekrönt.

Mit einem Mal grinste Carina. „Ich habe doch vorhin gelesen, dass man bei einem Blick durch das Schlüsselloch der Kirchentür Geister beobachten kann." Eine kribbelnde Neugier durchfuhr sie. Sie zögerte jedoch einen Moment. „Hoffentlich sieht mich niemand." Sie schaute sich um. Keine Menschenseele war zu sehen.

Sie wusste nicht, was sie zu sehen erhofft hatte, doch es war einfach nur dunkel auf der anderen Seite der Tür. Seufzend richtete sie sich wieder auf. „Vielleicht habe ich auch irgendwas vergessen. Richtig, ich hätte dreimal um den Friedhof laufen und dann durch das Schlüsselloch pusten müssen." Sie kicherte. „Aber Schluss jetzt mit dem Unfug." Energisch schüttelte sie den Kopf. „Ich wollte mir doch die Kirche ansehen. Hoffentlich ist sie nicht geschlossen."

Die Tür öffnete sich leise quietschend, als Carina sie aufstieß. Überrascht blieb sie am Eingang stehen. Das Kircheninnere erstrahlte in schlichtem Weiß. Rechts und links thronten zweigeschossige Emporen auf derben Säulen. Der Altar war ebenfalls in Weiß gehalten, zwei Buntglasfenster färbten das einfallende Herbstlicht. Carina drehte sich in alle Richtungen. Auf der gegenüberliegenden Seite zum Altar entdeckte sie die Orgel. Andächtig schlenderte sie durch das kleine Kirchlein.

Als Carina das Gotteshaus verließ, ertönte ein einzelner Glockenschlag. Sie schaute nach oben zur Kirchenuhr: „Halb eins, eigentlich Zeit für einen Mittagsimbiss. Nein, vorher suche ich noch das Äffchen."

Sie folgte den Wegweisern, die sie um die Kirchhofsmauer herum zu den Elbwiesen leiteten. Ganz am Ende der Mauer, fast von Efeu überwuchert, entdeckte sie den Epitaph. Das Relief zeigte den Kapuzineraffen, der seinen Schwanz um den Dachbalken seines Grabmals ringelte. In den Händen – oder hieß es Pfoten?, überlegte Carina – hielt er eine Banane und etwas, das ein Medaillon darstellen könnte.

Ihre Kamera klickte eifrig.

„Schade, dass er so versteckt ist."

Obwohl die steinerne Einzäunung des Kirchenanwesens um einiges höher als die Wiesen lag, waren deutliche Hochwasserspuren zu sehen. Carina ließ ihren Blick schweifen bis über die Elbe hinaus. „Vom Kirchhof müsste man noch eine bessere Aussicht haben." Sie kehrte zurück auf den Friedhof. Vorbei an efeuüberwucherten Gräbern und Statuen führte ein schmaler Kiesweg zu einem Panoramablick auf den Fluss. Eine friedliche Ruhe lag auf dem alten Gräberfeld. Sanft rauschte der Wind in den Bäumen und plätscherte das Wasser der Elbe. In der Ferne klang leise das geschäftige Rauschen von Dresden.

Carina streifte die Wege entlang und hing ihren Gedanken nach. Wieder schlich sich Dorettas Idee der Totenbeschwörung in ihren Geist. Dabei verfing sich ihr Blick an einem Maulwurfshügel. Der kleine Kerl hatte keine Skrupel gehabt, sich durch eine Begräbnisstätte zu wühlen. „Ob ich Doretta etwas Friedhofserde mitnehme?" Vorsichtig schaute sie sich um. Sie war mutterseelenallein auf dem Gebeinacker. Ohne groß nachzudenken, bückte sie sich und kratzte eine Handvoll Erde vom Grabhügel.

Beim Weitergehen fühlte sie sich plötzlich beobachtet. Ein kalter Schauer jagte ihr den Rücken hinab. Carina beschlich Unbehagen. ‚Hat mir doch jemand zugeschaut?' Sie sah sich um, konnte aber niemanden entdecken.
Eine Elster flog dicht vor ihr auf und krächzte empört über die mittägliche Ruhestörung. Carina schrak zusammen.
Das Laub der Bäume begann zu rascheln, obwohl kein stärkerer Lufthauch als bisher zu spüren war.
Sie beschleunigte ihre Schritte.
Als der Weg eine Biegung machte, stieß sie beinahe mit einer alten Frau zusammen. Bekleidet mit einer schwarz-weiß-karierten Kittelschürze und ein schwarzes Kopftuch umgeschlungen, war sie im Schatten der Bäume kaum zu erkennen. Ihr Gesicht verschwand fast unter dem Kopftuch. In ihrem Rollator fuhr sie einen kleinen Rechen und eine Gießkanne spazieren. Carina wunderte sich ein wenig. Frische Gräber hatte sie bisher nicht gesehen. Alle Grabstellen waren sicher älter als die Frau an Lebensjahren zählte.
Carina grüßte freundlich, nachdem sie ihren kurzen Schreck überwunden hatte.
Die Friedhofsbesucherin musterte sie mit zusammengekniffenen

Augen.

Zu gern wäre Carina an ihr vorbeigegangen, sie fühlte sich unbehaglich in ihrer Gegenwart. Das Seniorengefährt blockierte allerdings den schmalen Weg.

„Meine Gudsde", flüsterte die Alte, „hüte dich vor dem Vollmond. Er kann Dinge enthüllen, böse Dinge, du meinst von ihnen zu wissen. Du schreibst in deinen Büchern über sie, machst sie lächerlich!"

Sie hob erbost ihren Zeigefinger und stieß ihn in Carinas Richtung.

„Aber sie können grässlicher sein, als du dir vorzustellen vermagst. Wendest du dich nicht rechtzeitig ab, so werden sie dich für den Rest deiner Tage verfolgen."

Zur Bestätigung ihrer Prophezeiung nickte sie mit dem Kopf.

„Und du hast etwas bei dir, was dir großes Unglück bringen kann."

Die Elster kehrte zurück und hockte sich auf einen Ast. Mit schiefgelegtem Kopf beobachtete sie die beiden Frauen auf dem Friedhof.

Carina hielt erschrocken die Luft an. ‚Sie hat es gesehen!'

Beschämt senkte sie ihren Blick.

‚Woher kennt sie mich? Verfolgt sie mich?' Carina fühlte sich zunehmend unwohl in der Nähe der seltsamen Frau.

‚Aber wie kann sie von Dorettas Vorhaben wissen?'

Als Carina wieder den Blick hob, war die Alte mit ihrem Rollator verschwunden.

Carina schüttelte sich, als erwache sie aus einem seltsamen Tagtraum. Sie hatte nicht das leiseste Geräusch von Rädern oder Schritten auf dem Kiesweg gehört.

Ihre Zunge fühlte sich pelzig an, ihr Rachen war trocken. Nur die Elster hockte noch immer auf dem Ast und ließ Carina nicht aus den Augen.

Es wurde Carina unheimlich. Sie beeilte sich, den kleinen Friedhof an der Kirche zu verlassen. Irgendwie hatte sie sich ihren Urlaub in Dresden weniger gruselig vorgestellt. Und das Highlight, fürchtete sie, stand ihr erst am nächsten Abend bevor.

22

„Wie kannst du so seelenruhig in der Sonne sitzen und ein Schläfchen halten?"

Doretta stemmte die Hände in die Hüften, als sie vor Carina stand.

„Ich meditiere", beschied ihr Carina. Etwas unwillig öffnete sie die Augen.

Es knisterte eine gewisse Anspannung zwischen den Frauen.

„Na, dann bist du ja mental bestens vorbereitet." Dorettas Worte klangen schärfer, als sie es wollte.

„Was bist du so bissig?" Britta war ebenfalls aus dem Auto gestiegen und stieß ihre Freundin in die Rippen.

Doretta atmete ein paar Mal tief ein und aus.

„Tut mir leid", flüsterte sie schließlich. „Ich bin ziemlich nervös." Unsicher schaute sie sich um.

„Wegen der Beschwörung?", fragte Britta verwundert. „Das haben wir doch schon mal gemacht."

„Nein, das ist es nicht. Ich habe etwas ... ähm ... organisiert, was nicht so ganz legal ist."

Carina und Britta schauten erst sich erstaunt und dann Doretta fragend an.

„Was denn?"

Doretta druckste und wollte nicht mit der Sprache herausrücken.

„Lasst uns zur Schmiede fahren, dort zeige ich es euch. Einverstanden?"

„Es bleibt uns wohl nichts anderes übrig, große Magierin", meinte Britta achselzuckend. „Carina, bist du fertig? Fahren wir."

Während der kurzen Fahrt blieb Doretta stumm und blickte angestrengt auf die Straße. Auch Carina und Britta zogen es vor, in sich gekehrt zu schweigen.

Der Wald an der Schmiede umfing sie mit einer angespannten Stille, als sie aus dem Auto ausstiegen. Andächtig blieben die Frauen einen Augenblick stehen und schauten sich um. Plötzlich drang ein feines Geräusch an ihre Ohren.

„Hört ihr das?"

Verwundert suchten sie nach der Quelle der Laute.

„Klingt wie leises Geigenspiel", flüsterte Britta. „Es scheint aus dem

Teich zu kommen."

„Was mag das für ein Omen sein?"

Ein Platschen beendete jäh die zarten Klänge. Erschrocken zuckten die drei Frauen zusammen.

„Ach, da hat sich wahrscheinlich nur jemand oben auf der Wiese auf der Geige versucht. Sehr begrüßenswert, nicht den Nachbarn an den Nerven zu sägen."

Doretta straffte sich schließlich entschlossen: „Wollen wir unser Abenteuer angehen?"

Sie öffnete den Kofferraum. Er war vollgestopft mit Tüten, Kisten und Körben.

„Helft ihr mal beim Tragen?"

„Was ist das denn alles?"

„Nur ein paar Kleinigkeiten, die wir heute brauchen. Und", Doretta hob eine Kiste in die Höhe, „etwas Verpflegung." Oben schaute eine Flasche mit seltsamem Verschluss heraus.

Sie beeilten sich, mit ihrem Gepäck ins Haus zu kommen.

Das leise Lachen aus dem Ufergras hörten sie nicht.

Als Britta die Haustür aufschloss, erwartete sie eine unangenehme Überraschung.

„Puh, was stinkt denn hier so?" Sie folgte dem Geruch in die Küche.

Der Gestank und das Bild, das sich ihr bot, verschlugen ihr den Atem.

„Doretta, Carina, was habt ihr am Sonntag hier angestellt?", rief sie empört.

Die beiden schauten sich erstaunt und mit Unschuldsmiene an. Schulterzuckend traten sie ins Haus. Doch auch ihnen blieb vor Schreck die Luft weg, als sie das Chaos in der Küche erblickten.

Die Stühle waren umgeworfen worden, alle Türen des Schrankes aufgerissen, ein paar Töpfe und die große Eisenpfanne lagen auf dem Fußboden vor dem Herd. Die Ofentür stand offen. Jemand hatte Holzstücke hineingestopft.

Die Ursache des Gestanks verbarg sich in einem Zinkeimer.

„Igitt!" Britta würgte und rannte nach draußen.

Doretta war weniger empfindlich. Sie schaute missmutig in den Eimer. Carina hielt sich in sicherer Entfernung. „Was ist da drin?"

„Das glaubst du nicht! Tote Fische und Würmer, Regenwürmer. Die leben allerdings noch. Gib mir mal einen Kochlöffel oder sowas."

Carina stellte einen Stuhl wieder auf, um an den Küchenschrank zu gelangen. In einem Schubfach fand sie ein Rührelement und reichte es Doretta.

Am Stiel hob sie einen langen, zappelnden Wurm hoch.

Carina schüttelte sich angeekelt.

„Der Fisch ist aufgeschlitzt und dem hier", sie stocherte in dem Eimer, „fehlt der Kopf. Sieht aus, als hätte den jemand abgebissen und nicht mit einem Messer abgeschnitten. Sieh dir mal die Bissspuren an."

Widerwillig trat Carina näher. „Stimmt! Ob der noch in der Blutbrühe schwimmt? Oder hat den etwa dieser Jemand gegessen?" Sie schüttelte sich bei dem Gedanken.

„Das müssen bestimmt Jugendliche gewesen sein. Sie dachten sicher, in dem alten Gemäuer können sie ungestört ihre Freveltaten verüben."

„Wie kam eigentlich irgendwer in das Haus? Die Tür war doch abgeschlossen."

„Ich schau mich mal um, ob ich Einbruchspuren finde", bot Carina an. Es drängte sie, die Küche zu verlassen.

Doretta nickte. „Ich werde mal diese Sauerei wegschütten."

Carina kramte eine Taschenlampe aus ihrem Rucksack und schaute in die Räume im Erdgeschoss, dann ging sie in den Keller. Überrascht rief sie nach Doretta.

Kopfschüttelnd standen beide vor der Wand. Wieder war die Öffnung der alten Tür gewaltsam aufgebrochen. Dieses Mal war nicht nur ein Stein entfernt worden, sondern gleich mehrere, so dass ein deutlich größeres Loch in der Wand klaffte. Eine feuchte Spur zog sich vom Eingang bis zur Treppe. Auch hier lagen zwei tote Fische und stanken vor sich hin.

„Das kann doch wohl nicht wahr sein!" Doretta schnappte nach Luft. „Was für Vandalen sind das nur."

„Hoffentlich kriechen jetzt nicht irgendwelche Würmer durch den Keller."

„Das würde uns noch fehlen. Vor der Fundstelle des Skeletts wollen wir die Beschwörung machen."

Britta hatte sich wieder beruhigt und kam in den Keller. Erstaunt schaute sie auf den Durchbruch. „Das Loch ist nicht sehr groß, wer sollte da durchpassen?", wunderte sie sich. Eine einleuchtende Erklärung konnte keine der drei Frauen finden. So blieb ihnen nichts anderes übrig, als sich ans Aufräumen zu machen.

Britta seufzte: „Ich werde wohl schnellstens in eine Alarmanlage investieren müssen."

Es dauerte eine Weile, bis Küche und Keller getrocknet und die Ordnung wieder hergestellt war. Nur der Gestank nach verwesendem Fisch ließ sich nicht so leicht vertreiben.

Schließlich setzten sie sich mit dem Picknickkorb unter die Linde. Mittlerweile war es bereits später Nachmittag. Die Herbstsonne würde in Kürze hinter den Wipfeln der Bäume versinken.

„Bloß gut, dass ich heute keine Fischbrötchen eingepackt habe", scherzte Doretta und holte die Dosen aus dem Korb.

„Irgendwie wird es immer unheimlicher", sinnierte Britta, während sie an einer Vollkornbrotstulle kaute.

„Was meinst du?"

„Erst Maltes Unfall. Vielleicht hat ihn wirklich etwas gebissen. Dann der Einbruch im Keller und die ekligen Fische. Und diese seltsamen Geräusche ...

Langsam glaube ich, dass irgendwer - oder irgendwas – in der Nähe der Schmiede sein Unwesen treibt."

Wie zur Bestätigung ihrer Worte begann das Wasser im Mühlbach stärker zu rauschen. Sie sprang hektisch auf und lief zur Brücke. Kopfschüttelnd kam sie kurz darauf zurück auf die Bank unter der Linde.

„Nichts zu sehen."

„Um diesem Phänomen auf den Grund zu gehen, sind wir doch heute hier", versuchte Doretta ihre Freundin zu beruhigen.

Sie holte die Flasche mit dem seltsamen Verschluss aus dem Korb.

„Trinken wir mal einen Schluck."

„Holunderwein?"

Sie schüttelte den Kopf. „Nein, für heute habe ich eine besondere Mischung mitgebracht. Etwas, was uns in die richtige Stimmung versetzt und unsere Gedanken für die Geisterwelt öffnet", erklärte sie geheimnisvoll.

Carina blickte sie skeptisch an. Sie fürchtete, Doretta könnte nach alten Hexenrezepten ihren Trank zusammengebraut haben. Vorsichtig fragte sie: „Was ist da drin?"

„Na, auf jeden Fall sehr Hochprozentiges", flüsterte Britta Carina ins Ohr und griff nach dem Becher, „aber mehr verrät sie nicht, da ist sie eigen."

Doretta grinste nur und reichte Carina ebenfalls von dem Getränk. „Koste mal, vielleicht schmeckst du etwas heraus. Keine Angst, es ist nicht giftig", fügte sie schnell hinzu, als Carina argwöhnisch das Gesicht verzog.

Sie schnupperte vorsichtig. Ein süßer Duft stieg ihr in die Nase, ein wenig herb, aber doch verführerisch süß. „Wie Akazienhonig."

„Stimmt, gut erkannt."

Mit mulmigem Gefühl nippte Carina.

Doretta holte noch eine Blechdose aus ihrem Korb. Sie hob den Deckel hoch und reichte sie Britta. „Oh, du hast wieder die leckeren Fliegenpilzkekse gebacken", freute sie sich.

„Fliegenpilzkekse?" Carinas Hand, die sie bereits nach den Keksen ausgestreckt hatte, zuckte zurück.

„Ja, wegen der Hagelzuckerstücke. Sieht doch aus wie auf einem Fliegenpilz. Malte hat sie so getauft", beschwichtigte Doretta. Dass sie wirklich getrocknete Fliegenpilze eingebacken hatte, wusste nicht einmal Britta. Es war ihr Geheimrezept für spezielle Anlässe. Hin und wieder buk sie die Plätzchen auch für den Sonntagskaffee, dann natürlich ohne Pilzpulver. Eine Ahnung hatte ihr geraten, heute zu diesem Trick zu greifen. Sie war skeptisch, ob Carina ihren Hexenwein mit Goldregenpulver und Belladonnabeeren trinken würde.

Und sie behielt Recht. Carina nippte nur an dem seltsamen Getränk, von den Keksen nahm sie dafür ausgiebig.

23

Als die Sonne hinter den Baumwipfeln verschwand, zog ein kühler Hauch vom Teich zur Linde.
Die drei Frauen, mittlerweile mehr von Keksen als vom Wein berauscht, packten den Picknickkorb zusammen und gingen kichernd ins Haus.

Da die Küche immer noch nach Fisch stank, zogen sie sich in den Nebenraum zurück. Doretta begann, weitere Körbe auszupacken. Zum Vorschein kamen schwarze Umhänge, Strapsgürtel und Nahtstrümpfe. Carina und selbst Britta schauten überrascht auf die Kleidung. Doretta schien nun ganz in ihrem Element, ihr Gesicht nahm eine intensive Röte vor Aufregung an.
Bevor sie die Sachen verteilte, holte sie noch einmal die Flasche hervor und goss drei Becher ein:
„Es ist soweit, Mädels", sprach sie feierlich. „Fühlt ihr euch bereit, den Geist dieser Schmiede zu beschwören?"
Einen Wimpernschlag schauten sich Britta und Carina unsicher an, gleich darauf nickten beide bestimmt.
„Dafür sind wir heute zusammengekommen."
„Lasst uns anstoßen auf das Gelingen unseres gewagten Vorhabens. Bevor wir beginnen, muss ich euch warnen. Es ist gefährlich. Britta, du weißt das."
Sie nickte bedächtig. Schließlich war es nicht ihre erste Totenbeschwörung.
Auch Carina ließ sich nicht einschüchtern. Mit dem berauschenden Mut des Fliegenpilzes im Blut fragte sie: „Was genau werden wir tun?"
„Zuerst kleiden wir uns dem Anlass angemessen." Doretta grinste und reichte ihr Umhang, Strapsgürtel und Nahtstrümpfe.
„So, und nun zieht mal die Rennsemmeln aus, Highheels sind angesagt!" Aus der nächsten Kiste holte sie drei Paar schwarze, extrem hochhackige Stöckelschuhe hervor.
Carina verzog entsetzt das Gesicht: „Damit können wir doch nicht in den Keller gehen. Da brechen wir uns alle Knochen."
„Die Treppe runter kannst du sie ausziehen."

Während Carina sich umzog, beschlichen sie Zweifel, ob es wirklich eine Totenbeschwörung werden sollte. ‚Plant Doretta etwa eine Sexorgie zu dritt, um Britta von dem Missbehagen um die Knochen abzulenken?' Ihr waren die Blicke der beiden nicht entgangen, wie sie immer mal verstohlen über ihren Körper wanderten. ‚Hat mir nicht Britta richtig wuschig zugeschaut, als ich gerade mein T-Shirt ausgezogen habe?'

Bevor sie sich jedoch weiter darüber Gedanken machen konnte, fuhr Doretta mit ihrer Erklärung fort: „Im Keller werden wir vor dem Türdurchbruch einen magischen Kreis aus Mehl und Salz ziehen. Er muss groß genug sein, dass wir uns darin aufhalten können. In der Mitte entzünden wir ein Feuer. Ich habe verschiedene Räuchermittel mitgebracht."

Sie deutete auf den nächsten Korb, in dem Kräuter und Holzscheite lagen.

‚Ein Feuer zum Aufwärmen im kalten Keller kann sicher nicht schaden bei unserer leichten Bekleidung', freute sich Carina.

„Auf der Terrasse habe ich letztens eine Feuerschale gesehen, die werden wir uns holen. Grundlage der Glut bildet Erlenholz. Wenn es brennt, streuen wir Bilsenkraut, Eisenkraut und ein wenig Styrax in die Flammen. Egal, was passiert, ihr dürft ab diesem Moment auf keinen Fall den Kreis verlassen. Und noch etwas", sie hob mahnend den Finger, „nur ich spreche. Jedes falsche Wort kann fatale Folgen haben."

Die beiden anderen nickten verständnisvoll.

Wieder griff Doretta in einen ihrer Körbe und holte drei Ketten hervor. An Lederschnüren hing je ein violetter Amethyst und ein Stück knallrote Koralle.

„Ich weiß nicht, welche Geister uns erscheinen werden. Meine Beschwörungen könnten noch weitere Verstorbenenseelen anlocken. Den Namen des Kleinen unter der Schwelle kenne ich nicht. Nur ein winziges Knöchelchen seines Skeletts steht mir zur Verfügung. Darum muss ich mich an alle Seelen wenden, die in der Nähe sind. Für unsere Sicherheit vor bösartigen Erscheinungen habe ich die Steine mitgebracht. Diese Amulette sind magisch aufgeladen. Vielleicht war der Amethyst unter der Türschwelle auch ein Schutz vor ungebetenen Dämonen, die sich noch immer in der Gegend herumtreiben. Und die Koralle soll ganz im Allgemeinen gegen schlechte astrale Einflüsse helfen."

Mit leichtem Schauder dachten alle drei an die seltsamen Vorgänge rund um die Schmiede, seit Britta das Anwesen gekauft hatte.

Sie hängten sich die Amulette um den Hals und verbargen Stein und Koralle unter dem Umhang.

„Ach, wartet mal." Carina fiel etwas ein. Aus ihrer Jeans zog sie das kleine Beutelchen mit der Friedhofserde. „Ich besuchte gestern die Kirche Maria am Wasser, da habe ich ein wenig Graberde eingesteckt. Vielleicht kannst du die gebrauchen?"
Doretta nickte überrascht. „Du bist klasse, Carina, das hatte ich völlig vergessen." Dankbar nahm sie das Säckchen an sich.

„Musst du ihm nicht ein Opfer anbieten, damit er erscheint?" Wenn Carina später den Mund halten sollte, wollte sie vorher noch ein bisschen mehr wissen.
Doretta nickte. „Ich habe ihm ein besonderes Geschenk ... ähm ... organisiert."
„So etwas Geheimnisvolles hast du mittags schon mal angedeutet, was ist es denn?" Britta war gespannt, was ihre Freundin für den Schmiedengeist besorgt hatte.
Aus einem der Körbe zog Doretta ein handgroßes Päckchen.
„Ich habe unseren Herrn Pfarrer mal wieder mit einem Besuch beehrt. Leider war er aber nicht da." Sie zuckte enttäuscht die Schultern, doch in den Augenwinkeln blitzte der Schalk.
Carina zog überrascht eine Augenbraue in die Höhe. ‚Die Gothicbraut geht in die Kirche?'

„Für die Zeremonie brauche ich etwas Weihwasser. Eine Hostie lag auch so einladend da. Und schließlich winkte mir diese kleine Statue zu." Sie entfernte vorsichtig das Papier. Zum Vorschein kam eine geschnitzte Engelsfigur.
„Ich dachte mir, wer unter einer Türschwelle ruhen muss, ist möglicherweise nicht getauft. Vielleicht kann die arme Seele mit dem Geschenk Frieden finden."
Dies schien einleuchtend. Carina zweifelte jedoch, ob ein Geistwesen den hölzernen Gegenstand mit sich nehmen könnte.
Selbst Britta war verblüfft. „Die geweihten Hostien lässt der Pfarrer doch nicht so einfach rumliegen."
„Nun ja", druckste Doretta, „mein Bruder war Ministrant und erzählte irgendwann mal, wo diese Sachen aufbewahrt werden."
„So, so, den kleinen Bruder vorschieben." Britta drohte ihr scherzhaft mit dem Finger.

„Nun wisst ihr das Nötigste." Doretta schaute auf ihre Armbanduhr.

„Noch haben wir ausreichend Zeit für die Vorbereitung. Um Punkt Neun beginnen wir."

Während Britta und Carina die Feuerschale holten, ging Doretta mit ihren Utensilien in den Keller. Sorgsam zog sie einen großen Kreis aus Mehl. In der zweiten Runde ließ sie Salz auf den Mehlkreis rieseln. In gleichmäßigem Abstand stellte sie schwarze und rote Kerzen auf, zündete sie aber noch nicht an.
Aus den Tiefen ihres Korbes holte sie drei Spiegel hervor. Sie platzierte sie rechts und links neben dem Loch in der Wand. Den Dritten baute sie nahe der Treppe auf, so dass sich die beiden anderen darin fingen. Zu guter Letzt nahm sie ein kleines Fläschchen aus einem der Körbe und besprengte damit den Boden unter dem Mauerdurchbruch. „Ein wenig Weihwasser kann nicht schaden", murmelte sie leise.
Schließlich trat sie zurück zur Treppe und betrachtete zufrieden ihr Werk.

Carina begutachtete die Anordnung skeptisch. Alles, was sie bei ihren früheren Recherchen über Beschwörungen gelesen hatte, war anders. Eindringlich und ausführlich waren immer wieder die Vorbereitung des Magiers beschrieben worden – er sollte sieben oder acht Tage vorher enthaltsam leben, kein Alkohol, kein Sex. Sie bezweifelte, dass ihre beide Freundinnen sich daran gehalten hatten. Zumal vor acht Tagen noch keiner von ihnen ahnte, was sie heute vorhatten.
Selbst die schwarzen Umhänge erschienen ihr falsch. Weiß wäre die bessere Wahl gewesen, meinte sie. Ihr ungutes Gefühl verstärkte sich immer mehr.

Doretta rückte unterdessen die Schale in der Mitte des Kerzenkreises zurecht.
„Gib mir bitte das kleine Bastkörbchen", rief sie Britta zu.
Neugierig schauten sie, was Doretta aus dem Körbchen holte. Zuerst kam nur ein weiteres Döschen zum Vorschein. Beim Öffnen entströmte ihm ein süßer Geruch. „Das riecht wie Rosen", stellte Britta erstaunt fest.
„Richtig, das ist eine Räuchermasse nach einem uralten Rezept aus weißem Weihrauch, Ei, Milch und Rosenhonig. In einer Reihe von Berichten steht, dass sich aus dem Rauch die gerufenen Toten als Schattengeist erheben." Carina nickte zustimmend. „Darüber habe ich schon

mehrfach gelesen."

‚Vielleicht erscheint uns ja doch der Geist des Skeletts', dachte sie und wusste nicht so recht, ob sie besorgt oder erwartungsvoll sein sollte. Allerdings war sie sich sicher, dass auch bei Berichten über diese Art von Beschwörung von langwierigen Vorbereitungen die Rede war.

Sorgfältig schichtete Doretta die Holzscheite auf, streute die Friedhofserde darüber und setzte den Schaleninhalt in Brand.
„Es ist Zeit, die Kerzen anzuzünden." Sie verteilte große Streichhölzer und die drei Frauen begannen, reihum die Kerzen zum Leuchten zu bringen.
„Seid vorsichtig mit euren Umhängen", warnte Doretta.

Bald erstrahlte der Keller in einem geheimnisvollen Licht, das sich in den drei Spiegeln brach. Die unangenehme Kühle stahl sich davon, obwohl sich ein warmes Plätzchen anders anfühlte. Dorettas Geheimrezepte für Wein und Kekse und natürlich die gespannte Aufregung sorgten dafür, dass die Frauen nicht vor Kälte bibberten.
„Seht mal, die Schimmelpilze", rief Britta plötzlich. „Der pelzige Flaum an der Wand funkelt aber gefährlich."
„Was sagt eigentlich Dr. Tymann zu dem Schimmel?"
„Ich bin bisher gar nicht dazu gekommen, sein Gutachten zu lesen", gab Britta kleinlaut zu. „Es war einfach zu viel zu tun in den letzten Tagen."
„Dazu ist morgen auch noch Zeit, heute wollen wir erst einmal versuchen, etwas über das geheimnisvolle Skelett herauszufinden." Doretta ergriff wieder das Wort. Aus ihrem Umhang holte sie das stibitzte Knöchelchen hervor. Andächtig legte sie es vor die Feuerschale neben die kleine Statue, in deren Besitz sie ebenfalls nicht so ganz rechtmäßig gekommen war.
Zwei Körbe standen vor ihr. Sie beherbergten Kräuter, Holzscheite und weitere Döschen.

Nachdenklich inspizierte sie ihre Vorbereitungen. „Habe ich auch nichts vergessen?"
Schließlich nickte sie und befand alles für vollständig.
Sie schaute ihre Freundinnen eindringlich an. „Ein letztes Mal frage ich euch, wollt ihr der Beschwörung wirklich beiwohnen?"
Entrüstet stemmten beide die Arme in die Hüften. „Natürlich!"

„Gut, so lasst uns anfangen." Doretta war zufrieden, dass keine der beiden es sich im letzten Augenblick anders überlegte.

„Also dann, Mädels, beginnen wir!"
Sie fassten sich an den Händen.
„Wir sind heute an diesem magischen Ort zusammengekommen, um das Geheimnis des kleinen Skeletts unter der Türschwelle zu lüften. Wir rufen den Geist des kleinen Menschleins, von dem wir nichts wissen."
Doretta begann leise zu summen.
„Schließt eure Augen und stimmt in das Summen ein, bis ich die Beschwörungsformel anstimme. Von da an schweigt, was immer passiert und rührt euch nicht von der Stelle", mahnte sie ein letztes Mal eindringlich. Beide nickten ernsthaft.

„Im Namen des Herrn, Jesu Christi, des Vaters, des Sohnes und des Heiligen Geistes. amen. Heilige Dreifaltigkeit, ich rufe dich an, dass du wolltest ein Schirmer sein unserer Leiber und unserer Seelen. Durch die Kraft des heiligen Kreuzes bitte ich dich, der du bist das Alfa und Omega, der Erste und Letzte, König aller Könige, Herr aller Herrschenden, Jatti, Aglanabrath, El Ahiel anathi Enathiel Amazin sedomel gayes tolima Elias ischiros athanatos ymas heli Messias; durch diese heiligen Namen und alle anderen Namen, die Gewalt und Kraft haben.[1]"
Doretta machte eine kurze Pause zum Luftholen.
„Ich rufe dich an und bitte dich, dass du dich dieser unserer Totenbeschwörung annehmen wolltest."
Sie löste ihre Hände und unterbrach den Kreis der drei Frauen.
Es war Zeit, um mehrere Stängel von Bilsenkraut, Styrax und Eisenkraut in das Feuer zu werfen. Die Flammen begrüßten zischend die frischen Kräuter. Seltsamer Geruch strömte aus der Schale auf.
„Geist des kleinen Skelettes! Nimm diese Gaben der Natur und erscheine im Glanz des Lichtes."
Leichter Qualm stieg auf, der jedoch völlig konturlos blieb. Dafür breitete sich ein sehr intensiver Geruch im Keller aus.
Doretta zog erstaunt eine Augenbraue in die Höhe.
Eine kurze Zeit lauschte sie auf die Geräusche, die durch die kleine Maueröffnung hereindrangen. Sie hörte heftiges Brausen und wusste nicht recht, ob es von der Linde oder vom Wasser des Nöckbaches

---

[1] Zauberformel gefunden in div. Quellen u. a. bei Kiesewetter, Carl

kam. Das heisere „Schuhuhuuuu ...“ einer Eule mischte sich in das Rauschen.

Dann meinte sie, noch etwas anderes zu hören. Ein leichtes Lächeln huschte über Dorettas Gesicht. ‚Sie kommen!'

Aus dem Korb zog sie eine kleine Phiole mit dunkler Flüssigkeit.

„Nimm das Blut des unschuldigen Kalbes und ergötze dich daran!“ Langsam ließ sie den Inhalt des Gläschens aus Armeshöhe in die Flammen tröpfeln. Wiederum zischte es, doch kein Geist war gewillt, sich blicken zu lassen.

Schließlich holte sie einige Krümel der magischen Räucherpaste aus der Dose. Sie schloss die Augen und warf sie murmelnd in die Schale.

Britta und Carina hatten die ganze Zeit schweigend zugesehen. Kaum brannten die weißen Bröckchen, stöhnte Britta erschrocken auf. Sie schlug die Hand vor dem Mund, um den Schrei in ihrer Kehle zu ersticken.

Ein leichtes Lächeln huschte über Dorettas Lippen. ‚Sie sind da!'

Als sie die Augen öffnete, verschlug es auch ihr die Sprache. Fassungslos starrte sie auf die Silhouette, die sich im Rauch formte.

„Das ist nicht möglich! Cynthia?“, hauchte sie. Die Geistererscheinung verzog das aschfahle Gesicht zu einer Grimasse. Spitze Zähne tauchten zwischen den Lippen auf. Ihr Arm schoss vor und erreichte fast Brittas Brust. Britta stand starr vor Schreck, zu keiner Regung fähig, um dem Geist auszuweichen. Im nächsten Augenblick schon sackte die Rauchgestalt zurück in die Glut der Feuerschale. Der Spuk dauerte kaum mehr als ein paar Wimpernschläge. Britta und Doretta war jegliche Farbe aus dem Gesicht gewichen.

„Was hat das zu bedeuten?“

Ein schabendes Geräusch am Mauerdurchbruch erschreckte sie aufs Neue und lenkte sie von dem Flammenspiel ab.

Im Loch der Wand erschien etwas Wuscheliges. Doretta sah es zuerst.

Dem Kopf folgte ein kleines Männchen mit grünem Wams, kaum größer als ein fünfjähriges Kind, jedoch mit deutlichem Bauchansatz. Seine Beine steckten in dunklen Stiefeln. Ein großer Zeh mit rotem Strumpf lugte vorwitzig aus der zerrissenen Stiefelspitze hervor. Wasser tropfte vom Saum seiner Kleidung.

Sein erster Blick fiel in einen der Spiegel. Erschrocken sprang er zu-

rück. „Was bist du für einer?", fauchte er. „Du bist in mein Reich eingedrungen!" Erbost reckte er die Faust und wollte sich auf den Eindringling stürzen. Der tat es ihm gleich. „Du wagst es, mir zu drohen?" Das Männchen schoss vor – und stieß sich heftig am Kopf. Es plumpste auf den Hintern und rieb sich verwundert die Stirn.
Bedrohlich wackelte der Spiegel und verzerrte das Bild auf groteske Weise.

Die drei Frauen starrten den Kleinen sprachlos an. Einen Totengeist hatten sie sich anders vorgestellt.
Im Schein der Kerzen, der von den Spiegeln vervielfacht wurde, wirkte der Besucher ziemlich lebendig.
Doretta fasste sich als Erste wieder. Sie sprach ihre Beschwörungsformel weiter:
„Tha mi ag iarraidh ort
Tha mi ag iarraidh ort, inntinn
Cha robh thu fada o chionn fhada
Anam a ,chraicinn, a' nochdadh anns an teine
Lorg do dhuilgheadas![2]"

Aufmerksam lauschte Carina den Worten. Sie klangen fremd, doch kamen sie ihr auch irgendwie vertraut vor. ,Wo hat Doretta den Spruch gefunden?' Es kam ihr merkwürdig vor, wie gut vorbereitet und ausgestattet sie war. ,Sie muss sich schon seit Langem mit den Zauberkünsten befassen.' Wieviel Zeit und Geld es gekostet haben möge, die alten Bücher aufzustöbern, mochte sich Carina kaum vorstellen. ,Und die Pulver und Kräuter erst ...'

Jetzt bemerkte der Eindringling die Frauen: „Ha, ihr da. Wird ja auch Zeit. Kein Feuer im Herd, wie soll ich meine Fische für sie braten?" Sein Blick fiel auf die Feuerschale und er begann zu strahlen. „Kochen, braten – wunderbar!" Er schnupperte den Duft der Kräuter. „Riecht lecker!" Er drehte sich um und verschwand wieder durch die Maueröffnung.

---

[2] Ich rufe dich
Ich rufe dich, Geist
Verborgen warst du lange Zeit
Seele des Skeletts, erscheine im Feuer
Enthülle dein Schicksal!

Zurück blieb ein nasser Fleck auf dem Boden.

Die drei Frauen schauten sich verwundert an. Bevor sie etwas sagen konnten, kehrte der Kleine zurück. Er ächzte und zog den Blecheimer hinter sich her, den Doretta am Nachmittag mit samt dem stinkenden Aas nach draußen getragen hatte.

Er zog einen Fisch heraus und beschnupperte ihn ausgiebig. „Genau richtig!", stellte er zufrieden fest. Er ließ ihn neben den Eimer fallen und verschwand abermals. Gleich darauf tauchte er wieder auf mit einem Stock in der Hand. Er spießte den Fisch auf. Aus seinen Mundwinkeln sabberte Speichel.

Ohne Zögern stapfte er mit dem Fischspieß in der Hand über den magischen Kreis auf die Feuerschale zu. Mit seinem nassen Rock löschte er zwei Kerzen im Vorbeigehen aus. Die Frauen beachtete er gar nicht.

„Spiorad, cò thu? Abair do ainm!", versuchte Doretta, ihm zu befehlen und übersetzte ins Deutsche, als er nicht regierte: „Geist, wer bist du? Sprich deinen Namen!"

„Geist? Wo ist ein Geist?" Panisch schaute sich der Kleine um.

„Dich meine ich, grüner Gnom", erklärte Doretta.

„Mich?", staunte er. „Das Mensch ist aber dumm. Ich bin doch kein Geist. Bin aus Fleisch und Blut und ganz lebendig." Zur Bestätigung klopfte er sich auf die Brust.

„Wer bist du dann?"

„Kalmus ist mein Name. Ich bin der Herr der Teichgewässer an der alten Nöckbachschmiede", erklärte er stolz und richtete sich auf, um größer zu wirken und seiner Gewichtigkeit Nachdruck zu verleihen.

„Du bist ein Wassergeist?"

„Hör doch auf mit dem Geistergerede! Ich bin ein Wassermann."

Scheel schaute er Doretta von unten an. Plötzlich griff er nach ihrem Umhang und zog ihn ein Stück zur Seite. „Das Mensch sieht geil aus", sabberte er begeistert. Er stupste mit seinen feuchten Fingern an Dorettas Knie. Sie hielt angeekelt die Luft an, wagte jedoch nicht, ihn wegzustoßen. Die Berührung hinterließ ein eisiges Gefühl in ihrem Bein. Sie war sich nicht sicher, was sie davon halten sollte.

„Aber keine Zeit ..."

Die Frauen musterten Kalmus neugierig, als er sich wieder seinem

Fischspieß zuwandte. Er trat dicht an die Feuerschale und hielt den Spieß über die Flammen.

Doretta flüsterte ihren Freundinnen zu: „Wir dürfen uns von ihm nicht verwirren lassen. Das ist vielleicht nur ein Trick, damit wir den Schutzkreis durchbrechen. Verlasst nicht den Kreis." Britta und Carina nickten. Die kurze Vision im Rauch und nun der kleine Wassermann hatten ihnen einen gehörigen Schreck eingejagt.

„Sag Kalmus, hast du meinen Ruf gehört und bist ihm gefolgt aus den Tiefen deines Reiches?"

„Was für'n Ruf? Ich will nur Fische braten für Lilyjara. Ist ja endlich Feuer da", maulte er.

„Ich habe aber andere als dich gerufen!", empörte Doretta die Ignoranz des Wassermannes.

„Was hast du denn gedacht, wer hier auftaucht?"

„Ich rief den Geist des kleinen Gerippes, das unter der Türschwelle ruhte."

„Den Schmiedengeist?" Fassungslos schüttelte Kalmus den Kopf und ein unwillkürlicher Schauder durchzuckte seinen Leib. „Den wolltest du rufen? Du bist so dumm!"

Jetzt reichte es Doretta. ‚Ich lasse mich doch von dem grünen Kerl nicht als dumm beschimpfen!'

Sie spürte Brittas intensiven Blick und schaute sie an. ‚Lass dich nicht provozieren', formten ihre Lippen lautlos.

Doretta nickte dankbar und atmete tief durch.

„Warum soll es dumm sein, zu erfahren, was es mit dem Bauopfer für diese Schmiede auf sich hat?", fragte Doretta. „Kann es sein, dass er die Schmiede und ihre Bewohner vor Wesen wie dir beschützen sollte?"

Nun war es an Kalmus, entrüstet die Arme in die Hüften zu stemmen. Er drehte sich zu Doretta um: „Wir waren vor das fürchterliche Mensch hier, lebten in Ruhe und Frieden. Niemandem taten wir ein Leid. Selbst als wer das Rad in den Graben hängte und uns den Weg versperrte, gingen wir gut miteinander um. Jeder genoss seinen Vorteil aus dem Anderen. Aber dann kam das Säufermensch." Er schnaubte empört bei dieser Erinnerung.

Verwundert unterbrach Doretta seine Mitteilsamkeit: „Das ist bestimmt mehrere hundert Jahre her, glaube ich. Wie kannst du das wissen?"

„Ich wohnte damals doch schon hier."

„Wie alt bist du denn?"

„Ach, noch nicht sehr alt, nur so fünfhundert Sommer." Er winkte gelangweilt ab.

Doretta wusste nicht so recht, ob sie ihm glauben sollte. Sie beschloss, es erst einmal dabei zu belassen. Vielmehr wollte sie mehr von Kalmus über den Schmied erfahren.

„Was hat er getan?"

„Fing alle unsere Fische weg, nicht einen ließ er uns! Unerhört! Und seine Schdobbelhobbser waren noch schlimmer."

„Seine bitte was?"

„Seine Bälger, die oben über die Felder schlichen und die Ernte klauten."

„Du meinst seine Kinder?"

„Genau die."

„Warum waren die noch schlimmer?"

„Die haben Hasen in Schlingen gefangen und sogar Feuer gelegt auf den Feldern. Im Nöckbach stellten sie Fallen auf. Meine arme Lilyjara verfing sich einmal darin und tat sich sehr, sehr weh. Viele Nächte bangte ich um sie." Eine kleine Träne kullerte aus seinem Auge.

„Das tut mir leid." Doretta war ehrlich betroffen.

„Da war es mit meiner Gutmütigkeit ein für alle Mal vorbei. Wenn das Mensch Streit wollte, sollte er ihn bekommen. Von Stund an ersann ich viele Möglichkeiten, Schaden anzurichten."

„Was hast du getan?"

„Och, so das eine oder andere. Mal zerbrach ich das Rad, mal kippte ich Wasser in sein Schmiedefeuer, mal stahl ich die Milch der Ziegen, einmal ertränkte ich seine Hühner. Oder warf einen Baum auf sein Dach, als es besonders viel regnete. Sowas halt", er zuckte die Schultern. „Pah, und die alte Hütte war sowieso baufällig. Hat sogar mal gebrannt, als der Schmied mit seinem Feuer nicht vorsichtig war." Er kicherte hämisch.

„Ich habe nicht damit angefangen, das böse Säufer war es."

Es klang wie eine Entschuldigung, als ob es ihm leid täte und er sich seiner Taten schämte.

„Der Schmied hat sicher Gegenmaßnahmen gesucht."

Kalmus nickte heftig.

Unbemerkt war ein zweites grünes Wesen in den Keller geklettert. Es schien eindeutig weiblich zu sein, denn es erkannte sofort den Sinn eines Spiegels. Begeistert drehte sie sich im Kerzenschein hin und her, eilte von einem Spiegel zum anderen. Die Frauen waren so von Kalmus Geschichte gefesselt, dass sie die Wasserfrau nicht wahrnahmen.

„Als sein siebentes Balg geboren wurde, begann der Ärger noch schlimmer zu werden."
„Warum?"
„Das Ding hatte einen riesigen Kopf mit Hörnern!" Er schüttelte sich bei dieser Erinnerung. „Und ein glühendes Auge – wie Satan!"
Erschrocken schauten sich die drei Frauen an. Die Beschreibung passte zur Vermutung des Archäologen, dass der Säugling entstellt gewesen sein könnte.

„Wirf mal was in die Schale, Feuer muss besser brennen, Fisch ist noch nicht gar."
Doretta erfüllte ihm den Wunsch und legte etwas Holz und einige Kräuter nach. Sie war inzwischen davon überzeugt, dass Kalmus kein von ihr beschworener Geist war. Sie deutete ihren Freundinnen, dass von ihm wohl keine geisterweltliche Gefahr ausgeht und hob auch das Redeverbot auf.
Alle drei warteten gespannt darauf, dass Kalmus weitererzählte. Vorerst war er jedoch mit seinem Fisch beschäftigt. Intensiv beschnupperte er den Spieß, drehte und wendete ihn.

In das Knistern und Zischen des Feuers mischte sich plötzlich eine zarte Stimme: „Er wird euch nichts von Enderlein erzählen."
Erschrocken fuhren die Frauen herum. Zwischen den Spiegeln stand ein anderes grün gekleidetes Wesen mit langen Haaren. Ihr sorgfältig geflochtener Zopf fiel über die Schulter und reichte bis zu ihrer Hüfte. Eine Seerose lugte aus ihrem Haar hervor.
Sie hatte die Arme vor ihrer Brust verschränkt und blickte mit Glubschaugen traurig auf die Menschen.
„Bist du Lilyjara?", fragte Doretta leise.
Sie nickte.
Auch Kalmus drehte sich um.
„Oh meine geliebte Lilyjara, wie schön du aussiehst im Räucherlicht", seufzte er. „Schau nur, mein Geschenk für dich ist fast gar. Kein rohes Fleisch, nicht blutig, endlich wieder etwas, was du so sehr liebst."
Lilyjara schnupperte. „Hmmmm ..."
Hurtig flitzte sie zwischen Carina und Britta hindurch. Vorsichtig, sich

vor dem Feuer in Acht nehmend, strich sie über den Fisch am Spieß. „Hmmmm ...", wiederholte sie. Genüsslich leckte sie sich die Finger ab. Dann fiel sie Kalmus um den Hals.

Doretta mochte nur ungern diese rührende Szene stören, aber ihre Neugier zum Fortgang der Geschichte war stärker: „Wer ist Enderlein? Was wisst ihr über ihn?"

Die beiden waren jedoch so versunken in ihre Zweisamkeit, in den Genuss des Bratfisches, dass sie die Menschen vergaßen.

Dafür meldete sich eine dritte, quäkende Stimme: „Verbrannt! Verbrannt der schöne Fisch!", zischte es erbost.

„Und wer bist du?", fragte ihn Doretta. Ihre Verwunderung über die kleinen Eindringlinge wuchs immer mehr. Dieser sah fast genauso aus wie Kalmus, nur ein wenig hagerer. Ihm fehlte der stattliche Kullerbauch. Statt des grünen Wamses trug er einen bodenlangen Mantel, der aus Fischschuppen gefertigt war. Unter dem Saum schaute etwas hervor, was Füße sein könnten, jedoch wie ein Fischschwanz aussah.

„Wie viele von euch sind denn noch da draußen?"

Er schien ihre Frage nicht zu hören. Sein Blick klebte am Fischspieß, den Lilyjara gerade genüsslich abknabberte. Fassungslos schüttelte er den Kopf. „Wie kannst du das nur essen?"

„Ach Stijn, das ist so köstlich."

„Unsinn", schimpfte er. „Nur roher, frischer, zappelnder Fisch ist genießbar. Aber meinetwegen, wenn du dir unbedingt den Mund verbrennen willst ..."

„Stijn, du alter Wasserkopf, du bist bloß neidisch. Komm her und koste." Kalmus winkte ihm mit einem Fisch, den er nur kurz in die Flammen gehalten hatte.

Einen Augenblick schmollte Stijn. Es sah fast aus, als wollte er sich abwenden und den Keller verlassen. Doch er überlegte es sich noch einmal anders.

Gerade als er zwischen Britta und Carina hindurchhuschen wollte, packte Britta ihn am Kragen: „Hiergeblieben!"

Doretta hielt bestürzt die Luft an. Keine wusste, über welche Kräfte er verfügen könnte. Seine spitzen Zähne ließen Schlimmes ahnen.

Stijn strampelte wütend. Die beiden anderen Wassergeister schauten erschrocken zu den Frauen auf.

„Böses Mensch", keifte er. Kalmus stimmte ihm zu. Er packte sich den fast abgenagten Ast, an dem noch ein Rest des Fischeingeweides klebte und drohte Britta damit.

„Lass ihn sofort los!"

Angeekelt von dem Gedärm setzte Britta ihren Gefangenen ab, hielt ihn aber weiter am Kragen fest.

„Ihr garstiges Gesindel", schimpfte sie. „Ihr dringt in mein Haus ein und verpestet die Luft mit dem widerlichen Fischgestank. Dann nennst du meine Freundin dumm. Und jetzt besitzt du", sie zeigte mit dem Finger auf Kalmus, „auch noch die Dreistigkeit, mir zu drohen?" Ihre Stimme kippte vor Wut.

Er zuckte unbeeindruckt die Schultern. „Du bist selbst dran Schuld."

Lilyjara kicherte leise. Sie griff sich den Fisch für Stijn und strich damit über seine Lippen. Nicht sehr angetan von ihrer Fürsorge leckte er unwillig. Doch gleich darauf schnappten seine Zähne zu und bissen einen großen Happen ab. Genüsslich schmatzte er.

„Wie bitte?" Britta stritt sich unterdessen weiter mit Kalmus. „Warum sollte ich Schuld sein?"

Er begann lauthals zu lachen. „Du weißt es nicht?" Er quiekte vor Vergnügen. „Dumm, dumm, dumm wie das andere Mensch!" Er drehte sich im Kreis und sprang von einem Bein auf das andere wie Rumpelstilzchen.

„Das Mensch weiß es nicht, weiß es nicht!" Er konnte sich gar nicht mehr beruhigen.

Doretta platzte schließlich der Kragen: „Ich lösche sofort das Feuer, wenn du uns nicht auf der Stelle erzählst, was du meinst!"

Erschrocken hielt Kalmus in seinem wilden Tanz inne.

„Nicht das Feuer!" Lilyjara begann zu weinen. Kalmus drehte sich zu ihr um und nahm sie in den Arm. Sanft streichelte er über ihr Haar.

Zu Doretta zischte er giftig: „Wenn du Lilyjara zum Weinen bringst, bist du des Todes!"

„Nein, sei nicht so grob. Erzähle, was das Mensch wissen will. Bitte!"

Kalmus drückte sie und nickte.

Entschlossen und mit feindseligem Blick wandte er sich Doretta zu: „Du willst es wissen? Wirklich?"

Doretta und Britta nickten energisch. Nur Carina blieb seltsam teilnahmslos, wie schon die ganze Zeit. Keiner schenkte ihr in diesem Moment auch nur einen Hauch von Aufmerksamkeit. Alle Augen waren auf Kalmus gerichtet.

„Dazu brauche ich Blut von dir."

Bevor Doretta sich versah, biss Kalmus in ihren Finger und ließ ein paar Tropfen ins Feuer fallen. Dann griff er flink in die kleine Dose mit dem Räucherwerk. Doretta hielt erschrocken die Luft an: „Nicht!"

Kalmus winkte gelassen ab. „Ich kenne dieses Mittel. Du sollst sehen, was damals geschah." In seiner Stimme klang Schadenfreude mit. „Und nie wieder vergessen."

24

„Ebra Debra Enderlein!", rief Kalmus und warf die Räucherkörner in die Glut. Weißer Rauch erhob sich aus der Feuerschale.

Lilyjara setzte sich neben die Schale auf den Boden. Sie wusste, es dauert eine Weile, bis Kalmus die Geschichte erzählt haben würde. Ihr Blick fiel auf die kleine Engelsstatue, die noch immer bei den Körben stand. Ihre Augen begannen zu strahlen. Mit einem schnellen Augenhuschen versicherte sie sich, dass Doretta und Britta gebannt lauschten. Heimlich rückte sie ein Stück näher und streichelte die Holzfigur.

Doretta und Britta spürten einen rätselhaften Sog, der ihnen ein Fenster in die Vergangenheit öffnete. Sie fassten sich an den Händen. Britta griff nach Carinas Hand, doch sie entzog sich ihr.

„Als das siebente Balg zur Welt kam – Enderlein nannten sie es", spuckte Kalmus den Namen angewidert aus, „tobte der Schmied. Es war eine Missgestalt aus der Hölle, einäugig und mit Hörnern ..."
Das Feuer begann heftig zu knistern als teilte es die Empörung. Die tanzenden Flammen zogen Carinas Blick in ihren Bann und spiegelten sich in ihrer Iris wieder. Eine seltsame Erregung kribbelte in ihren Gliedern.
Kekse und Wein öffneten ihre Sinne weitaus mehr für die verborgene Welt, die sich ihr in der Feuerschale offenbarte, als ihren Freundinnen. Ein Nebel stieg auf und hüllte sie ein. Die Kellerwände verschwammen. Kalmus Stimme verklang zu einem fernen Rauschen.

Carina sah sich neben der Frau des Schmieds stehen. Es war noch nicht die Schmiede, wie sie heute vorzufinden war, sondern eine Bretterkate. Erstaunt schaute sich Carina um.
Kaum mehr als ein Strohlager war das Bett der Gebärenden an einem offenen Feuer. Die Wände waren rußgeschwärzt. Auf einem Bord reihten sich einige Krüge auf.

Durch eine schmale Öffnung fiel Mondlicht in die Hütte. Unter dem Fenster lag eine Ziege mit einem Zicklein. Gelangweilt knabberten sie an einem Strohballen, an dem auch drei Hühner zupften.
Eine schwarze Katze saß in der Nähe des Feuers. Ihre grünen Schlitz-

augen beobachteten misstrauisch das Treiben der Menschen.
Carina erhaschte einen Blick auf das Kind. Ihr stockte der Atem. Der Anblick war grauenerregend. Mit seinem einen Auge starrte es Carina an. Eine Ahnung erfasste sie, warum die Leute immer wieder vom Bösen Blick sprachen. Kein Lid, keine Wimpern umrandeten den Augapfel, der nur aus bodenloser Schwärze zu bestehen schien. Aus der Tiefe dieses Augenloches stiegen züngelnde Flammen auf. Carina schauderte, aber es fiel ihr unendlich schwer, sich abzuwenden.

Plötzlich flog die Tür krachend auf und laut fluchend stapfte ein kräftiger Mann herein. Ihm folgte ein buckliges Weib mit verheultem Gesicht.
„Es ist ein Junge, unzweifelhaft ein Junge", versuchte die Alte ihm hoffnungsvoll zuzureden, „aber ..."
Carina schaute nochmals zum Säugling, der nackt auf dem Stroh lag.
Die Frauen, die sich um die Mutter und das Neugeborene kümmerten, wichen angstvoll zurück.
Der Schmied warf einen kurzen Blick auf das Kind. Seine Gesichtsfarbe wechselte von aschfahl zu puterrot. „Du Hexenweib", schrie er, „das ist nie und nimmer aus meinen Lenden! Mit wem hast du es getrieben?"
Er griff sich einen Rutenbesen und begann auf seine Frau einzuprügeln.
„War es der Knecht? Dem traue ich schon lange nicht über den Weg. Oder gar Satan selbst?"
Die Ärmste, von der Niederkunft noch geschwächt, vermochte sich nicht zu wehren. Schließlich schritten die Frauen ein und jagten den Schmied nach draußen. Dort tobte er weiter, wütete und fluchte. Sein Geschrei hallte von den Felswänden wider. Dann verstummte er. Die Frauen wollten gerade aufatmen, als dumpfe Axtschläge gegen die Wände der Hütte schlugen. Schon klaffte ein Loch zwischen den Brettern, der Fensterladen   flog heraus.
Hastig packten sie die Schmiedin mit dem Neugeborenen und flüchteten in die Nacht hinaus.

Kaum graute der Morgen, trabten Esel den Pfad zur Schmiede entlang. Sie zogen einen Karren, auf dem Sensen und Sicheln lagen.
„Um Himmels willen!", rief der Neuankömmling fassungslos aus, als er die Hütte in Trümmern liegen sah. Aus irgendeinem Loch kroch der Schmied mit verkatertem Kopf hervor.
„Brüll nicht so rum am frühen Morgen, Hansbert", fuhr er ihn an.

„Aber, aber ..."

„Dein Gezeug bessere ich dir schon aus. Lade ab und leg es neben das Feuer."

Kurz darauf tauchte Bauer Gero mit seinen Lasttieren auf. Kopfschüttelnd untersuchte er die Reste der Kate.

„Ich hab's dir gleich gesagt, du musst die Erd- und Wassergeister um Erlaubnis bitten, wenn du dein Haus auf ihrem Boden bauen willst."

„Papperlapp!", brauste der Schmied auf. „Hör auf mit deinem Geistergeschwätz."

„Und wieso ist die Hütte schon wieder zerstört?"

Zähneknirschend gab der Schmied zu, dass er selbst gewütet hatte. Den Grund spuckte er angewidert aus: „Das verfluchte Hexenweib hat einen Dämon geworfen!"

„Von Geistern willst du nichts wissen, aber einen Dämon zeugen!" Der Bauer schüttelte den Kopf. „Hör auf zu saufen, du alter Saufkopp. Mit den Wassergeistern wirst du dich angelegt haben. Die Wassernixe hat dir einen Wechselbalg untergeschoben. Und du hast den Berggeist herausgefordert, bald bekommst du auch seine Rache zu schmecken."

Aufbrausend wollte der Schmied ihm für diese Unverschämtheit an die Gurgel gehen. Doch Gero war kräftiger und warf ihn zu Boden.

In diesem Augenblick kam der Pfarrer den Pfad am Nöckbach hinaufgestapft. Die ausgetretene Betontreppe, wie sie Carina kennengelernt hatte, gab es noch nicht. Nur ein Fußpfad mit Wurzeln und Felsbrocken zog sich am Hang entlang. Der Aufstieg war mühselig, erst recht für einen korpulenten Geistlichen. Keuchend erreichte er die Männer an der Schmiede.

„Grüß Gott!"

Ehrfürchtig begrüßten die Bauern den Pfarrer.

„Ich hörte", japste er, noch immer außer Atem, „dass in der letzten Nacht ein neues Kind Gottes das Licht der Welt erblickte."

„Pah, Gotteskind. Ein Höllenbastard ist es!"

Der Pfarrer schaute den Schmied tadelnd an. „Sprich nicht so über ein Geschöpf des Herrn. Es ist ja auch dein eigen Fleisch und Blut."

Wieder wurde der Schmied zornesrot. „Geht und seht es an", zischte er. Mit dem Arm deutete er auf eine Laubhütte hinter dem Teich. „Dort verbirgt sich das Gesindel."

Kopfschüttelnd machte sich der Pfarrer auf den gewiesenen Weg.

Es dauerte jedoch nicht lange, bis er kreidebleich zurückkam. Er warf nur einen vorwurfsvollen Blick auf den Schmied, raffte seine Rockschöße und eilte den Pfad zum Nöckbach wieder hinab.

„Ein höllenbastardischer Dämon und zanksüchtige Naturgeister." Gero schüttelte mitfühlend den Kopf. „Mein Freund, du brauchst dringend Hilfe. Ich kenne da jemand."

Der Schmied nickte nur noch stumm.

Die Sonne versank gerade hinter den Baumwipfeln, als Gero in Begleitung zweier Fremder wieder an der Schmiede erschien. Die Männer blickten sich grimmig um. Ihre schwarzen Augen unter dichtem Bartwuchs musterten die Felshänge, den Teich, den Nöckbach und den Erdboden. Schließlich gingen sie zum Granitfelsen, der über den Bach ragte. Dort lagen Reisigberge und einige Baumstümpfe. Vorsichtig schauten sie darunter.

„Sehr gut", nickten sie dann. „Du hast bereits, wohl ohne zu erkennen, was du tust, den Berggeist um eine Bauerlaubnis gebeten. Siehst du die vielen Würmer unter dem Reisig? Er sandte sie dir zum Zeichen seines Einverständnisses. Errichte ein festes Haus an dieser Stelle."

Der Schmied schaute sie zweifelnd an. „Wie soll ich auf dem Fels ein Haus bauen?"

„Nimm Steine, viele Steine, und Holz, so wird es ein robustes Heim."

„Dafür fehlt mir das Geld", murrte der Schmied.

„Wir werden dir helfen."

„Woher soll ich aber wissen, dass das Haus nicht wieder nach kurzer Zeit zerstört ist?"

„Du musst dem Berggeist natürlich noch ein Opfer bringen." Sie senkten die Stimmen und flüsterten. Carina konnte nicht verstehen, was sie sagten, aber sie sah, dass der Schmied bleich wurde. Energisch schüttelte er den Kopf.

Die Fremden nahmen es gelassen. „Tu es oder lass es. Es ist deine Entscheidung."

Ohne ein weiteres Wort drehten sie sich um und verschwanden in der Nacht.

Carina fühlte sich gefangen in der Geschichte. Sie konnte sich weder rühren noch daraus befreien. Nur undeutlich drang die Stimme von Kalmus zu ihr durch. Sie versuchte, ihren Blick vom Flammenspiel zu lösen, doch es gelang ihr nicht. Stattdessen tauchten neue Bilder auf: Sie sah den Schmied in reger Geschäftigkeit Baumaterial heranschaffen. Männer mit bloßen Oberkörpern begannen, den Granitfels zu bearbeiten und erste Steine für die Grundmauern zu legen.

Als der Abend anbrach, rief der Schmied seine Frau: „Weib, nimm die fünf Kinder und gehe heute ins Dorf zu deiner Schwester. Der Älteste und das Missbalg bleiben hier."
„Was hast du vor?", fragte sie argwöhnisch.
„Tu einfach, was ich dir sage", herrschte er sie an. „Es ist zu unser aller Besten."

Die Fremden kehrten um Mitternacht zurück zur Schmiede, als der Mond sich ganz und gar vor den Augen der Erdenbewohner verbarg. Die nächtliche Stille wurde nur durch das Geschrei des Säuglings gestört. Er schrie und schrie, wie schon unablässig die wenigen Tage seines kurzen Lebens. Seine Stimme klang tief und dunkel, als käme sie aus den Abgründen der Hölle.
„Gib uns den vereinbarten Lohn!", forderte einer der Männer vom Schmied. Mürrisch rückte er einen prallen Beutel mit Münzen heraus.
Nachdem das Geschäftliche erledigt war, huschte ein bösartiges Grinsen über sein Gesicht.

Die Männer zündeten Fackeln an und gingen von der Linde über die Wiese zur angefangenen Mauer, die später den Keller umgeben sollte. Selbst der ängstliche Pfaffe stand zwischen den Männern. Er schlotterte am ganzen Leib. Dem Schmied sah man an, dass ihm nicht wohl war. Einer der dunkelhäutigen Fremden begann Worte in einer seltsamen Sprache zu murmeln. Mit den Händen malte er Zeichen in die Luft, schritt vor dem angefangenen Gebäude auf und ab. Aus einem Beutel an seinem Gürtel holte er ein weißes Pulver und strich es auf eine Stelle der Mauer. Carina meinte zu erkennen, dass es die spätere Türschwelle war.
Nun winkte er dem Sohn des Schmiedes, der das quäkende Balg in einer Kiepe trug. Er traute sich nicht, einen Blick hineinzuwerfen oder sein Geschwister gar zu berühren.
Der Fremde nahm den Korb und schaute ein letztes Mal den Schmied an. Der zögerte kurz, nickte dann aber nachdrücklich.

Der zweite, bärtige Mann stieß den Geistlichen vor sich her, bis er an der markierten Stelle stand.
„Du musst ihn jetzt taufen!", befahl er barsch.

Schlotternd vor Angst begann der Pfarrer mit dem Taufritual. „... ich taufe dich auf den Namen Enderlein." Als das Weihwasser auf das missgestaltete Gesicht traf, brüllte das Kind auf. Erschrocken sprang der Gottesmann zurück.

Der Anführer des Rituals nahm den Säugling aus dem Korb und legte ihn auf die Steine. Dann zog er sein Schwert und schlug ihm den Kopf ab.

Carina schrie vor Entsetzen auf. Sie hörte entfernt auch Britta und Doretta aufschreien. Kalmus war in seiner Erzählung ebenfalls bei diesem grausigen Ereignis.

Die Vision im Feuer wurde undeutlich, verschwamm wie in Tränen. Es dauerte einen Augenblick, bis Carina wieder etwas erkennen konnte.

Der Säuglingsleib lag nun in der Mulde mitten in den Steinen. Den Kopf hatte man zwischen die Beine gelegt, so wie Britta das Skelett gefunden hatte.

Noch einmal stieß der Bärtige den Pfarrer vor.

„Weihwasser", raunzte er.

„Auf das dieses Haus fest stehe in Unwetter, Sturm und Regen, geben wir dir, Berggeist, Herrscher des Gebirges, unsere Gabe."

Als das heilige Wasser auf das Blut des kleinen Opfers traf, zischte und brodelte es. Etwas Grelles, Violettes blitzte auf.

Der Pfaffe, der sich nur noch mit Mühe auf den Beinen halten konnte, rannte davon.

Auch der Schmied und sein Sohn wurden von Angst gepackt und flohen.

Die beiden Fremden schüttelten nur den Kopf und beendeten ihr Werk. Sie legten eine Holzbohle über das Grab des Bauopfers und zeichneten einige magische Symbole darauf. Schließlich entfernten auch sie sich.

25

Es war bereits nach 21.00 Uhr, als Rudolph die Weinstube betrat. An der Tür kam ihm Klaus Eisbrenner entgegen.

„N'Abend, Klaus, schon auf dem Heimweg?", begrüßte Rudolph den Förster.

„Ja, ich muss morgen früh raus. Ist auch nichts los. Außerdem ist der Martin heute merkwürdig."

„Merkwürdiger als sonst?"

„Irgendwie schon, total aufgewühlt, läuft ständig hin und her, schaut zur Tür raus und das mit seinem Bein. Ich glaube, der hat wieder ziemliche Schmerzen. Ist einfach nicht bei der Sache heute. Sogar ein Glas hat er fallen lassen."

„Ist Carina heute Abend in der Wirtschaft gewesen?", fragte Rudolph. Eine leichte Unruhe befiel ihn.

Klaus schüttelte den Kopf. „Nein, ich habe sie nicht gesehen. Meinst du, er ist so verknallt in das Mädel, dass er es nicht ohne sie aushält?" Er grinste anzüglich.

„Wer weiß?"

Im nächsten Augenblick tauchte Martin in der Tür auf.

„Hallo Rudolph!" Hastig zwängte er sich zwischen den beiden Männern hindurch in Richtung Haustür.

Klaus warf Rudolph einen bedeutungsvollen Blick zu und fügte hinzu: „Ich mach' mich dann mal auf den Weg. Schönen Abend noch!"

Er hob grüßend die Hand und folgte Martin nach draußen.

Kopfschüttelnd trat Rudolph in die Weinstube. Nur ein Pärchen, Urlaubsgäste in der Pension, saß noch bei einem Glas Wein knutschend in der Weinlaube.

Kaum hatte sich Rudolph am Stammtisch niedergelassen, kehrte Martin zurück.

Rudolph ahnte, woher die Unruhe des Wirtes kam. Bevor er es aber selbst aussprach, wollte er sicher gehen, dass sie beide dasselbe dachten.

„Du bist ja heute so durch den Wind, was ist los, Martin?"

Er seufzte. Schnell warf er einen Blick auf seine Gäste. Doch die waren mit sich beschäftigt und bedurften seiner im Moment nicht. Also setzte er sich zu Rudolph an den Tisch und flüsterte: „Weißt du, wo Carina und Doretta heute Abend sind?"

Bedächtig nickte Rudolph: „Sie sind in der Schmiede."

„Genau." Martin beugte sich näher zu seinem Freund. „Ich fürchte, Doretta plant wieder irgendetwas, will so eine seltsame Beschwörung durchführen."

„Woher weißt du das?"

„Carina hat sowas angedeutet. Ihr war offensichtlich gar nicht wohl dabei." Er seufzte. „Sie hätte lieber hierbleiben sollen. Wer weiß, was da draußen im Wald alles passieren kann. Es gibt nicht mal Strom in dem alten Haus."

Rudolph fand seine Befürchtungen bestätigt.

„Martin, schreiben Sie uns den Wein aufs Zimmer?" Kichernd machte sich das liebestolle Pärchen auf den Weg nach oben. Martin nickte abwesend.

„Gute Nacht und viel Spaß!", rief Rudolph den beiden süffisant hinterher. Helles Lachen antwortete ihm aus dem Treppenhaus.

Martin stand auf und räumte den Tisch ab. In seinem Gesicht spiegelte sich die Sorge immer deutlicher ab. Auch Rudolph war unruhig.

Als Martin aus der Küche zurückkam, stand Rudolph entschlossen auf.

„Martin, schließ die Wirtschaft ab, hol deine Jacke. Wir fahren zur Schmiede und sehen nach."

Ein paar Minuten später raste Rudolph in seinem schwarzen Toyota RAV4 durch die Nacht. Obwohl sich Martin ein wenig wunderte, war er dankbar für den Aufbruch. Er hätte nicht gewusst, wie er die Zeit bis zur Rückkehr von Carina überstehen sollte.

„Carina hat mir ebenfalls von Dorettas Vorhaben erzählt", erklärte Rudolph. „Sie versuchen eine Totenbeschwörung, um etwas über das Skelett unter der Schwelle herauszufinden."

Martin nickte bedrückt. „Ich habe es geahnt. Darum hätte ich vor Sorge heute kein Auge zutun können, nicht mal mein Hühnerauge."

„Doretta behauptet, es ist ihr bereits einmal gelungen, einen Toten zu befragen."

„Brittas Mann, glaube ich, kurz nachdem er unter mysteriösen Umstand ums Leben kam."

„Ja, sie erwähnte sowas in der Art mal nebenbei."

Einen Moment hingen beide ihren Gedanken nach. Schließlich sprach Martin aus, was er für Rudolphs größte Befürchtung hielt: „Du argwöhnst, sie könnten dabei etwas über dich herausfinden?"

Mit zusammengekniffenen Lippen nickte Rudolph. „Nur du kennst mein Geheimnis. Ich bin dankbar, dass du es all die Jahre bewahrt hast."
„Und das werde ich bis an mein Lebensende tun!", versicherte ihm Martin ernsthaft. „Wie ich es dir geschworen habe."

Kurz darauf bog der Toyota in die gesperrte Straße zur Schmiede ein. Schon bevor sie ihr Ziel erreichten, schaltete Rudolph die Scheinwerfer aus. Seine Augen bedurften des künstlichen Lichtes nicht. So rollten sie in vollkommener Dunkelheit über den holprigen Weg. Ein Stück vor dem Anwesen ließen sie den Wagen stehen. Das verräterische Motorengeräusch erstarb. Der Wald stand in schweigender Nachtruhe. Die letzten Meter gingen sie zu Fuß. Leise plätscherte ein Bächlein am linken Wegesrand und begleitete sie, bis es sich in den Teich ergoss. Mit ihren Taschenlampen erhellten sie die Umgebung nur sehr unzulänglich. Es genügte aber für Martin, um nicht zu stolpern.
„Dorettas Auto steht noch hier", flüsterte Rudolph heiser.

Auf der Brücke blieben sie stehen. Der volle Mond sandte seinen fahlen Schein auf die Lichtung. Die Schmiede zeichnete sich als schemenhafter Umriss ab. Kein Licht verriet, ob noch jemand im Gebäude war.
„Es ist still", flüsterte Martin. Eine Gänsehaut kroch ihm über die Arme. „Bedrohlich still!"
Nicht ein Blattrauschen war zu vernehmen. Selbst Rudolph fühlte sich unwohl in dieser Lautlosigkeit. Nur ganz leise, kaum vernehmbar, murmelte der Nöckbach unten im Tal.
Das fließende Wasser behagte Rudolph überhaupt nicht. Es zog und zerrte an seinen Sinnen. Er beeilte sich, die Brücke zu verlassen. An der Linde blieb er stehen. Martin trat zu ihm und schaute ihn erwartungsvoll an.
„Kannst du etwas wahrnehmen?", fragte er leise.
Rudolph nickte langsam. „Es stinkt unsäglich nach fauligem Fisch."
„Stimmt, das rieche ich sogar. Schau, dort steht ein Fenster offen. Wollen wir mal hineinsehen?"
„Warte noch." Rudolph hielt ihn zurück. „Von irgendwoher steigen gefährliche Düfte von Räucherzeug auf. Das verklebt mir fast den Verstand." Er schüttelte sich angewidert. „Bevor wir ins Haus gehen, sollten wir ein paar Schutzmaßnahmen treffen." Er zog aus seiner Tasche zwei Schals und Arbeitshandschuhe.

Martin fragte nicht lange, sondern band sich das Tuch vors Gesicht und zog die Handschuhe an. Es drängte ihn, Carina zu suchen. Seine Unruhe wuchs mit jeder Sekunde, die er vor der mondbeschienenen Schmiede untätig verweilte.

Rudolph zögerte noch immer. Er schaute sich sorgfältig um, ging ein paar Schritte den Aufstieg zum Elbplateau hinauf. Sein Blick wanderte über den Teich. Plötzlich drang ihm ein anderer, leider sehr bekannter Hauch in die Nase. Er zuckte erschrocken zusammen, seine Gedanken purzelten durcheinander.

„Das ist nicht möglich, es ist viel zu weit entfernt", flüsterte er. Und dennoch, der Geruch stammte unverkennbar von einer verwesenden Leiche.

„Was ist nur passiert? Wessen Leichnam wurde hier vor kurzem verborgen? Vor sehr kurzer Zeit!"

Er fürchtete nun das Schlimmste.

„Martin, beeilen wir uns. Ich bleibe dicht hinter dir, aber sei leise."

Gemeinsam betraten sie die Schmiede durch die nicht abgeschlossene Haustür.

26

„Ein violetter Blitz?"

Kalmus nickte nachdrücklich. „Habe ich selbst gesehen, tat schrecklich in den Augen weh. Ich hatte mich nämlich im Schilf verborgen, um alles genau zu beobachten."

„Das kann nur vom Amethyst gekommen sein. Jemand wird ihn ins Wickeltuch gesteckt haben", stellte Doretta fest. „Aber woher hatten sie so einen wertvollen Stein?"

„Die ganze Aktion muss den Schmied doch ein Vermögen gekostet haben, die neue Schmiede bauen, die seltsamen Fremden bezahlen und auch noch einen teuren Amulettstein." Verwundert schüttelte Britta den Kopf. „Mit rechten Dingen kann das nicht zugegangen sein."

„Wer auch immer den Stein zum Säugling gesteckt hat, wollte etwas Bestimmtes damit bewirken."

„Vielleicht war es die Mutter. Den Amethyst könnte sie als Geschenk erhalten haben oder sowas in der Art. Man benutzte doch damals schon alles Mögliche, um sich vor Geistern und Dämonen zu schützen."

Kalmus nickte. „Sofern das Mensch um die Wirkung des Steines wusste. Eine Wirkung hatte die nächtliche Mordtat auf jeden Fall, nicht nur, dass das unerträgliche Geschrei des Wurmes endlich verstummte. Schon beim nächsten Vollmond änderte sich alles. Die Schmiede war noch lange nicht fertiggebaut, Lilyjara und ich wollten uns mal umsehen. Aber kaum setzten wir einen Fuß auf die neue Schwelle, begann ein grausiges Raunen und Flüstern um uns herum. Wir konnten keinen Schritt weitergehen. Es war, als wenn eine unsichtbare Wand vor uns stand. Und dann fing es an zu sprechen. Seine Stimme war weitaus grässlicher als sein Geschrei – quäkend und knarzig. Vor Schreck flüchteten wir in unseren Teich. Erst ein paar Nächte später wagte ich mich wieder heraus. Doch kaum tauchte ich aus dem Mühlgraben auf, begann das Quäken von Neuem. Es beschimpfte mich, fluchte mit den unflätigsten Worten. Und was noch schlimmer war, es konnte das Wasser zum Schäumen bringen. Fast wäre ich ertrunken!" Empört stemmte Kalmus die Hände in die Hüften.

„Ja, und von dieser Zeit an tyrannisierte uns das Enderlein, verwehrte uns den Weg zur Sonnenspitze auf dem Fels und zum Feuer – bis ihr gekommen seid."

Als Kalmus seine Geschichte für beendet hielt, wandte er sich dem

Bratfisch zu, den Lilyjara für ihn in den Flammen briet. Laut schmatzend ließ er es sich schmecken.

Die Frauen schwiegen nachdenklich. Britta drehte sich schließlich zu Carina.
„Meine Vampirtheorie war wohl nicht richtig. Was hälst du von dieser Geschichte?"
Die reagierte jedoch nicht. Mit weit aufgerissenen Augen starrte sie in die Flammen.
Britta berührte sie an der Schulter. „Carina, alles in Ordnung?"
Langsam nur kehrten ihre Sinne zurück in den Keller der Jetztzeit.
„Hast du Kalmus zugehört?"
Carina nickte und schüttelte gleich darauf den Kopf. „Ich habe die Geschichte in einer Feuervision gesehen. Es war grauenvoll."

Doretta beschäftigte noch eine andere Frage: „Kalmus, aber warum bin ich nun dumm?"
„Du hast es nicht verstanden? Ihr habt den Geist der Schmiede weggetragen! Das Haus hat seinen bösen Schutzgeist verloren. Nun kann der Herr des Berges seinen Fels wiederhaben. Und wir auch", fügte er grinsend hinzu. „Dafür sollte ich dir natürlich dankbar sein."
Doretta grinste zurück. „Nicht ganz, ich habe ja noch einen Finger von Enderlein."
„Na und, ich auch." Kalmus zog ein Knöchelchen aus seinem Wams. „Nur, das hilft nicht. Der Schädel war das Bösartige." Er kicherte. „Aber seltsame Mensch haben mal erzählt, wozu das Totenbeinchen gut sein kann."
„Was hast du damit vor?", fragte Doretta lauernd.
Kalmus senkte den Kopf und trat von einem Fuß auf den anderen. Er überlegte, was er Doretta antworten sollte ohne zuviel zu verraten.
„Nun ja, man kann Krankheiten heilen, vor allem Warzen." Er streckte seine Hände vor, die mit Warzen übersät waren.

Plötzlich zuckten die drei Wassergeister zusammen.
„Da dringt noch was in das Haus ein", flüsterte Lilyjara. Hektisch blickte sie sich nach einem Fluchtweg um.
Stijn, der die ganze Zeit still bei Britta auf dem Boden gesessen hatte, krabbelte leise   zwischen ihren Beinen hindurch und entschlüpfte nach draußen.

Trap-trapp, trap-trapp ...

Angespannt warteten alle, wer zu nächtlicher Stunde in den Schmiedenkeller eindrang.

„Berggeist! Oweioweiowei ...", jammerte Lilyjara leise.

„Schschttt ..."

Martins Bein verriet ihn, es hinderte ihn am lautlosen Treppenhinabsteigen. Die orthopädischen Schuhe mit der harten Sohle klangen dumpf auf der Holztreppe.

Als er die letzte Stufe erreicht hatte, schaute er verwundert auf die Versammlung um das Feuer.

Rudolph war ihm gefolgt und stand dicht hinter ihm. Er atmete erleichtert auf, als er die drei Frauen im Kerzenschein sah. Doch weder sie noch die kleinen Gestalten schienen ihn zu bemerken. Sie schauten alle nur Martin an. Obwohl er ein Tuch vor dem Mund trug, rang er nach Luft: „Puh, wie haltet ihr das bei diesem Gestank aus. Da wird einem ja ganz übel davon."

Seine Augen versuchten, den Schleier des Kräuternebels, der noch immer aus der Feuerschale aufstieg, zu durchdringen.

„Martin, was machst du denn hier?"

„Ich, ähm, wir, naja", stotterte er verlegen. „Wir waren besorgt über euer Vorhaben und dachten, falls etwas schief geht, kommen wir euch retten."

Doretta lachte erleichtert. „Kein Geist, nur der hilfsbereite Martin."

Lilyjara musterte ihn skeptisch. Eine kaum wahrnehmbare Bewegung hinter ihm erschreckte sie erneut. Sie suchte hastig Zuflucht unter Dorettas Umhang. Auch Kalmus zog sich klammheimlich zurück.

Britta und Doretta schauten verwundert auf die Wasserleute.

„Wer sind denn die Kleinen?", fragte Martin. „Sind das die heraufbeschworenen Totengeister?"

Doretta schüttelte den Kopf. „Du wirst es nicht glauben, aber das sind Lilyjara und Kalmus, die Teichbewohner."

„Ein Wassermann und eine Nixe", ergänzte Britta, als Martin mehr als zweifelnd das Gesicht verzog.

„Wassergeister? Das kommt doch bestimmt nur von eurem Räucherzeug."

Er schaute Carina an, um ihre Meinung zu erfahren.

Sie stand jedoch unbeweglich und starrte noch immer in die Flammen.

„Carina?" Ganz langsam hob sie ihre Hand und deutete auf die Feuerschale. Aus den Flammen und dem Rauch formte sich eine Vision: Schemenhaft tauchte die weiße Villa am Weinberg auf, schwarze Fledermäuse stoben aus den Fenstern. Unerwartet wandelte sich das Haus in eine Fratze mit scharfen Reißzähnen, sie zerfloss langsam und es schälte sich ein Gesicht heraus, das Rudolphs zum Verwechseln ähnelte. Sie schrie leise auf.
Alle Augen richteten sich auf das Flammenspiel, doch konnten sie nicht erkennen, was   Carina so erschreckte.

Rudolph sah durch den Nebel im Keller ebenfalls nicht, was sich in der Feuerschale zeigte und wollte näher treten. Er setzte seinen Fuß auf die unterste Treppenstufe. Die kaum wahrnehmbare Bewegung entging der Nixe jedoch nicht. Als sein blasses, mit einem Tuch halbverdecktes Gesicht aus der Dunkelheit auftauchte, schrie Lilyjara auf: „Ein totes Mensch!" Sie zupfte an Dorettas Umhang und verhedderte sich darin vor Aufregung.
Kalmus reckte vorsichtig seine Nase in Richtung Treppe. „Es stinkt, es stinkt!", kreischte auch er auf. Panisch und mit großem Gejammer rannten beide zum Mauerdurchbruch. Mit ihren feuchten Kleidern löschten sie dabei einen Großteil der halb heruntergebrannten Kerzen, andere kippten um. Es wurde fast gänzlich dunkel im Keller. Nur ein schwacher Schein glomm noch aus der Feuerschale. Die Vision fiel in sich zusammen.

Verwundert schauten die Menschen den kleinen Wassergeistern hinterher.
„Es tut mir leid, ich wollte eure neuen Freunde nicht erschrecken", entschuldigte sich Rudolph leise. Er fühlte sich ertappt. Er konnte nur hoffen, dass die Worte der beiden von den Frauen nicht hinterfragt würden.
Doretta zog kopfschüttelnd die Zündhölzer aus dem Korb und begann, einen Teil der Kerzen wieder zu entzünden.

Unbemerkt in der Aufregung erhob sich erneut eine Silhouette aus der Feuerschale. Sie nahm die Konturen einer kleinen, schlanken Frau mit kurzem Haar an. Einen Moment lang schaute sie den Menschen zu. Als niemand Notiz von ihr nahm, wurde sie ungeduldig. „Das ist ja wiedermal typisch", begann sie mit hoher Stimme zu keifen.

Erschrocken wandten sich alle zur Feuerstelle um.

Der Schemen trug nun sehr markante Gesichtszüge. Britta und Doretta erkannten sie sofort: „Cynthia?" Beiden entfloh ein erschreckter Aufschrei.

„Was hat das zu bedeuten?"

Cynthia kicherte boshaft. Mit ausgestrecktem Finger zeigte sie auf Doretta: „Du hast die Totengeister gerufen."

Doretta schüttelte verwirrt den Kopf. „Das stimmt, aber du bist doch nicht tot. Was tust du hier?"

„Dummes Ding, du glaubst es nicht? Natürlich bin ich tot! Deine Puppen aus dem Teich haben mich angefressen."

Britta flüsterte fassungslos: „Wie hat sie das angestellt? Das kann nur ein Trick sein."

„Vielleicht ist sie uns heimlich gefolgt, wie sie es schon so oft gemacht hat. Du weißt doch, wie verrückt sie ist."

„Und jetzt versteckt sie sich hinter dem Feuer, um uns eins auszuwischen." Das schien Britta die einzig mögliche Erklärung. Sie hauchte Doretta ins Ohr: „Lenke sie ab. Ich schleiche mich langsam zu ihr."

„Welche Puppen meinst du?", fragte Doretta. Cynthia kicherte hysterisch. „Na eure seltsamen grünen Puppen, mit denen ihr vorhin hier im Keller gespielt habt."

„Kalmus und Lilyjara?"

„Wenn du sie so nennst."

Doretta dachte einen Augenblick nach. ‚So abwegig ist das gar nicht. Wer glaubt schon an Wassergeister?'

Eine Idee durchzuckte sie: ‚Hat sie uns mit den Puppen etwa die Geschichte nur vorgegaukelt?'

Ihre Augen suchten kurz Britta, die sich gerade an Carina vorbeischob. Noch ein paar Sekunden musste sie Cynthia ablenken.

„Vermisst dich niemand? Und wo ist dein Körper abgeblieben, wenn du tot bist? Man hätte doch nach deiner Leiche gesucht."

Cynthia grinste und entblößte dabei ein knochiges Gebiss. „Die alte Hülle ist versteckt im Berg, sehr nah. Es dauert sicher nicht lange, bis jemand über sie stolpert. Und was meinst du, wen man zuerst verdächtigen wird?" Ihr Grinsen wurde triumphierend: „Die neue Besitzerin der Schmiede natürlich!"

Vor Schreck zuckte Britta zusammen und stieß eine Kerze um. Doch

Doretta glaubte ihr nicht.

„Wie soll deine Leiche in den Berg gekommen sein?"

„Da ist ein Tunnel tief unter dem Elbhang, der manches Geheimnis birgt ..."

Eine raue männliche Stimme meldete sich zu Wort. Gleichzeitig erhob sich ein zweiter Schemen aus den glimmenden Holzscheiten. Er formte sich schnell zu einem aufgedunsenen Mann. Reste eines Feinripphemdes und einer Hose aus grellbunter Ballonseide umhüllten ihn. Das Gesicht verunstaltete eine Brandnarbe.

Rudolph erkannte ihn sofort. Seine schlimmsten Befürchtungen schienen sich in diesem Moment zu bewahrheiten. Fieberhaft überlegte er, was er tun sollte.

‚Martin darf ihn nicht sehen', war sein erster Gedanke. Ihm fiel nichts Besseres ein, als Martin einen Stoß in den Rücken zu geben. Er stolperte einen Schritt nach vorn und prallte gegen Carina. Den unerwarteten Stupser konnte sie auf den Highheels nicht ausgleichen. Sie stürzte zu Boden. Dabei geriet ihr Umhang in die Flammen der Feuerschale. Mit einem grellen Blitz fing er Feuer. Zu allem Unglück schlug sie mit dem Kopf auf dem harten Granitfelsboden auf. Regungslos blieb sie liegen. Ein kleines Blutrinnsal floss ihre Schläfe hinab auf den steinigen Grund.

„Carinaaaaa ..." Martins Schrei gellte durch den Keller.

Hastig beugte er sich zu ihr hinunter. In der Dunkelheit konnte er nichts sehen und zog seine Taschenlampe hervor.

Britta und Doretta drehten sich entsetzt zu Carina um.

„Carina, sag doch was!" Panisch rüttelte Martin an ihrer Schulter.

„Hör auf", schrie Britta ihn an. „Sie ist bewusstlos. Oh Gott, was machen wir jetzt nur?"

Das Feuer griff unterdessen auch nach dem Umhang von Doretta. Hastig warf sie den Stoff von sich. Es war ihr in diesem Augenblick egal, nur noch in sexy Unterwäsche im Keller zu stehen.

Funken sprühten aus der Schale und setzen die Körbe mit den Räucherutensilien in Brand. Es dauerte nur wenige Wimpernschläge bis alles Brennbare in Flammen stand.

Rudolph schlug sich entsetzt mit der Hand an die Stirn. Solch' Chaos hatte er nicht verursachen wollen. Er warf einen Blick in die Feuerschale. Noch immer lungerten die beiden Schemen zwischen den Holzscheiten. Ihr seltsam nebliger Anblick erweckte den Anschein, als ob sie miteinander tuschelten und etwas ausheckten.

Carina regte sich nicht, dafür kreischten Britta und Doretta angsterfüllt.
Auch Martin befiel Panik: „Wir werden verbrennen!"
Es fiel Rudolph schwer, einen klaren Gedanken zu fassen.
Die unsäglichen Düfte aus Kräutern, Kerzen und Menschenleibern
vernebelten ihm die Sinne.
Zwischen das Knistern des Holzes mischten sich Laute, die wie
schrilles Gelächter durch das alte Gemäuer hallten. Es kam aus der
Feuerschale. Rudolph warf schnell einen Blick in die Richtung. Die
verräterischen Geister erhoben sich aus den Flammen und schickten
sich an, aus der Schale zu klettern.

„Wir müssen raus, schnell!", schrie er über das Gelärme hinweg.
Er zog Martin am Arm und schubste ihn in Richtung Treppe. „Lauf zum
Auto!", befahl er ihm eindringlich.
„Aber, aber ..."
„Kein Aber, lauf endlich. Ich komme mit Carina sofort nach."
Langsam drehte sich Martin um und stieg mühevoll die Treppe hinauf.
Rudolph hob Carina auf seine Arme. „Doretta, Britta – raus aus dem
Keller!", schrie er nun die beiden Frauen an. „Bringt euch in Sicherheit!
Bring euch in Sicherheit vor allem, was ihr beschworen habt." Aus den
Augenwinkeln sah er, dass eines der Geisterwesen seine Arme nach
Britta ausstreckte.
„Lauft!"

Durch den Rauch schlängelte sich ein verführerischer Duft von Blut in
seine Nase. Seine überreizten Sinne zerrten an seinem letzten Rest
Zurückhaltung. Das Rinnsal an Carinas Schläfe lockte ihn. Seine Augen
begannen rot zu glühen. Die Gier drohte ihn zu übermannen.
Hastig stürmte er mit der Bewusstlosen die Treppe hinauf.

Die frische Nachtluft hob den Schleier seines unersättlichen Verlangens
ein wenig. Er atmete tief durch. Nur ganz langsam klärte sich sein Verstand wieder auf.
Ob die beiden Frauen ihm folgten, nahm er nicht wahr. Es war ihm auch
gleichgültig.
Nur Carina war wichtig.

27

Rudolph war schneller am Auto als Martin. Ihm fiel das Gehen nach dem Schock noch schwerer als sonst.

Sanft streichelte Rudolph über Carinas Gesicht. Vorsichtig bettete er sie auf die Rückbank. Gleichzeitig tastete er ihren Kopf ab, ob sie etwa eine schwerere Verletzung hatte.

Ganz zufällig wischte er dabei das Blutrinnsal weg. Ohne nachzudenken leckte er sich den Finger ab. Es war kaum mehr als ein Hauch ihres Blutes, doch um Rudolph begann sich die Nacht zu drehen.

‚So süß, so lieblich, so frisch ... und dennoch geheimnisvoll.'

Geheimnisvoll? Etwas erweckte Rudolphs Verlangen und gleichzeitig seine Furcht. Er schaute auf die bewusstlose Frau. Unter dem Geruch der Räuchermittel, der sie wie in eine dicke Decke einhüllte, nahm er noch etwas anderes wahr.

„Was ist das?" Er konnte es nicht einordnen. Etwas war in ihrem Blut ... Noch einmal beugte er sich zu ihr hinab und leckte über die kleine Wunde an ihrem Kopf.

In diesem Augenblick erreichte Martin keuchend das Auto. Mit weit aufgerissenen Augen starrte er Rudolph an. „Du hast von ihr getrunken?"

„Wie kommst du denn darauf?"

„Du hast einen Blutstropfen am Mundwinkel." Vorwurfsvoll deutete Martin mit seiner Taschenlampe in Rudolphs Gesicht.

„Was? Ach Unsinn." Unwirsch leckte er sich über die Lippen. „Das waren nur die Tröpfchen von ihrer Wunde. Schau, sie ist unversehrt."

Sicherheitshalber überzeugte sich Martin selbst.

„Sie braucht einen Arzt. Los steig ein, wir fahren zurück zu deiner Pension und rufen Dr. Schurich."

„Sollten wir sie nicht besser in ein Krankenhaus bringen?", fragte Martin beim Anschnallen.

„Wie willst du der Notaufnahme erklären, was passiert ist?"

Noch während der Fahrt telefonierte Rudolph mit seinem Freund, Dr. Schurich. Als sie kurze Zeit später die Weinpension erreichten, fuhr auch der Arzt bereits auf den Parkplatz.

„Danke, dass du mitten in der Nacht so schnell gekommen bist", begrüßte Rudolph ihn erleichtert. Er verzog leicht säuerlich das Gesicht:

„Hatte sowieso nichts Besseres vor."

Er warf einen Blick in den Wagen. „Das ist die Verunglückte?"

Martin und Rudolph nickten.

„Können wir sie nach drinnen bringen oder soll ich sie im Auto untersuchen?"

„Nein, natürlich nicht. Carina ist Gast in der Pension. Ich trage sie in ihr Zimmer."

Hastig holte Martin die Schlüssel und kurz darauf bettete Rudolph die noch immer bewusstlose Carina auf das Bett.

„Was ist der jungen Frau zugestoßen?", wollte Dr. Schurich wissen.

„Nun, ähm, ja", begann Rudolph. Schnell musste er sich eine plausible Erklärung einfallen lassen. „Eine Freundin hat die alte Schmiede gekauft und die Mädels haben heute zur Einweihung eine Grillparty veranstaltet."

„Verstehe, sie waren wohl beim Anzünden ein wenig unvorsichtig, was die Brandwunde an ihrem Arm erklärt." Der Doktor nickte wissend, als er begann, Carina zu untersuchen. Das Feuer hatte ihren Umhang ein Stück weit zerfressen, so dass die Verbrennungen an ihren Armen freilagen, ihr Körper jedoch sittsam verhüllt blieb.

„Alkohol dürfte ebenso im Spiel gewesen sein", mutmaßte er.

„Und, nun ja, wie soll ich sagen", stammelte Martin, „möglicherweise auch ein paar andere ... Substanzen." Er kannte Doretta und ahnte, dass sie für ihre Beschwörung schon so einiges zusammengerührt haben könnte.

„Drogen?" Dr. Schurich fuhr entsetzt auf.

„Nein, zumindest nicht im herkömmlichen Sinne", beschwichtigte Rudolph ihn schnell. Auch er wusste von Dorettas Leidenschaft und seltsamen Künsten. In den wenigen Tropfen von Carinas Blut war ihm ein wunderlicher Geschmack aufgefallen. Irgendetwas mit berauschender Wirkung musste sie getrunken haben. Deuten konnte er es jedoch noch immer nicht.

„Eher eine Mischung aus allerlei Gartenkräutern, vielleicht Holunderwein mit irgendetwas." Er zuckte die Schultern. „Sowas eben, aber keine Drogen."

Dr. Schurich blickte Rudolph einen Augenblick scharf an, dann nickte er verstehend. Sie kannten sich schon eine ganze Zeit und er wusste, dass Rudolph ihn manchmal in sehr seltsamen Situationen rief – wie heute. Er hatte es sich abgewöhnt, zu viele Fragen zu stellen. Mehr als er für eine Behandlung wissen musste, wollte er gar nicht hören. Rudolph pflegte solche Sonderaufträge ausnehmend gut unter der Hand zu honorieren. Und wenn es dem Patienten nicht schadete, war es Dr. Schurich egal. Ihm lag nur die rasche Genesung der Verletzten im Sinn.

„Gut, die Brandwunde ist nur gering. Ein kühlender Umschlag mit Johanniskrautsalbe wird ihr schnell helfen. Jedoch macht mir ihre Bewusstlosigkeit Sorge."
Er wandte sich zu Martin und Rudolph um, die noch immer im Zimmer standen.
„Dürfte ich die Herren um Diskretion bitten?"
„Selbstverständlich."
Hastig schlossen die beiden die Tür hinter sich und gingen nach unten in die Weinstube.

Dr. Schurich betrachtete Carina. Ihre Kleidung verwunderte ihn. „Was habt ihr Mädels draußen in der Schmiede wohl getrieben?"
Vorsichtig begann er, ihren Körper nach weiteren Verletzungen abzutasten, konnte jedoch keine Brüche an Schädel oder Knochen feststellen.

Plötzlich stöhnte Carina leise. Nur wenig später schlug sie die Augen auf.
„Was ist passiert? Wer sind Sie?"

28

Als Martins schwere Schritte auf der Treppe verklungen waren, besannen sich Britta und Doretta endlich.
Es brannte nicht nur die Feuerschale lichterloh, sondern auch die Körbe, Kräuter und das Brennholz. Selbst die Kerzen entzündeten sich wieder.
„Los, wir müssen raus."
Der Qualm drohte ihnen fast den Atem zu rauben.
Brittas Umhang fing Feuer.
Sie streifte ihn ab und warf die Highheels von den Füßen, bevor sie Doretta folgte, die bereits auf der Treppe stand.
„Oh Mann, was sollen wir nur machen? Wenn die Schmiede nun abbrennt?", jammerte Britta.
„Die Steine werden es aushalten", versuchte Doretta, sie zu beruhigen.
„Ich glaube nicht, dass sich das Feuer auf die oberen Stockwerke ausbreitet."
Sie fasste Britta am Arm. „Komm."
Plötzlich schlug sich Britta mit der Hand an die Stirn: „Cynthia!"
Sie machte kehrt und rannte in das rauchende Inferno zurück.
„Britta, nein! Bleib hier!"
„Ich muss sie da rausholen. Ihre Leiche will ich nicht im Keller haben."
Doretta blieb nichts anderes übrig, als sich auch wieder zurück zu wagen.

„Cynthia, Cynthia!", hörte sie ihre Freundin schreien. Doch nur das höhnische Knistern des Feuers antwortete ihr.
Ein schepperndes Geräusch ließ Doretta herumfahren. Ein Spiegel war umgefallen.
„Auch das noch! Das gibt sieben Jahre Unglück", stöhnte sie.
Unter den Scherben tauchte der Wuschelkopf von Kalmus auf. Er zerrte einen Eimer hinter sich her.
„Zuviel Feuer", keuchte er, „mach aus!" Er stellte den Kübel vor Dorettas Füße und verschwand wieder. Sie griff dankbar zu und kippte das Wasser in die Feuerschale. Gleich darauf kehrte Kalmus mit dem nächsten Eimer zurück. Stijn folgte ihm mit einem Krug.
Es dauerte nicht lange, bis die Flammen im Wasserbad erloschen.
Dafür standen alle im Stockfinsteren. Der Rauch brannte ihnen in den Augen.

Nur an den Geräuschen erkannte Doretta, dass die Wassergeister wieder nach draußen kletterten.

„Britta", rief sie, „wo bist du?"

„Ich kann sie nicht finden", hustete sie dicht neben ihr.

„Wahrscheinlich hat sie sich längst aus dem Keller geschlichen. Wir sollten auch endlich hier raus."

Sie tastete nach Brittas Arm. Gemeinsam stolperten sie in die Richtung, in der sie die Treppe vermuteten. Glücklicherweise fanden sie schnell den Ausgang und standen kurz darauf hustend und keuchend unter der Linde.

Erschöpft ließen sich beide auf die Bank fallen.

„Was für ein Abend!"

Eine Zeitlang hingen sie ihren Gedanken nach. Obwohl sie nur sehr dürftig bekleidet waren, froren sie nach dieser Aufregung nicht. Der Mond war noch nicht ganz hinter den Elbhängen verschwunden, so dass sich ein wenig Licht im Teich spiegelte. Leise flüsterte der Wind in den Bäumen. Die Nacht wirkte friedlich und ließ nichts von den gerade überstandenen Schrecken erahnen.

„Ich hoffe, Carina ist nicht ernstlich verletzt", seufzte Doretta. Sie fühlte sich schuldig daran, dass ihre neue Freundin verunglückt war.

Britta dagegen ging eine andere Frage nicht aus dem Kopf: „Ob sie wirklich aus dem Keller raus ist? Wo mag sie nur stecken?"

Leises Lachen klang aus dem Teich. „Um das grässliche Mensch musst du dich nicht sorgen."

Verwundert schauten Britta und Doretta zu Kalmus, der seinen Kopf durch das Schilf steckte.

„Es hat euch gesagt, dass die Puppen es gegessen haben."

„Aber das ist doch Unfug."

„Nein, nein, nein." Er schüttelte energisch den Kopf, dass das Wasser aus seinem Haar nur so herausspritzte.

„Es kam her und wollte niederträchtigen Schabernack treiben, ist dabei in den Teich geplumpst." Er kicherte boshaft.

„Hat nicht sonderlich geschmeckt. Bitter Blut." Stijn tauchte neben Kalmus auf. Aber Fleisch war lecker, wenn auch nicht viel dran war."

„Das glaub ich nicht. Ihr könnt doch keinen Menschen essen."

„Doch, können wir."

Britta und Doretta schauten sich zweifelnd an.

„Siehst du die vielen Seerosen auf dem Teich? Du darfst sie nie pflücken, sonst wirst du selbst eine."
„Warum?"
„Alles Seelen von ... ähm Ertrunkenen. Lilyjara hütet sie in Töpfen in unserem Heim. Nimmst du ihr eine weg, wird sie sehr, sehr böse und zieht dich ins Wasser."
Die Frauen mochten kaum glauben, was Kalmus ihnen erzählte.

„Warum war Cynthia dann im Keller?", kam Britta wieder auf die Stalkerin zurück.
„Nicht das Mensch, nur ein Totengeist lungerte in den Flammen. Hat mir fast den Fisch verdorben."
Britta zuckte zusammen. Doretta begann zu grinsen: „Also hat die Totenbeschwörung funktioniert."
„Habt ihr sie ganz, ich meine, vollständig aufgegessen?", wollte Britta wissen.
Stijn schüttelte den Kopf. „Knochen liegen im Berg, wie der andere Geist gesagt hat."
„Was war das für einer?"
Kalmus und Stijn zuckten die Schultern. „Keine Ahnung."

„Ich glaube, ich brauche was zu trinken." Britta stand auf und holte aus dem Haus die Flasche Wein und ihre Kleidung. Langsam wurde es ihnen doch fröstelig.
Als sie zurückkam, sah sie Lilyjara am Entenhaus sitzen. Sie wiegte etwas im Arm. Furchtsam schaute sie zu Britta, als sie sich entdeckt fühlte.
Britta erkannte, dass es die kleine Statue war, die die Wasserfrau nun versuchte, vor ihr zu verbergen. Sie lächelte Lilyjara an: „Du hast das Püppchen gerettet aus dem Feuer?"
Lilyjara nickte schüchtern. „Dann soll sie auch bei dir bleiben, ich schenke sie dir."
Glückselig lächelnd schmiegte die Wasserfrau das Geschenk an sich und strahlte Britta dankbar an.

Als sich Doretta und Britta wieder angekleidet hatten, gossen sie sich einen großen Schluck vom Hexenwein in die Becher.
„Nach dem Abenteuer haben wir es uns verdient."

Nachdenklich schaute Britta auf die beiden Wassermänner, die noch immer am Ufer saßen. Sie stand auf und ging zu ihnen.

„Ich glaube, ich muss mich bei euch bedanken, für eure Hilfe und für die Geschichte. Können wir Freunde werden?"

Kalmus und Stijn grinsten breit.

„Machst du dann Herdfeuer zum Fischebraten?"

Britta nickte.

29

Carina schlief tief und traumlos bis zum Mittag des nächsten Tages. Dr. Schurich hatte ihr nach einem kurzen Gespräch noch ein Schlafmittel gegeben.

Erst als Martin zaghaft klopfte, erwachte sie.

„Herein", rief sie schläfrig.

Er steckte nur seinen Kopf durch die Tür.

„Hallo Carina", flüsterte er erleichtert, weil sie wach war.

„Wie geht es dir?"

Sie setzte sich auf. „Komm rein, Martin. Was für ein wilder Abend." Sie schüttelte den Kopf. „Aber ich glaube, mir geht es ganz gut." Ihr Blick fiel auf den Verband an ihrem Arm. „Ich sollte wohl nicht mit Feuer spielen."

Ihr Grinsen misslang.

„Ich bin so froh, dass du wieder wach bist. Möchtest du etwas essen?"

„Durst, ich habe nur Durst. Kannst du mir einen Tee machen, bitte?"

Kurz darauf kam Martin mit einem Tablett und Dr. Schurich im Schlepptau zurück.

Er stellte das Tablett mit Teekanne, Tasse und Kandiszucker auf den Tisch und verließ leise das Zimmer, obwohl er vor Neugier brannte, von Carina mehr über den seltsamen Abend zu erfahren.

„Nun, junge Frau, wie fühlen Sie sich?", fragte Dr. Schurich und blickte Carina aufmerksam an.

„Danke, Doktor, eigentlich ganz gut."

„Haben Sie schon versucht aufzustehen?"

Sie schüttelte den Kopf.

„Versuchen Sie es bitte."

Carina schlug die Bettdecke zurück. Zu ihrem Entsetzen stellte sie fest, dass sie nur mit hocherotischer Unterwäsche bekleidet war.

Der Doktor wandte sich schmunzelnd ab. Er entdeckte einen Morgenmantel auf der Stuhllehne und reichte ihn Carina.

Dankbar streifte sie ihn über, bevor sie vorsichtig die Beine aus dem Bett schob.

„Au!", entfuhr es ihr. „Mein Knöchel tut weh."

Dr. Schurich schaute sich den Fuß an, tastete die schmerzenden Stellen ab.

„Es ist nichts gebrochen, nur ein wenig geschwollen. Sind Sie mit den Dingern ...", er zeigte auf die Highheels, die vor dem Bett lagen, „umgeknickt?"

Carina konnte sich nicht wirklich daran erinnern, hielt es aber für wahrscheinlich. „Das wird wohl so gewesen sein." Argwöhnisch beäugte sie die hohen Absätze.

„Normalerweise trage ich solche Schuhe nicht."

Dr. Schurich grinste. „Ich hörte bereits, dass es gestern in der Schmiede etwas ... heißer zuging." Als er sah, dass Carina errötete, beschwichtigte er sie: „Es geht mich ja gar nichts an, wenn erwachsene Menschen eine Grillparty veranstalten. Ich hoffe nur, unser lieber Förster bekommt keinen Wind davon. Dann könnte es Ärger geben – von wegen Feuer im Wald, Sie verstehen?"

Carina nickte.

„Aber Sie können unbesorgt sein, von mir erfährt er nichts darüber."

Er zwinkerte ihr verschwörerisch zu.

„Zum Schluss möchte ich gern noch Ihren Blutdruck messen."

Nach einer kurzen Untersuchung befand Dr. Schurich Carina in gutem Zustand.

„Meine Liebe, nach meinem Dafürhalten sind Sie fit. Die kleine Brandwunde am Arm wird schnell heilen und wenn Sie Ihren Knöchel kühlen, wird auch er bald wieder schmerzfrei sein."

Er packte seine Sachen zusammen.

„Danke, Dr. Schurich. Brauchen Sie noch meine Versicherungskarte?"

Er schüttelte den Kopf. „Das hat Rudolph schon alles erledigt."

Ein wenig verwundert blickte Carina ihn an. „Aber fragen Sie ihn bloß nicht danach, das mag er gar nicht."

„Trotzdem vielen Dank, Dr. Schurich."

Er nickte ihr zum Abschied zu: „Bleiben Sie gesund, junge Frau, und machen Sie keine Dummheiten." Scherzhaft drohte er ihr mit dem Finger. Carina lachte: „Versprochen."

Als der Arzt die Tür hinter sich geschlossen hatte, trat Carina nachdenklich ans Fenster. Die Herbstsonne schien über die Elbaue. Das Laub der herbstlich gefärbten Bäume leuchtete farbenfroh. In den letzten Tagen hatte der Herbst eifrig seinen Pinsel geschwungen.

Sie versuchte, sich an den Abend in der Schmiede zu erinnern. Ihr Gedächtnis kramte jedoch nur verschwommene Bilder aus dem Keller hervor.

„Ich sollte erst mal duschen, um einen klaren Kopf zu bekommen", beschloss Carina. Noch immer haftete ihr der aufdringliche Geruch von Kräutern und Rauch an.

Frisch geduscht, fühlte sie sich gleich viel wohler. Sie suchte nach etwas Anziehbarem, bevor sie bei Martin für einen kleinen Imbiss vorbeischauen wollte. Zum Glück hatte sie die Zeit in Dresden auch zu einem Einkaufsbummel genutzt, denn Jeans und T-Shirt vom Vorabend waren in der Schmiede geblieben.

Bald darauf saß sie vor der Weinstube auf der Bank. Martin brachte ihr frisches Brot. Dazu gab es selbstgemachtes Schmalz und saure Gurken.
Obwohl Martin seine Neugier kaum zügeln konnte, zog er sich zurück, um Carina in Ruhe essen zu lassen.
Sie war mit ihrem Imbiss noch nicht ganz fertig, als ein wohlbekanntes Fahrzeug auf den Parkplatz rollte.

Carina verzog leicht missmutig das Gesicht. Sie wusste noch nicht einmal, ob sie sauer auf die beiden sein sollte oder nicht. Ihr wäre es lieber gewesen, beide heute nicht zu sehen, um erst einmal Ordnung in ihre Erinnerung an die letzte Nacht zu bringen. Aber es ließ sich nicht ändern. Also lächelte sie, wenn auch ein wenig gezwungen, als Doretta und Britta mit schuldbewusstem Blick auf sie zukamen.

„Hallo Carina, wie geht es dir?"
„Ein bisschen angekokelt", sie zeigte auf den Verband an ihrem Arm, „und ein wenig wacklig auf den Füßen. Ich bin wohl mit den Highheels umgeknickt, aber ansonsten ganz gut – sagt der Doc."
„Du warst beim Arzt?" Doretta versuchte, ihr Erschrecken zu verbergen.
„Nein, er war bei mir. Rudolph hat ihn geholt und sich um mein Wohlergehen gekümmert."
„Ich habe dir deine Sachen mitgebracht." Britta reichte eine Plastiktüte mit den Kleidungsstücken zu Carina.
„Danke."
Britta und Doretta standen immer noch unentschlossen vor Carina.
„Setzt euch doch."
Sie schob sich den letzten Rest Schmalzstulle in den Mund.
Im gleichen Augenblick kam Martin aus der Haustür. Überrascht

schaute er auf die Neuankömmlinge.

‚Das trifft sich ja prima', freute er sich. Er hoffte, nun endlich von den Dreien zu erfahren, was in der Schmiede passiert ist.

„Wollt ihr etwas essen oder trinken?"

Britta und Doretta schauten sich kurz an.

„Martin, bring uns bitte eine Flasche guten Weißwein und eine Flasche Wasser. Ich glaube, das können wir gebrauchen."

„Kommt sofort."

„Und bring ein Glas für dich mit. Ich sehe doch, dass du vor Neugier platzt!", rief Doretta ihm schelmisch hinterher.

Obwohl Martin sich ertappt fühlte, grinste er zufrieden.

Wenige Minuten später saßen alle vier mit einem Glas Weißwein um den Gartentisch vor der Pension.

Britta und Doretta nippten verlegen an ihrem Getränk. Schließlich straffte sich Doretta. Sie fühlte sich verantwortlich und wollte besonders mit Carina ins Reine kommen.

„Also gut. Es tut mir leid, dass gestern nicht alles glatt gelaufen ist, vor allem, dass du verletzt wurdest." Sie schaute Carina entschuldigend an.

„Es ist mir ja nichts Ernsthaftes passiert", wiegelte sie ab. „Schließlich hast du davor gewarnt, dass es gefährlich werden könnte. Aber kannst du mal erzählen, was eigentlich geschehen ist? Mir fehlt da irgendwie die Ordnung im Hirn." Sie schüttelte den Kopf. „Dabei habe ich doch absichtlich auf deinen Hexentrunk verzichtet."

Doretta blickte verschämt nach unten.

„Damit hatte ich gerechnet. Es war nicht der Wein, sondern die Kekse, die ... besondere Zutaten enthielten."

„Die Fliegenpilzkekse? Sag nicht, dass da drin war, wie sie heißen!"

„Doch." Schuldbewusst sackte Doretta noch weiter zusammen.

Carina begann zu lachen.

„Sorry, ich habe ja schon so einiges über Drogen und Rauschmittel gelesen, aber Fliegenpilz in Keksen?" Sie konnte sich kaum beruhigen. Hastig trank sie einen Schluck.

„Das erklärt natürlich, warum ich mich so leicht und glückselig gefühlt habe, bevor die Räuchernebel uns umhüllten. Sie haben mir die Sinne ziemlich durcheinandergewirbelt. Ich habe im Keller Sachen gesehen ...." Sie schüttelte belustigt den Kopf. „Unglaublich."

Plötzlich wurde sie ernst.

„Oder waren es doch keine Halluzinationen?"

Sie schaute abwechselnd Doretta und Britta an.

Doretta leerte in einem Zug ihr Glas. Martin schenkte ihr sofort nach. Atemlos lauschte er der Unterhaltung, aus der er bisher nicht schlau wurde.

„Also", begann Doretta langsam. Dabei schaute sie Martin an, als ob sie die Geschichte extra für ihn noch einmal erzählte. Die beiden anderen Frauen waren schließlich Zeuge der Geschehnisse.

„Es sind tatsächlich unglaubliche Wesen im Keller aufgetaucht. Wir hatten auf den Geist des kleinen Skeletts gehofft, doch es kletterten ganz andersartige Gestalten durch die Maueröffnung." Sie erzählte von Kalmus, Lilyjara, Stijn und der Geschichte, die der Wassermann ihnen auftischte.

Martin hörte mit offenem Mund zu, Britta und Carina nickten immer wieder bestätigend.

„Und dann kamst du die Treppe heruntergepoltert, gerade rechtzeitig, als Kalmus seine Aufmerksamkeit erneut dem Bratfisch zuwandte."

„Also hast du keine Totengeister heraufbeschworen, sondern der Kleine hat euch alles erzählt?" Martin nickte auf eine Art erleichtert.

„Was für eine schreckliche Geschichte. Glaubst du, dass es sich so zugetragen hat?" Eine gehörige Portion von Zweifeln lag in Martins Frage. Es blieb unklar, ob er die Geschichte von Enderlein oder die Erzählung über das Geschehen im Keller meinte.

Er rutschte unbehaglich auf seinem Stuhl hin und her.

„Oder ... ähm ...", druckste er, „könnten euch die Kräuter und Fliegenpilze und was weiß ich noch alles nicht die Erlebnisse nur vorgegaukelt haben?"

Doretta schaute ihn empört an. „Sieh dir meinen Finger an. Das sind eindeutig Spuren von Kalmus' Zähnen." Sie hielt ihm ihre Hand vor die Nase. „Und außerdem hast du Kalmus doch selbst gesehen."

Nachdenklich wiegte Martin den Kopf, noch immer ungläubig. „Vor lauter Rauch habe ich nur ein paar Schemen ausmachen können. Ich war froh, euch unbeschadet anzutreffen und habe auf anderes gar nicht genauer geachtet."

„Nein, es ist keine Einbildung." Carina drehte ihr Glas in der Hand. „Bis ihr beide in den Keller gekommen seid, sortiert sich das in meiner Erinnerung genauso zusammen, wenn auch noch etwas pilzig verschwommen." Sie grinste Doretta an. „Was ist aber mit den seltsamen Silhouetten, die in der Feuerschale auftauchten. Waren das Totengeister?"

Britta und Doretta schauten sich unbehaglich an.

„Ich fürchte ja." Britta erzählte den Ausgang des Abends. Allerdings deuteten sie nur vage an, dass die Wassermänner etwas mit Cynthias Verschwinden zu tun haben könnten. Die zweite Gestalt, aus der sie nicht schlau wurden, verschwiegen sie.

Martin kam aus dem Staunen nicht mehr heraus. „Kalmus hat euch beim Feuerlöschen geholfen? Unglaublich." Aber ganz überzeugt war er nicht.

Doretta nahm es ihm nicht krumm. „Es ist ja auch eine verrückte Geschichte."

Neue Gäste kamen an der Pension an. Martin erhob sich: „Die Arbeit ruft."

Als die drei Frauen allein am Tisch zurückblieben, breitete sich beklemmendes Schweigen aus. Jede hing ihren Gedanken nach über diesen seltsamen Abend.

Carina wunderte sich ein wenig, dass weder Britta noch Doretta die Vision der weißen Villa erwähnten. Es war das letzte Bild, an das sie sich erinnerte, bevor sie in ihrem Bett wieder zu sich kam. ‚Vielleicht', dachte sie, ‚sah ich es auch nur in meinem Ohnmachtstraum.' Wo die Grenze zwischen räucherumnebeltem Geisteszustand und ihrer Bewusstlosigkeit lag, vermochte sie nicht zu sagen. Sie beschloss, das Bild für sich zu behalten.

Nach einem großen Schluck Wein sagte Carina schließlich: „Als mich Dr. Tymann anrief und von eurem Fund erzählte, ahnte ich ja nicht, auf was für ein Abenteuer ich mich da einlasse." Sie schüttelte grinsend den Kopf. „Und was für ... Leute ich treffen würde. Aber ich muss sagen, es war nicht langweilig. Britta, wenn du nichts dagegen hast, möchte ich die Erlebnisse gern aufschreiben. Ich ändere die Namen, und kein Mensch wird das für bare Münze nehmen."

Britta schaute sie erstaunt an: „Das würdest du tun? Du bist nicht sauer auf uns?"

„Na ja, erst war ich schon ein wenig ärgerlich. Aber was soll's, es ist ja nichts passiert." Sie lachte. „Eigentlich hatte ich mir immer mal gewünscht, mir Geschichten nicht nur auszudenken, sondern selbst mittendrin zu stecken."

Britta und Doretta lachten ebenfalls erleichtert.

„Stoßen wir an auf ein gewagtes Abenteuer, das am Ende gut ausgegangen ist." Die Gläser klirrten leise in der Nachmittagssonne.

„Was wirst du mit der Schmiede machen?"

„Wenn das Haus nicht allzu große Baumängel aufweist, werde ich wohl im nächsten Jahr dorthin umsiedeln. Ich habe schon immer gern getöpfert, das lässt sich dort draußen sicher gut machen."

„Und Malte?"

„Er wird im nächsten Schuljahr auf ein Internat gehen."

Carina zog erstaunt eine Augenbraue in die Höhe.

„Es ist bereits länger sein Wunsch. Als mein Mann noch lebte, war es eigentlich schon beschlossene Sache. Durch seinen Tod ist vieles durcheinander geraten, was Malte und auch ich erst einmal verarbeiten mussten."

Sie nahm einen Schluck Weißwein.

„Ja und mit den Wassergeistern hoffe ich gut auszukommen. Wir haben Freundschaft geschlossen. Sie sind ja eigentlich ganz niedlich. Stell dir vor, Kalmus hat sich sogar entschuldigt, weil er Malte gebissen hat." Sie schüttelte immer noch verwundert den Kopf. „Ich bin mir nur nicht sicher, wie ich das Malte erklären soll. Wenn er das seinen Freunden erzählt, halten sie ihn glatt für verrückt."

Carina versuchte, sie zu beruhigen: „Malte ist ein aufgewecktes Bürschchen. Ihr beide habt viel durchgemacht in der letzten Zeit und ich bin mir sicher, er hat gelernt, wem er was anvertrauen kann und was er lieber für sich behält."

Britta nickte. „Von Lilyjara und Kalmus sollten wir wirklich niemandem erzählen. Das wird besser für uns und auch für sie sein."

„Stimmt, wer weiß, ob nicht irgendein Möchtegern-Wissenschaftler anfangen würde, den Teich trockenzulegen, um sie zu finden."

„Dennoch würde ich dem Haus gern das Enderlein, also das Bauopfer zurückgeben. Carina, meinst du, ob Prof. Steinhaus mir die Skelettknochen wiedergeben könnte?"

Carina wusste es nicht. „Ich werde ihn bald wiedertreffen. Er hat mich eingeladen, in seinem Studentenzirkel einen Vortrag zu halten. Ich frage ihn auf jeden Fall danach", versprach sie.

Den Rest des Nachmittags plauderten die drei Frauen fröhlich miteinander, bis Britta auf die Uhr sah: „Oh Schreck, schon nach Fünf.

Doretta, ich muss Malte bei meiner Mutter abholen."
Hastig sprang sie auf. Doretta verzog leicht das Gesicht. Sie wäre gern noch geblieben, aber musste sich Brittas Aufbruch anschließen.
Zum Abschied umarmten sich die drei Frauen herzlich. Auch Czerno bekam seine Abschiedsstreicheleinheiten von Carina. „Pass fein auf die Mädels und Malte auf", flüsterte sie ihm ins Ohr. „Wau", gab er ihr sein Versprechen und wedelte mit dem Schwanz.

„Ich fahre Morgen nach Hause. Wenn ich mich mit Prof. Steinhaus und seinen Studenten treffe, rufe ich euch vorher an."
„Du musst unbedingt bei uns vorbeikommen."
Sie mochten nicht viele weitere Worte machen, aber sie versprachen sich, in Verbindung zu bleiben.
Carina winkte dem Auto hinterher, als es vom Parkplatz rollte. Ein leicht wehmütiges Gefühl beschlich sie.

Ein weiterer Abschied stand ihr am nächsten Morgen bevor. Nach dem Frühstück bat sie Martin um die Rechnung. Seufzend druckte er den Beleg für sie aus. Aufmerksam kontrollierte sie, ob er nicht zu wenig berechnet hatte. Es schien alles korrekt, Martin war schließlich auch Geschäftsmann, der für seine Pension die Verantwortung trug. Sie reichte ihm ihre Kreditkarte.

„Danke für alles, Martin. Ich habe mich wirklich wohl gefühlt bei dir und den Jungs vom Stammtisch." Sie grinste ihn an. Er erwiderte ihr Lächeln.
„Schade nur, dass Rudolph gestern Abend nicht mehr vorbeigeschaut hat. Ich hätte mich gern persönlich bei ihm bedankt für die Fürsorge und Dr. Schurich. Richtest du ihm das bitte aus?"
„Aber natürlich. Wenn du wieder in der Gegend bist, kommst du doch bei mir vorbei?"
„Sehr gern, Martin. Bis bald."
Er begleitete sie hinaus bis zu ihrem Auto.
„Pass auf dich auf."
„Na, du aber auch. Und vielleicht", sie deutete auf sein Bein, „solltest du doch mal ernsthaft über Dorettes Vorschlag nachdenken."
Er wiegte grübelnd den Kopf. „Mal sehen, möglicherweise ist es ja ein letzter Hoffnungsstrohhalm auf Besserung."
„Wenn du es nicht versuchst, wirst du es nicht wissen." Sie umarmte ihn

herzlich.

„Bis bald, Martin."

Nur ungern ließ er sie los.

Sie winkte ihm aus dem offenen Fenster zum Abschied, als ihr Ford Ka den Parkplatz an der Weinpension verließ.

30

„Guten Morgen, Frau Moosbach. Wie war Ihr Urlaub?"
Carina überlegte, wie sie auf die rhetorische Frage ihres Chefs antworten sollte. Sollte sie ihm von alten Knochen, Wassergeistern und Rauschmitteln erzählen?
‚Lieber nicht', entschied sie.

„Ach, eigentlich wie immer", entgegnete sie daher ausweichend.
Die Brandnarbe an ihrem Arm verbarg die langärmlige Bluse, die Knöchelbandage verhüllten die Jeans.

Ihr Schreibtisch quoll über vor Akten und Notizzetteln mit immer neuen Dringlichkeitsvermerken: Eilt – Dringend – Sofort – Ganz wichtig.
Sie lächelte. ‚Wie immer.'
„Sie glauben gar nicht, was letzte Woche los war, als Sie sich eine Auszeit gegönnt haben. Die reinste Hölle!"